journal chaotique d'une apprentie féministe

Illustration de couverture : Roxane Lapassade

Ouvrage initialement publié en 2020 par Hodder and Stoughton,
an imprint of Hachette Children's Group
Carmelite House, 50 Victoria Embankment, Londres
sous le titre : *Diary of a confused feminist*

18, rue Barbès, 92128 Montrouge
ISBN : 979-1-0363-4129-8
Dépôt légal : mai 2023
Première édition

Loi n° 49-956 du 16 juillet 1949 sur les publications destinées à la jeunesse.

Kate Weston

journal chaotique d'une apprentie féministe

Traduit de l'anglais (Royaume-Uni)
par Vanessa Rubio-Barreau

bayard

À quiconque s'est un jour retrouvé
dans une situation chaotique

Mardi 4 septembre

Voici mon plan pour devenir une super féministe ce trimestre :

1) Dès la rentrée, je vais organiser un petit happening pour nous faire connaître – rien de bien méchant, hein. Un pschitt de peinture rouge n'a jamais fait de mal à personne, pas vrai ?

2) Je vais passer à la cup afin d'être un modèle de féminisme écoresponsable.

3) Au lieu d'y penser toute l'année et de ne rien faire, je vais proposer à Mme Mills de faire un post hebdomadaire sur le blog du lycée : Feminist Friday, ça sonne bien, non ?

4) J'écrirai dans mon journal *tous les jours*, parce que les meilleurs auteurs et journalistes disent que c'est essentiel et que je ne risque pas du tout de le regretter et d'avoir la honte de ma vie en relisant ce que j'ai écrit cinq minutes plus tard.

5) Ce faisant, je vais devenir une MEILLEURE FÉMINISTE et une JOURNALISTE QUI ÉCRASE LE PATRIARCAT. Genre Emmeline Pankhurst[1], mais avec un smartphone.

1. Femme politique britannique (1858-1928). Féministe, elle est à l'origine du mouvement des suffragettes qui a permis aux femmes d'obtenir le droit de vote en Grande-Bretagne (sauf indication contraire, toutes les notes sont de la traductrice).

Mercredi 5 septembre

8h45

Cour principale, où Krish a envoyé Dave à l'hôpital en lui faisant gober cinq Têtes Brûlées d'un coup. Il avait carrément de la mousse qui lui sortait du nez.

– VOUS ALLEZ ME DIRE QUI EST CE TIM ?

M. Clarke, notre proviseur, arpente la cour comme un bison furieux.

Mais mes amies et moi, on se serre les coudes, telles des féministes sans peur et sans reproche.

Avec Sam et Millie, nous sommes en noir de la tête aux pieds, nous avons même mis une petite voilette comme dans les polars, et du rouge à lèvres bien vif.

OK, on s'est un peu éloignées de l'uniforme bordeaux du lycée, pourtant ce n'est pas ce qui a mis M. Clarke dans cette rage. Il gesticule, tendant le doigt vers l'énorme #TIM rouge pétant peint en travers de la cour.

En fait, on voulait écrire #TimesUp[1], mais il a rappliqué avant qu'on ait fini, alors on s'est arrêtées à #TIM. Ce qui va certainement ravir ce gros cas soc' de Tim Matthews. Le genre à sortir « Plus on les malaxe, plus ils grossissent » à chaque fille qu'il croise en soirée.

On a décidé de devenir féministes il y a quelques semaines, après un incident impliquant une féministe convaincue, de l'houmous et une carotte très suggestive (j'y reviendrai plus tard). Le féminisme, c'est, en gros, vouloir l'égalité hommes-femmes et la fin de toutes ces conneries de patriarcat (je crois, parce que la carotte est restée un peu vague sur le sujet). Enfin bref, je trouvais tout à fait approprié que notre première action exprime notre soutien à #MeToo et #TimesUp.

L'idée, c'était de ressembler aux actrices qui ont débarqué tout en noir sur le tapis rouge des Golden Globes pour annoncer la création du mouvement Time's Up. Sauf que sur la photo qu'on a postée ce matin sur Insta, j'ai plus l'air d'une gothique qui a forcé sur le vin rouge. Déjà une poivrote à quinze ans.

– C'est pour exprimer notre solidarité envers le mouvement Time's Up, monsieur, a déclaré Millie d'un ton autoritaire. Les hommes doivent savoir que c'est fini, on ne se taira plus.

– Je n'ai pas souvenir que vous vous soyez un jour tues, toutes les trois, a répliqué M. Clarke.

---

1. #TimesUp (= c'est fini) est le hashtag lancé par les actrices d'Hollywood pour lutter contre le harcèlement sexuel au travail, dans le sillage du mouvement #MeToo.

Millie, elle, n'a pas l'air d'une poivrote. Elle est glamour, sûre d'elle, une vraie star d'Hollywood – et ça tombe bien puisqu'elle veut devenir actrice. Quant à Sam, on dirait carrément un mannequin. Ce rouge à lèvres lui va super bien et il n'a pas bavé partout comme le mien. Maintenant que j'y pense, est-ce que les féministes ont le droit d'être belles ? Ce n'est pas le truc, justement, de ne pas se conformer à l'injonction d'être jolie et girly ? Finalement, je suis peut-être une meilleure féministe que mes copines parce que j'ai l'air un peu débraillée, non ? Comme si je sortais d'une manif (une bouteille à la main) ?

Ou alors ce n'est pas très féministe de ma part de penser ça parce que, au contraire, les femmes ont le droit d'être jolies si elles en ont envie ? C'est pas si simple, finalement, le féminisme…

Je reviens à la conversation juste à temps pour entendre M. Clarke nous ordonner d'ôter notre rouge à lèvres. Dans mon cas, ça ne va pas être trop dur, vu qu'il est surtout étalé sur mes dents et mon menton.

– C'est une représentation artistique du sang menstruel, monsieur. Un symbole de la lutte que les femmes mènent au quotidien dans le monde entier. Nous saignons et pourtant nous continuons sans jamais nous arrêter. Vous ne pouvez pas nous demander de nous démaquiller, à moins que vous ne soyez contre les règles, monsieur. C'est le cas ?

Sous le regard inquisiteur de Sam, le proviseur devient écarlate. Au bord de l'implosion. J'imagine qu'il ne s'attendait pas à devoir discuter du cycle féminin avant neuf heures du matin.

– Les f-f-filles..., bafouille-t-il, en s'efforçant de se reprendre.

Ce n'est pas beau à voir, je vous assure.

– J'ai l'impression qu'on s'égare, là. Vous n'avez pas le droit de vandaliser les locaux de l'établissement, pour quelle cause que ce soit. Vous resterez en colle après les cours pour nettoyer.

– Vous ne pouvez pas nous réduire au silence, monsieur ! Nous nous battons car nous en avons assez de subir depuis des siècles ce genre d'oppression et d'intimidation de la part des hommes. Vous représentez le patriarcat que nous allons démolir ! je menace.

– Fantastique, la scolarité va être ravie d'apprendre que vous envisagez de démolir votre proviseur. Je ne me souviens pas avoir lu cette revendication dans les articles sur le mouvement Time's Up... Bon, on se voit cet après-midi pour votre heure de colle.

– C'est une dictature, grogne Sam.

– Oui, bienvenue dans ma dictature, mesdemoiselles. Et surtout bonne journée !

Quand on a sorti la bombe de peinture rouge, je me doutais un peu que ça allait se finir comme ça. Mais on est activiste ou on ne l'est pas, pas de demi-mesure. Et puis, quand on y réfléchit, une heure de colle ce n'est pas grand-chose comparé à ce que les suffragettes ont enduré. Même s'il fait méga chaud aujourd'hui et que je n'ai pas de crème solaire.

10 h 30

Toilettes du bâtiment de sciences - nos toilettes Tellement excentrées et délabrées que personne n'y va. Avec une charmante odeur de vieille urine macérée en prime.

Sam, Millie et moi, nous sommes amies depuis le premier jour de petite section, quand nous avons débarqué à la maternelle avec la même expression dubitative, pas du tout convaincues que ce qui nous attendait serait mieux que le petit-déj devant la télé à la maison. On avait vu juste, et cette expérience douloureuse (subir la trahison de nos parents, ces menteurs) nous a liées à vie.

Aujourd'hui, c'est le premier jour de seconde, ce qui signifie que nous avons passé ensemble douze heureuses années. Dont, à ce jour, huit heures de colle.

Nous sommes devant les trois lavabos, fixant les miroirs sales et fêlés de ce bloc sanitaire rose des années 1990 – maintenant, plus personne n'oserait le rose pour les filles, et le bleu pour les garçons.

– Désolée, les gars, je marmonne, en essayant d'arranger mon rouge à lèvres baveux dans le miroir aussi baveux.

Je me sens un peu penaude parce que c'était mon idée, mais on était conscientes que ça se finirait en heure de colle... enfin, j'espère.

– Arrête ! fait Millie sur ma gauche, agitant une main sous mon nez tout en continuant à se brosser les cheveux de l'autre. On savait que ça allait se terminer comme ça. Pas vrai, Sam ?

Ouf.

– Oui, mais ça en valait la peine... Enfin, presque. Si seulement on avait eu le temps de finir... ou si on avait posté le truc sur Snapchat... ou n'importe quel réseau social, soupire Sam sur ma droite, en se remettant du mascara sans même avoir besoin d'ouvrir bêtement la bouche pour se concentrer.

– Ouais, ça, ç'aurait été une bonne idée ! s'écrie Millie en se tournant vers nous, tout excitée.

Je la regarde, Sam la regarde. Elle a visiblement oublié que les réseaux sociaux, c'était son boulot.

– J'ai posté un selfie trop mims sur Snap, par contre. Peut-être qu'on voit ce que vous êtes en train de faire dans le fond ?

Elle nous met sous le nez son portable couvert de fausse fourrure. Il m'est déjà arrivé de confondre ledit portable avec un rongeur et de hurler.

Oui, on aperçoit ma main et l'un des pieds de Sam derrière son visage retouché au filtre.

– Millie, on avait dit que j'étais la directrice artistique ; Kate, la directrice technique ; et toi la directrice de la com' pour notre happening féministe, tu te souviens ? fait Sam en riant un peu jaune.

– Ooooooohhhhh !

Millie nous dévisage, une main sur la bouche.

– Je... Y a un nouveau filtre qui fait une tête de lama sur Snap... je me suis laissé distraire.

– C'est pas grave. Ça vaut peut-être mieux qu'on n'ait pas immortalisé le moment où on a écrit #Tim sur le goudron de la cour, non ? dis-je en me retournant face au miroir pour vérifier que je n'ai plus de rouge à lèvres sur les dents.

– Ouais, c'est sûr, reconnaît Sam.

– Et au moins, ça m'occupe en attendant de savoir si j'ai le rôle de Juliette, soupire Millie en scrollant d'un air absent sur son portable. Ils vont annoncer le casting à midi. ENFIN.

Quand elle a appris qu'elle devrait patienter jusqu'à la rentrée pour avoir le résultat du casting de la pièce du lycée, j'ai failli appeler un exorciste. Elle a piqué sa crise, complètement possédée, folle de rage et d'angoisse.

Millie veut vraiment devenir actrice, et elle a du talent. Bien sûr, en tant que féministe convaincue (depuis presque un mois désormais), je suis à cent pour cent sûre que si elle veut jouer Juliette, ce n'est pas du tout parce qu'elle crushe depuis toujours sur Nick Deans, qui est en première. Le garçon qui va, sans l'ombre d'un doute, tenir le rôle de Roméo. Ça n'a absolument rien à voir, même si on l'a enregistrée en train de dire que la nourrice était le meilleur personnage et qu'elle ne comprenait pas pourquoi quiconque voudrait jouer cette « pleurnicharde de Juliette ». Son revirement n'a parfaitement complètement radicalement aucun rapport avec Nick, évidemment.

– Tu le sens comment ? lui demande Sam.

– Je suis confiante, affirme Millie – et c'est tant mieux parce que son humeur a joué les montagnes russes tout l'été.

– Tu vas l'avoir ! l'encourage Sam en lui tapant dans le dos.

– Je ne vois pas à qui ils pourraient donner le rôle, de toute façon. Personne ne t'arrive à la cheville, dis-je.

Et je suis sincère : elle est douée.

– Et puis s'ils le donnent à quelqu'un d'autre... ça peut s'arranger... Un accident est si vite arrivé, insinue Sam en se frottant les mains d'un air machiavélique.

Elle plaisante, bien sûr. On n'est pas des pestes. Il y en a au lycée, mais pas nous.

Le portable de Sam vibre dans sa main. Son visage s'illumine.

– Dave dit qu'il a apprécié notre petite scène de ce matin, et qu'on était trop belles.

– C'était pas le but ! je grogne, alors que je viens de passer dix minutes devant le miroir.

– Mais quand même, on a trop la classe, affirme Millie. Dis-moi, il se passe un truc avec Dave ?

C'est le Dave dont j'ai parlé plus haut, celui de l'incident des Têtes Brûlées, grand admirateur de Sam.

– Je ne sais pas. On discute pas mal par message, avoue cette dernière.

– Ouais. Tu lui plais. Pourquoi vous sortez pas ensemble ? demande Millie.

– Bah... c'est juste un jeu, pour lui, je pense. Je ne crois pas qu'il m'apprécie tant que ça, se défend Sam en rougissant.

Mais si. On sait toutes très bien que si.

11 h 00

Cours d'histoire

Je n'en reviens pas. Me voilà déjà de retour dans cette antichambre de l'enfer. Le lycée est le seul endroit au monde où on se sent claustrophobe même assis à côté d'une fenêtre ouverte. Je me plaque contre la vitre parce que quelqu'un s'est visiblement découvert une passion pour l'après-rasage cet été. Mêlé à l'odeur... agricole qui règne habituellement dans la salle, c'est carrément irrespirable.

Toute la classe semble abattue. Même M. Crick a l'air découragé de nous revoir. Il débite son cours sur l'Amérique du XIXe siècle sans conviction.

Je n'ai aucun cours avec Millie et Sam ce matin, c'est l'horreur. Je déteste quand on est séparées. J'ai peur qu'elles se rapprochent, qu'elles me mettent à l'écart et finissent par m'oublier. Déjà qu'elles sont ensemble au club théâtre – Millie va sûrement jouer Juliette tandis que Sam s'occupera des décors.

Sam est vraiment créative et douée pour tout ce qui est artistique. Un jour, sa mère l'a emmenée à un stage de dessin de modèle vivant et elle est revenue avec des croquis si réalistes que c'en était presque porno. Enfin, elle nous a confié que le type était tellement vieux que ses couilles étaient plissées comme un museau de carlin.

Ça m'embête un peu qu'elles vivent leur vie sans moi, comme ça. Argh, c'est bien mon genre d'angoisser pour ces choses-là.

Un truc qui m'angoisse aussi, c'est que les autres n'angoissent pas autant que moi.

Parfois je me dis qu'angoisser, c'est ce que je fais le mieux. Et ça m'angoisse.

12 h 30

Sur le banc devant le panneau du club théâtre On attend anxieusement de savoir ENFIN si Millie a eu le rôle.

Millie est nettement moins calme que ce matin. Elle sursaute dès que quelqu'un passe à proximité. Je comprends, elle patiente depuis si longtemps. C'est cruel de faire durer le suspense comme ça. Ridicule.

Notre collège-lycée est immense, un vrai labyrinthe. Dans la cour, entre les bâtiments, il y a des tas de petits recoins où se retrouvent les différents groupes. Ceux qui aiment la musique traînent devant le bâtiment de musique, les matheux devant celui de maths, les sportifs aux alentours des terrains de sport (aussi fréquentés par tous ceux qui veulent se donner un genre – moi, par exemple, alors que je n'ai jamais été une grande sportive). Quant aux fumeurs, ils zonent derrière l'amphithéâtre pour pouvoir s'abîmer les poumons tranquilles. On s'efforce tous d'avoir l'air cool au milieu du nuage de fumée.

– Ça y est ! La voilà !

Millie nous broie les mains en voyant arriver Mme Withers, la responsable du club de théâtre.

– Félicitations, Millie, déclare cette dernière en accrochant la liste au panneau de liège, avant de tourner les talons.

– Oh non non non, je ne peux pas regarder ! fait Millie, un peu comédienne (et pour cause).

Sam et moi, nous levons les yeux au ciel.

– Mais elle vient de te dire que tu avais le rôle !

– C'EST PAS VRAI ! JE L'AI ! s'égosille-t-elle en fixant la liste.

– Félicitations !

Sam et moi, on la prend dans nos bras en sautillant sur place. Mais Millie se laisse un peu emporter et se met à danser. Enfin, si on peut appeler ça « danser ». On dirait plutôt un poulet épileptique qui bat des ailes.

Je suis convaincue que, en tant que féministe, elle se fiche complètement que Nick joue Roméo. Mais en le voyant approcher, je préfère la prévenir car il se pourrait que sa « danse » lui donne l'air légèrement ridicule.

Pour essayer de la calmer avant qu'elle ait perdu toute dignité, je toussote subtilement :

– Hum, hum, Roméo.

– Oh, mais c'est vrai ! C'est Nick qui joue Roméo. Cette fois, il va bien falloir qu'il me remarque. Roméo, Roméo, pourquoi es-tu si sexy ? s'écrie-t-elle en mettant un genou à terre avant de faire mine de s'évanouir, portant une main à son front.

– Ah, j'en déduis que tu es ma Juliette, fait Nick dans son dos.

Morte de honte, Millie s'affale par terre.

12 h 45

Débrief d'urgence dans les toilettes

– IL M'A ENTENDUE ! hurle Millie, au désespoir.

Paniquée, une cinquième s'éclipse discrètement.

– Ce n'est peut-être pas si terrible que ça, réplique Sam.

– Je me suis complètement ridiculisée, alors ?

– T'inquiète, j'ai déjà fait pire ! dis-je d'un ton guilleret.

Je suis un véritable boulet, et ça ne me dérange pas de l'admettre si ça peut remonter le moral à une amie.

– Je confirme, renchérit Sam d'un ton encore plus enjoué. Bien pire !

La peste. Mais au moins, ça fait sourire Millie.

15 h 30

L'heure de colle la plus chaude de l'histoire de l'humanité

Il fait tellement chaud que je sens ma peau rôtir – elle commence à grésiller. Merci au changement climatique pour cette monstrueuse vague de chaleur hors saison ! Et si ce coup de soleil me laisse une cicatrice à vie, hein ? Pas grave, je me sens téméraire et rebelle, animée par l'esprit des suffragettes.

Enfin, en y réfléchissant, je parie que les suffragettes n'ont pas eu à supporter ce gros relou de #Tim Matthews. Comme prévu, il est aux anges.

– Les filles, si vous vouliez attirer mon attention, il suffisait de venir me parler. Une démonstration d'affection aussi romantique n'était absolument pas nécessaire. Surtout de la part de filles aussi caaaaaanon.

Il insiste tellement sur ce dernier mot qu'il nous asperge de postillons.

Beurk. S'il ne dégage pas rapido, je lui lance mon éponge à la tête.

15 h 35

Bon sang, comme si ça ne suffisait pas, voilà Claudiabolique qui passe par là avec sa cour. J'espérais qu'elle ne reviendrait pas cette année, que sa famille avait décidé de vivre sur son yacht de luxe... ou, mieux, qu'elle avait été kidnappée par des pirates. En principe, je ne suis pas aussi méchante, mais je fais une exception pour Claudia. C'est la fille la plus populaire du lycée (elle règne en semant la terreur) et ma pire ennemie.

Ça remonte au deuxième jour de petite section quand Claudia a essayé de me piquer mon Lapinou parce qu'il était plus beau que le sien. Je n'ai pas cédé (il était À MOI !) et voilà comment je me suis fait une ENNEMIE POUR LA VIE. Tout ça pour un doudou. Mais elle est rancunière, que voulez-vous. J'avoue que je n'ai jamais été aussi docile avec elle que les autres. Je ne vois pas pourquoi je ferais le moindre effort, elle traite ses amis comme des moins que rien, alors ses ennemis, je ne vous en parle même pas.

Au fil du temps, Claudia a exprimé sa rancœur en de nombreuses occasions. Par exemple, en m'accrochant un tampon dans le dos avec un Post-it « Je les ai » (vraiment pas féministe comme tentative d'humiliation, et de toute façon, je n'ai pas honte d'avoir mes règles !). Ou en racontant que je ne portais pas de culotte, si bien que les garçons passaient la journée à zieuter sous ma jupe, les gros pervers. Sans parler de toutes les fois où elle m'a bousculée ou fait un croche-patte.

Hélas, elle s'en sort toujours, parce que non seulement elle terrorise son monde, mais en plus sa mère est productrice pour une grosse maison de disques. Il y aurait donc souvent des stars chez elle, et ça suffit aux gens pour lui pardonner. Elle raconte toujours des histoires pas croyables, genre elle a passé ses vacances avec untel et machin. Elle prétend même être sortie avec Harry Styles. Il est évident que c'est un GROS MENSONGE mais apparemment, je suis la seule à en être consciente.

De toute façon, celui qui voudrait lui balancer à la figure qu'il ne croit pas un mot de ses histoires devrait d'abord affronter sa garde rapprochée. La Bande de Bitches – BB pour faire court, en référence à leur âge mental – ne la quitte pas d'une semelle. Leur règle de base doit être : ne jamais laisser Claudia toute seule. La deuxième, c'est que si Claudia n'a pas de petit ami, elles ne peuvent pas en avoir non plus. N'importe quoi.

Dans la Bande de Bitches, il y a :

• Amélie, la lieutenante qui suit la Bitche en Cheffe comme son petit chien ;

• Tiffany, qui aimerait prendre la place d'Amélie et souffre de n'être que la troisième dans la hiérarchie du clan ;

• Nia, en quatrième position, résignée à porter les sacs et à rester dans l'ombre d'Amélie et de Tiffany, sans oser faire un pas dans celle de Claudia ;

• Tia, qui ne semble pas consciente de la hiérarchie et vit dans une ignorance béate.

Mais bon, maintenant que j'y pense, ce n'est pas très féministe de les surnommer les bitches. On n'a pas le droit d'insulter d'autres femmes, je crois. Je devrais peut-être faire des efforts pour sympathiser avec elles, en fait.

– Ces idiotes jouent les féministes, soupire Claudia. Et elles se prennent pour des stars d'Hollywood, en plus. Les petites dindes ! Tu joues dans la pièce du *lycée*, Camilla, t'es pas Jennifer Lawrence !

Bon, ben, non alors, en fait. Peut-être qu'il n'y a plus de féminisme qui compte quand la femme en question est un vrai MONSTRE. Comme Margaret Thatcher… Et si Claudia était la Margaret Thatcher du XXIe siècle ?

15 h 40

Toujours en train de récurer la cour comme une Cendrillon des temps modernes.

Oh, ce que j'ai chaud. Josh vient vers nous. Je vois flou, tout à coup… J'ai les jambes molles… Je me sens si faible… et mon sang bat à mes tempes…

C'est pareil chaque fois que je le vois.

Josh est le garçon le plus mignon du lycée, et même du pays, si ce n'est du monde entier.

En tout cas, de notre ville.

La preuve, il a posé pour le site ASOS. Et il vient de Londres, il est arrivé ici en juin dernier. Il a beaucoup voyagé. Hélas, nos conversations se comptent sur les doigts de la main. Et encore, ça se réduit en général à un mot de sa part et un filet de bave pour moi. Je vous jure, j'entends un chœur d'anges annoncer son arrivée.

Et brusquement, je me rappelle que je suis actuellement à quatre pattes en train d'essayer d'effacer un #Tim en lettres rouges sur le goudron. Génial.

J'effectue une sorte de pas de côté pour me rapprocher de Millie et Sam, recherchant la sécurité de ma meute comme un lionceau.

– Qu'est-ce que tu bricoles, mini-crabe? s'étonne Millie. Tu fais une drôle de tête.

Merci, ça m'aide beaucoup.

– Oh, je vois...

Sam lui donne un coup de coude.

– Josh le beau gosse droit devant.

– Oooooooooh!

Mes deux amies ont l'air ravies. Elles apprécient visiblement quand je me change en tomate tremblotante.

– Au moins, ton teint est assorti à ton rouge à lèvres, remarque Sam.

Des fois, c'est vraiment une peste. Moi, je ne fais jamais ça quand elle drague Dave.

Josh le beau gosse se dirige visiblement droit sur moi. Ou nous? Non, non, sur moi...

– Salut, fait-il.

Toujours à quatre pattes, je lève les yeux vers lui. Paralysée. Comme un chat surpris en train de faire la grosse commission. Les deux autres sont bien entendu debout, dans une position normale, mais apparemment mes jambes sont incapables de supporter mon poids.

Josh tend la main, et je la fixe, comme si je n'avais jamais vu de main avant, toujours en position félino-crabesque.

Qu'est-ce qu'il me veut, avec sa main? Va-t-il m'effleurer délicatement la joue et me déclarer sa flamme?

– Euh... je peux t'aider? déclare-t-il finalement au bout d'une éternité.

– Oh... oui. Trop choupi. Merci.

Non, mais... je viens de dire « trop choupi ». Qui dit encore « trop choupi » ?

WTF.

Je saisis sa main et me relève, tête baissée, pour cacher mes joues rougissantes.

– C'était vraiment cool, ce que vous avez fait ce matin, les filles.

Il s'adresse visiblement à moi.

– On ne parle que de ça, en ce moment. Ça fait plaisir que vous souteniez le mouvement.

Oh my God.

Oh my God.

Oh.

My.

God.

Je suis soudain très consciente de toutes les parties de mon corps, sauf qu'elles n'obéissent plus aux ordres de mon cerveau.

Bon sang, qu'est-ce qui se passe ? Pourquoi je ne réponds rien ? Il va vraiment me prendre pour une folle.

– Merci, dit Sam.

Heureusement qu'elle est là, et toujours capable de parler même face à la sexitude incarnée.

– Fouffe Power !

OMG, qui a dit ça ?

C'est sorti de ma bouche, non ?

Qu'est-ce que je suis en train de faire avec ma main... le V de vulve ? Non, mais SÉRIEUX ?

– Euh... Ouais, super... bon... à plus !

Josh le beau gosse s'en va, et avec lui toute chance de regagner ma dignité.

– FOUFFE POWER! braillent Millie et Sam une fois qu'il est hors de portée de voix (j'espère).

Je m'affale par terre. J'aurais beau frotter, rien n'effacera l'humiliation de cet HORRIBLE incident.

Je n'ouvrirai plus jamais la bouche. Je ne peux pas me faire confiance.

18 h 00

De retour chez moi

En arrivant, j'entends mon père, mon frère (Fred, quatorze ans) et notre voisin, Matt, chuchoter dans le salon – ça ne présage rien de bon. Je me demande ce qu'ils complotent.

Je passe prudemment la tête dans l'entrebâillement de la porte : ils sont assis côte à côte dans le canapé, face à la télé.

Avec un #Tim rouge sur le front.

ARGH. Comment ils ont su ? C'est Fred qui leur a raconté ?

Le traître.

Je parie que c'est papa qui a eu l'idée. Il a fait du stand-up quand il était jeune, et il se croit toujours drôle. J'espère qu'ils ont par mégarde utilisé un marqueur indélébile.

– Fouffe Power ! hurlent-ils en chœur.

– Argh. Bande de gamins ! je gémis.

– Tu n'aurais pas pu attendre la semaine prochaine que je sois là pour avoir tes règles au milieu de la cour ? me lance Matt.

Il entre en première cette année, et les lycéens font leur rentrée en décalé.

– Super action féministe, Kate ! me félicite papa. C'est qui, ce Tim, au fait ? J'ai besoin de savoir, pour mon prochain sketch sur Katy.

Dans la série de papa sur un père célibataire qui élève une ado, Katy est la fille. Chaque semaine des millions de personnes regardent ces histoires qui racontent de façon à peine romancée ma vie quotidienne, et c'est mon père qui récolte toute la gloire.

– Super. Évidemment, comme tu as changé la dernière lettre de mon prénom, personne ne risque de faire le rapprochement. Le mois dernier, dans la rue, une bonne femme trop bizarre m'a félicitée parce que j'avais enfin mes règles.

– Oooh ! C'est vraiment gentil de sa part, ma puce. Trop choupi !

– Ça n'a rien de « choupi », et en plus, je suis réglée DEPUIS DES LUSTRES, papa !

– Eh bien, mieux vaut tard que jamais !

Je secoue la tête.

– Tu ne pourrais pas te trouver un boulot normal, comme maman ? Je monte. Matt, tu viens ?

Parce que, quand même, c'est mon pote, pas le leur.

– Attendez que maman soit rentrée, je vais lui raconter que vous vous moquez du féminisme. Et puis, pour votre information, on avait prévu d'écrire #TIMESUP !

Maman est une féministe convaincue et une scientifique de renom. Elle va leur remonter les bretelles. C'est grâce à elle si je me suis lancée là-dedans. Le mois dernier, en buvant un verre (et plus) dans la cuisine, ma mère et celle de Matt, Sandra, ont entrepris de m'expliquer le patriarcat. Et ça s'est fini avec Sandra qui brandissait un bâtonnet de carotte et le trempait dans l'houmous, de façon assez agressive, il faut l'avouer, en affirmant :

– Parce que c'est tout ce qu'ils veulent, Kit Kat ! Tremper leur carotte dans ton houmous et se faire la malle.

Et sur ces mots, elle est tombée de son tabouret, emportant sa carotte avec elle.

Béa, notre fidèle labrador noir, et ma seule alliée de sexe féminin en cet instant, me suit à l'étage. Visiblement, elle en a assez des hommes, elle aussi.

Papa rigolait moins quand elle a taché sa collection de disques parce qu'elle avait ses « chaleurs ». On a dû lui acheter des petites culottes spéciales. Je pense qu'elle a apprécié : elles étaient douces et souples, afin de ne pas gêner ses mouvements.

18 h 15

Débrief dans ma chambre avec Matt (devant Drag Race)

– Et sinon, il s'est passé quoi d'autre aujourd'hui ? Mis à part ton happening héroïque ? me demande Matt en caressant le ventre de Béa.

Il a emménagé dans la maison voisine il y a dix ans, alors que son père venait de partir avec son assistante. Sandra a peint toute la façade en rouge vif – maintenant que je suis une femme, je comprends le symbole. Depuis, Matt vient souvent trouver refuge chez nous.

– Bah, des tas de trucs ! Qu'est-ce que Fred t'a raconté ?

– Quoi ? Non, Fred ne m'a rien dit. J'ai vu ça sur Snapchat.

Matt est super populaire, il a tout le monde sur Snap. En fait, c'est même bizarre qu'il passe autant de temps en ma compagnie.

– ARGH ! je gémis.

Maudits réseaux sociaux.

– Tiens, pour que tu te sentes moins seule dans ton malheur... On a recroisé les types de l'an dernier en ville et ma mère leur a hurlé dessus. Sauf qu'ils n'avaient rien fait.

– Quoi ? Les petits connards qui t'ont harcelé quand t'as fait ton coming out ?

– Oui. C'était tellement gênant. Mais faut avouer qu'ils font moins les malins quand ma mère les traite de « petites bites sans couilles ».

Il pouffe.

Matt a fait son coming out l'an dernier. J'étais tellement fière de lui... et contente qu'il puisse enfin être lui-même. Malheureusement, des petits cons ont commencé à l'insulter, à le prendre à parti dans les couloirs du lycée. Il a essayé de les ignorer. Il n'a même pas voulu que je leur mette mon poing dans la figure. Mais quand sa mère l'a appris, elle est passée en mode lionne qui protège son petit. « Petites bites sans couilles », c'est plutôt sympa comparé au sort qu'elle a promis de leur réserver s'ils continuaient. Et elle a menacé d'aller au commissariat déposer une plainte pour injures homophobes. Matt était à la fois mortifié et soulagé.

– Sacrée Sandra ! Sinon, pour changer de sujet, Claudia n'est hélas pas morte sur le yacht de ses parents.

(Vraiment pas très féministe de ma part de souhaiter une mort atroce à une autre femme… franchement !)

– Dommage ! Il y avait qui sur le yacht cette année ? Un membre de BTS ?

– Elle était trop occupée à nous humilier pour nous raconter. Mais je suis sûre que Jin lui mettait de la crème solaire dans le dos pendant que RM l'attendait pour se baigner tout nu, ou un truc du genre.

– Forcément.

– Millie a eu le rôle de Juliette.

– Génial ! Elle doit être trop contente !

– Tu crois que Nick est au courant qu'elle crushe sur lui ?

– TOUT LE MONDE sait qu'elle crushe sur lui, affirme Matt.

– Alors… il n'y a plus qu'à attendre ! On va surveiller ça de près.

– Tout à fait !

Étant donné que je n'ai aucune vie amoureuse (et ça ne risque pas de s'arranger, vu les derniers évènements), je m'intéresse à celle des autres. C'est déjà ça, non ?

18 h 20

Mais bon, ce serait sympa que ça change un peu.

18 h 25

Sérieux, quand est-ce que ce sera mon tour ?

18 h 26

Peu importe, je suis une femme indépendante, forte et féministe. Je me débrouille très bien toute seule. Pas besoin d'un mec.

18 h 30

Je viens d'entendre maman rentrer du boulot. Elle est chercheuse dans un labo à l'hôpital. Une scientifique, trop cool. Un vrai génie depuis toute petite. Je suis sûre qu'à mon âge, elle avait déjà remporté dix mille prix et récompenses.

– Salut, Matt ! Salut, Kate ! crie-t-elle dans l'escalier, surexcitée. J'ai entendu parler de ton happening féministe, Kit Kat ! Dommage qu'ils vous aient arrêtées avant que vous ayez pu finir d'écrire votre message. Et c'est pas de chance qu'il y ait un crétin nommé Tim dans ta classe, en plus.

Elle surgit à la porte de ma chambre.

Je vois bien qu'elle se retient de rire. Elle n'a pas intérêt ! Elle a les larmes aux yeux, les épaules secouées de saccades.

Mais comme Matt explose, elle n'y tient plus. Ils rient tous les deux comme des baleines.

MERCI, MATT. MERCI, MAMAN.

– MAMAN ! J'y crois pas ! Tu te moques de moi ! Et toi, Matt ! Sympa...

– Désolée, Kit Kat. C'est vraiment génial que tu te sentes concernée et que tu veuilles agir... mais parfois, il faut voir le côté comique des choses.

Non, mais sérieux ? Moi qui pensais qu'elle me soutiendrait à fond. Et puis, elle sait très bien que j'ai horreur qu'on m'appelle Kit Kat. Tout le monde continue avec ce surnom. On dirait que j'ai trois ans.

– Pardon, Kat, fait Matt, les yeux baissés – mais je vois bien que ses épaules tremblent encore.

Bon sang.

– Si même toi, tu ne me prends pas au sérieux, maman, alors je ne sors plus de ma chambre, je menace.

– Même pour dîner ?

– Je descendrai juste manger et je remonterai aussitôt. Mais je ne vous adresserai pas un mot.

Je suis sérieuse.

20 h 00

Dans ma chambre

Une fois Matt parti, j'ai mangé en silence. J'ai fait la vaisselle en silence. Je suis remontée en silence et maintenant je lis *Orgueil et préjugés*. Il paraît que Jane Austen était féministe.

21 h 00

Béa vient de débarquer dans ma chambre avec un message attaché à son collier.

Il y a écrit #Tim.

23h30

Les différents épisodes humiliants de la journée tournent dans ma tête en boucle. Pour commencer, j'ai écrit en travers de la cour le nom du gros pervers du lycée. Puis j'ai fait le V de vulve devant mon crush, avant de prononcer à la suite les mots CHOUPI et FOUFFE. La cata. Déjà, d'habitude, le soir, je passe pas mal de temps à me repasser ma journée, mais là... La plupart des gens se détendent, bien au chaud dans leur lit, ben, pas moi...

Dès que je me retrouve seule un peu trop longtemps, je commence à m'imaginer des trucs affreux.

Par exemple, chaque année, quand on part en vacances, je me dis que l'avion va s'écraser et qu'on va tous mourir ou que ma famille entière va disparaître et que je serai la seule survivante, abandonnée sur une île déserte...

J'ai horreur de prendre l'avion.

Ou bien j'imagine que quelqu'un va pénétrer dans la maison et tirer sur tout le monde et je serai la seule à m'en sortir et je passerai ma vie sous protection policière, en tant que témoin du massacre. Pire... et si la police ne retrouve pas le coupable et que je sois accusée et qu'on m'envoie en prison pour le restant de mes jours ?

Parce que ça arrive, ce genre de choses. J'ai vu ça sur Netflix.

Parfois quand je commence à réfléchir, j'ai la gorge qui se noue, comme s'il y avait un truc coincé en travers, j'ai l'impression que je vais vomir et je n'arrive plus à respirer.

Je suis comme ça depuis mes six ans. Avant je négociais, je faisais des deals avec moi-même du genre « si j'éteins et je rallume trois fois ma lampe de chevet avant de dormir, il ne nous arrivera rien pendant la nuit » ou « si je me lave les mains trois fois, personne ne tombera jamais malade dans la famille ».

Il m'arrive encore de faire le truc de la lampe, plus les autres. Mais je ne l'ai jamais confié à personne. Je pense qu'aucun de mes amis n'a ce genre de tocs. De toute façon, je n'oserais pas leur poser la question, j'ai trop honte.

23 h 45

bip

Notification WhatsApp
Sam a changé le nom du groupe en
« POUVOIR AUX FOUFFES »

Moi : SAM!!!!

Sam : 😂

Millie : 😂

Pensée pas très féministe : 1

Souhaiter la mort de Claudia. C'est pas ma faute, Votre Honneur, elle l'a bien cherché.

Jeudi 6 septembre

7 h 12

Assise sur les toilettes, à l'agonie

Mon utérus est un homme, j'en suis sûre. Je ne vois pas d'autre explication. Sinon pourquoi un organe de mon propre corps me ferait aussi mal, hein ?

Infos fun et féministes : Au XIXe siècle, la menstruation était considérée comme une maladie dangereuse. On conseillait aux femmes de rester en position allongée. Le sang menstruel étant censé avoir des pouvoirs maléfiques, les femmes étaient traitées comme des pestiférées.

Finalement, c'était le bon temps. J'aimerais bien avoir une vulve aux pouvoirs maléfiques. Car je crois que c'est le bon terme pour désigner le sexe féminin. Tout le monde confond la vulve et le vagin.

Vous savez qui profite de nos règles en tout cas ?

LES HOMMES.

J'ai lu ça sur le compte Insta @laveritevraiesurlesregles. L'industrie des protections périodiques est gérée par DES HOMMES, qui se font de l'argent sur nos malheurs. Eh bien, les gars, #TimesUp, la fête est finie, parce que je viens de m'acheter une cup. Ouais. Exactement. Fini d'engraisser votre hideux système masculiniste. LES FILLES SE DÉBROUILLENT TOUTES SEULES (en vidant et nettoyant le sang de leur cup réutilisable en silicone).

Ce post Instagram encourageait les femmes à prendre leurs règles en main et comme je suis désormais une femme – même si j'ai moins de seins que je ne voudrais –, je vais le faire !

Le seul problème, c'est que je ne suis pas sûre de l'avoir bien mise. J'ai pourtant suivi les instructions à la lettre, mais je commence à me demander s'il y a un guide secret de la propriétaire de vagin parce que le mien fait des siennes. D'abord, même si évidemment je ne le vois pas sous le même angle, je trouve qu'il ne ressemble pas au dessin. Et puis surtout en voyant la taille du… euh… récipient, j'ai franchement l'impression que ça ne rentrera jamais.

C'est vraiment pas juste qu'on ait autant de soucis avec notre anatomie alors que les garçons la ramènent en permanence avec leur zizi, guettant la moindre occasion de s'en servir.

Sérieux, dans un monde égalitaire, il devrait y avoir aussi un minimum d'entretien à assurer sur les pénis.

10 h 30

Aux toilettes avec les filles

– Kate ! Je crois qu'on s'est synchronisées ! s'écrie Sam en sortant des toilettes.

Je ne l'ai jamais vue aussi contente d'avoir ses règles. Je lui tape dans la main.

– YESSS ! Sœurs de cycle !

– QUOI ? s'écrie Millie. Et moi, pourquoi je ne suis pas synchrone, alors ? Je vais vérifier.

Elle fonce aux toilettes pendant que Sam et moi échangeons un regard inquiet.

– JE LE SAVAIS ! Je suis toujours laissée pour compte ! gémit-elle derrière la porte. Rien ! Pas une goutte !

– Bah, tu les as eues la semaine dernière, je lui rappelle. Ce serait un peu embêtant que ça recommence ! Au moins, tu ne vas pas passer la journée à craindre les fuites.

– Kate ! Beurk ! Arrête ! supplie Sam.

– C'est vrai. En plus, quand j'ai mes règles, j'ai des seins tellement énormes que ça me fait mal au dos. Je ne pourrais pas supporter ça deux semaines d'affilée. Au moins, Kate, t'as pas ce problème, t'as de la chance.

– Oh, merci beaucoup, Millie, de me faire remarquer que je suis plate comme une limande, je grogne.

Ce matin, je me sentais téméraire avec ma cup, là, je suis juste mal à l'aise. Bon, il faut que je la rajuste un peu. Et puis, je peux sacrifier un peu de mon confort personnel pour le bien de la planète, non ?

Je réplique :

– Ne crois pas que c'est tout rose pour moi. J'ai super mal pendant mes règles. Je suis toute ballonnée et soit c'est mon vagin, soit c'est ma cup qui ne fait pas la bonne taille, mais y a un truc qui cloche... Je parie que c'est moi, je suis pas normale...

– Ton vagin est parfaitement normal ! Ça doit être comme quand tu mets des chaussures neuves. Faut s'y habituer. Tu devrais peut-être la mettre quand tu passes l'aspirateur, me suggère Sam.

– Par pitié, non ! Les féministes NE PASSENT PAS L'ASPIRATEUR ! je hurle.

Je suis la seule à avoir compris le concept ? Ou alors je me trompe encore ? Les féministes passent peut-être l'aspirateur parce qu'elles savent tout faire... Je m'y perds. COMME D'HAB.

– Je crois que j'ai bien assez de sujets d'angoisse pour aujourd'hui, de toute façon, reprend Millie. J'ai passé la soirée à lire *Roméo et Juliette*, et j'ai rien compris. Et même si je comprenais, je ne vois pas comment je pourrais mémoriser tout ça !

– Ouaip, ce texte, c'est presque comme une langue étrangère que même Google Trad ne reconnaît pas, affirme Sam.

Ça me donne une idée...

– Et si je t'aidais à apprendre ton texte ? Je ne suis pas trop mauvaise en littérature. Ce serait ma contribution à la pièce ! dis-je, ravie d'avoir trouvé un moyen de ne pas rester sur la touche (va vraiment falloir que je travaille sur ma *Fear Of Missing Out* ou FOMO, cette peur d'être laissée pour compte).

– Oh, oui ! Merci ! s'écrie Millie en me prenant par le bras. Tu vas me faire répéter !

– Tu veux me donner un coup de main pour le décor ? propose Sam en me prenant l'autre bras.

Si c'est pas un remède à la FOMO, ça !

– Euh... tu sais que je suis NULLE en arts. Tu te rappelles la fois où on devait dessiner une coupe de fruits... M. Forth a cru que c'était un lapin !

– Ah... ouais, j'avais oublié... Bon alors peut-être pas, bafouille Sam en s'efforçant de ménager ma susceptibilité.

11 h 00

Morte d'ennui en SVT

Je crois que je commence à m'habituer à la cup. J'ai gigoté un peu sur ma chaise pour la remettre en place. Je profite du moment où M. Labit dissèque un globe oculaire, vu que toute la classe est dégoûtée. Je prends la même tête écœurée que les autres pour que personne ne devine que je me tortille afin de remettre en place le gobelet en silicone situé dans mon vagin.

L'endroit où on met la cup, techniquement, c'est bien le vagin, hein, plus la vulve ? Il faut vraiment que je sois plus attentive en cours. C'est la deuxième fois de la journée que je m'interroge sur mon anatomie. Je suis quasiment sûre que la vulve, c'est l'extérieur, et le vagin l'intérieur. Je devrais peut-être lever la main pour poser la question. Ça nous serait plus utile que d'apprendre à couper un œil en tranches.

Je pense que la cup est bien en place, maintenant. J'espère qu'elle ne va pas glisser. Et si elle ressort ? Et si un tsunami de sang submerge ma culotte ?

Je n'arrive plus à penser à autre chose. Je m'imagine la scène finale de Carrie au milieu du labo de sciences.

– Argh !

Je ne voulais pas grogner si fort, ça m'a échappé. J'espère que ça correspondait à une étape particulièrement dégueu de la dissection. Je jette un regard à Millie qui hausse un sourcil en articulant sans bruit : « Ça va ? »

Je hoche imperceptiblement la tête en m'efforçant de me concentrer sur le prof qui triture l'œil. Certains élèves ont l'air d'apprécier – les psychopathes. Je retiens leurs noms des fois que l'un d'eux ressorte plus tard dans un documentaire sur les serial killers.

13 h 00

Je n'en peux plus. C'est trop stressant. J'ai attendu d'être seule dans les toilettes pour échanger la cup contre un tampon. Sam a raison, il doit falloir un peu de temps pour s'y habituer. Je devrais peut-être faire quelques squats et pompes avec – la mettre vraiment à l'épreuve pour me rassurer sur ses capacités.

Par chance, personne n'est entré dans les toilettes le temps que je la nettoie et que je la sèche. Pile au moment où un troupeau de sixièmes rapplique, je la jette vite fait dans mon sac et je sors d'un pas vif. Circulez y a rien à voir !

13 h 05

De retour à table

Sam n'en revient pas :

– Non, sérieux, ta cup est au fond de ton sac, là ?

– Mouaif, je confirme en fourrant la moitié de mon sandwich dans ma bouche.

Encore un truc : est-ce que toutes les filles ont un appétit d'ogre pendant leurs règles ? Moi, je MEURS DE FAIM.

Bon, Sam a raison, c'est pas l'idéal, la cup qui était dans mon vagin se retrouve au fond de mon sac... Mais je ne peux pas y faire grand-chose pour le moment.

– Noooon, c'est trop dégueu ! gémit-elle en jetant son sandwich au jambon.

On a mal choisi notre moment pour discuter vagin et vulve, je crois que ça nous a coupé l'appétit.

16 h 00

Fin des cours
La journée se termine sans que je me sois tapé la honte, ouf !

Mais alors que je traverse la cour... JOSH LE BEAU GOSSE À L'APPROCHE ! JOSH LE BEAU GOSSE À L'APPROCHE !

Malgré l'incident d'hier, il veut me parler. Tortillant une mèche autour de mon doigt, je me retiens de me jeter à ses pieds. Qu'est-ce qui me prend ? Le reste du temps, je me comporte comme une humaine presque normale, mais dès qu'il me dit un mot, je me transforme en slime bredouillant qui braille « trop choupi ».

– Tu as remis ton uniforme aujourd'hui ? Dommage… ça t'allait bien le look gothique, je trouve.

Josh le beau gosse serait-il en train de me draguer ? OH MY GOD. IL ME DRAGUE ALORS QUE JE LUI AI FAIT LE V DE VULVE ? Je sens Sam et Millie écarquiller les yeux à mes côtés. Cette fois, faut que je gère. Que j'aie l'air normale. Pas de signe bizarre avec les doigts. Je vais me contenter de répondre calmement, posément, sans prendre la voix de Bourriquet.

C'est quoi, ça ? Un ballon de foot qui me fonce droit dessus ? D'où il sort ? Comment est-il arrivé là ? Impuissante, je me prends le ballon en pleine figure et je tombe en arrière comme un sac à patates, au ralenti.

Me voilà gisant au sol telle une tortue sur le dos, peinant à me relever, la jupe retroussée sous le nez, regrettant infiniment de ne pas m'être épilée le maillot.

C'est TROP la honte. Je ne m'en remettrai jamais. Je crois que je suis tellement mortifiée que mon esprit a quitté mon corps.

Les mauvais jours, mon pubis a l'allure d'un vieil ours. Les bons jours, je peux lui donner la forme d'une queue d'écureuil et je *suis* dans un BON JOUR. Mais Dieu seul sait quel type d'animal Josh le beau gosse (et la terre entière) aperçoit en train d'hiberner entre mes jambes. Les féministes ne s'embêtent pas à s'épiler, il me semble. Elles n'ont pas dû se retrouver souvent les quatre fers en l'air…

Alors que je m'interroge sur mon entrejambe pour la deuxième fois de la journée, Josh le beau gosse me tend une nouvelle fois la main (ignorant fort galamment l'exhibition de mes poils). Je vais m'en sortir avec style malgré tout.

Sauf que… qu'est-ce que fabrique Sam ?

Ce n'est quand même pas ce que je crois ? Oh, là, là, elle vient de ramasser ma cup ! D'un geste vif… mais trop tard : tout le monde l'a vue.

Elle a dû tomber de mon sac dans ma chute. Évidemment, il n'y a rien d'autre par terre, juste ça. Ma cup en a profité pour sortir faire un petit COUCOU à TOUT LE MONDE et ME GÂCHER LA VIE. Je suis mortifiée. Mon seul espoir, c'est que Josh ignore de quoi il s'agit. Mais il a l'air affreusement gêné.

Je me relève d'un bond, puis prends mon sac et la cup des mains de Sam pour m'éclipser en vitesse. J'entends Josh le beau gosse me héler. Je crois qu'il veut savoir si ça va.

– Oui, oui, impeccable. Merci ! je réponds d'un ton détaché en PRENANT LA FUITE.

Du coin de l'œil, j'aperçois Claudiabolique qui se frotte les mains d'un air réjoui, comme les méchants dans les dessins animés. Je sais maintenant d'où sortait le ballon de foot. Encore cette histoire de Lapinou.

16 h 15

Le sentier de la honte

Pour résumer, au cours de mes interactions avec Josh ces derniers jours, j'ai :

• braillé « Fouffe Power ! » ;

• jeté ma cup à ses pieds avec ma jupe retroussée jusqu'au nez ;

• rampé par terre comme un crabe/chat/tortue à DEUX reprises.

Ma vie est finie.

On va chez Sam pour un débrief. Je n'ai plus qu'à me cacher pour l'éternité.

– Je vais quitter le pays. Il y a de bons lycées en Suisse ? C'est là où vont les gens qui veulent changer d'identité, non ? je marmonne, prise de vertige.

– Ouaip, confirme Sam, ceux qui fraudent les impôts. Je ne pense pas que faire tomber sa cup aux pieds d'un garçon entre dans cette catégorie.

– Franchement, je n'ai même pas eu le temps de la voir, affirme Millie.

Je sais qu'elle ment mais c'est gentil d'essayer.

J'aurais tendance à croire qu'exhiber ma culotte débordant de poils est carrément du terrorisme. Franchement, la Suisse, ça me va.

– Elle a raison. T'emballe pas. Personne n'a rien vu. Ça s'est passé si vite, renchérit Sam.

– Et puis même, qu'est-ce que ça peut faire ? Le FÉMINISME, ça te dit quelque chose ? C'est toi qui nous répètes qu'on ne doit pas avoir honte de nos règles.

– OUAIS ! Ni de nos poils, ajoute Sam.

– Mmm. C'est vrai, dis-je.

– Et si on répétait mon texte pour te changer les idées ?

Je te laisse le rôle de la nourrice, si tu veux. C'est elle qui a les meilleures répliques, affirme Millie.

Je savais bien qu'elle voulait jouer Juliette à cause de Nick. JE LE SAVAIS.

17 h 00

Chambre de Sam

J'essaie de me concentrer sur le rôle de la nourrice pour donner la réplique à Millie, mais en fait, c'est assez difficile d'oublier que tu viens de te payer la honte de ta vie devant tout le lycée Y COMPRIS ton grand amour. C'est sympa, chez Sam, je devrais peut-être rester cachée ici pour toujours. Son père est architecte, il a construit leur maison quand elle était petite. Et comme sa mère est décoratrice d'intérieur, c'est le top. Il y a un petit style « Caraïbes » grâce à tout ce qu'ils ramènent de leur visite annuelle à Trinidad chez les grands-parents de Sam. Ses parents se sont connus à quinze ans et se sont envolés à Londres à dix-huit pour faire une école de design ensemble. Trop mignon, comme histoire, non ? Un amour de lycée qui dure toute la vie. C'est une famille d'artistes : sa sœur Jasmine est partie le week-end dernier pour étudier à Central Saint Martins, l'école d'art et de design de la capitale.

– Vous voulez quelque chose, les filles ? nous propose sa mère pour la deuxième fois.

– Non, maman, ça va. Merci ! répond-elle.

– N'hésitez pas, surtout !

Sam la fait sortir de la pièce.

– Elle commence à me rendre dingue. Ça fait seulement quatre jours que Jas est à la fac et elle est tout le temps sur moi, elle M'ÉTOUFFE complètement. Je crois qu'elle a le syndrome du nid vide.

Je m'efforce de l'écouter, en bonne copine, mais je n'arrive pas à me sortir de la tête la scène de la cup, la honte suprême.

– Hier, je construisais une maquette en carton sur la table de la cuisine et elle a voulu m'aider. C'était trop bizarre.

– Elle s'intéresse à toi, estime-toi heureuse. Mes parents bossent tellement en ce moment qu'Issy et moi, on les voit juste quand ils viennent nous dire bonne nuit, soupire Millie.

Ses deux parents sont avocats. Sa grand-mère est venue de Grèce pour s'occuper d'elle et de sa petite sœur quand elles étaient petites, mais elle est morte l'année dernière. Ça a été un coup dur pour Millie.

– Je sais, je ne devrais pas me plaindre. J'ai tellement de choses à faire. Je dois monter les décors pour la pièce et puis je viens d'apprendre que, si je voulais postuler pour le même stage d'arts que Jas, je devais leur présenter un book dans un mois et demi. Pour l'instant, j'ai à peine trois trucs à montrer.

– Je croyais que Jas l'avait fait à la fin de la première seulement, je remarque.

– Oui, mais si je peux y aller cet été, c'est encore mieux, affirme Sam.

– Tu as toujours été mademoiselle Plus, dit Millie.

– Oui, et j'ai bien l'intention de continuer, répond Sam.

17 h 30

Répétition sur le lit de Sam

Je crois que je viens de réaliser ma meilleure performance en tant que nourrice, en donnant la réplique à Millie, perchée sur le lit en guise de scène de théâtre. Malgré tout, ça n'a pas réussi à me faire oublier l'humiliation cuisante de cet après-midi. J'envoie discrètement un texto à Fred pour voir s'il est au courant.

MOI : Fred, dis-moi, est-ce que, par hasard, tu aurais entendu des rumeurs à mon sujet ?

FRED : Peut-être, mais je suis occupé, là.

MOI : Si tu ne me le dis pas, je te jure que je te les fais bouffer en rentrant à la maison.

FRED : Pas besoin d'être grossière.

FRED : Il paraît que tu es tombée, que tu as montré ta culotte à Josh, puis jeté un préservatif à ses pieds.

FRED : Et Claudia a dit que tu étais désespérée.

FRED : Pour être honnête, elle a un peu raison.

Fred : D'ailleurs, je te renie. Je ne veux pas qu'on m'associe à toi, c'est trop la honte.

– Noooooon !

J'enfouis ma tête sous les coussins du canapé, façon autruche.

– Quoi ?

Je m'aperçois alors que Millie est toujours dans la peau de Juliette et s'imagine que je fais référence à ses talents d'actrice. Je montre donc l'écran de mon téléphone à mes amies.

Elles lisent, les yeux écarquillés.

– Ah, mince. C'est pire que je pensais. Qu'est-ce que tu vas faire ?

Sam a la bonté de se retenir d'exploser de rire. Millie fait une tête de circonstance, appropriée à la gravité de la situation.

– Je vais changer de lycée. Je crois que ça risque de se savoir dans tous les lycées de la ville. Je vais devenir une sorte de légende urbaine. Peut-être même que la Suisse, ce n'est pas assez loin. Je devrais m'engager pour la mission sur Mars.

Je reste ratatinée, la tête dans les mains, tandis que les filles essaient d'échafauder un plan pour blanchir ma réputation.

Quand je relève la tête, Millie a imprimé une page web intitulée « Savoir-vivre et étiquette à l'ère moderne ». Tout un programme.

18 h 00

Miss Lahonte de Honteville

Mon portable vibre sur le sol. Ça fait une heure que je suis affalée sur le canapé de Sam, la tête sous les coussins, à me dire que je vais passer le reste de ma vie ici.

MATT : C'est vrai que t'as lancé un préservatif à la tête de Josh le beau gosse puis que t'es tombée par terre en essayant de lui faire un genre de lap dance ?! xxx

MOI : À ton avis ?

MATT : Bah non, mais faut avouer que c'est drôle si t'imagines la scène. C'est Claudia qui l'a dit à Krish, qui me l'a dit. Mais je ne l'ai répété à personne. 😇.

MOI : J'espère bien.

MATT : Tu veux que je passe après le dîner pour t'aider à digérer ton humiliation ?

MOI : OK.

20 h 00

Ma chambre – réunion de crise avec Matt

Matt a beau dire que ce n'est pas si grave et qu'il a défendu mon honneur, je ne sors plus jamais de la maison, c'est décidé.

SI MON HONNEUR EST BAFOUÉ, C'EST LA FAUTE DE CLAUDIABOLIQUE, D'ABORD.

PARCE QU'ELLE EST DIABOLIQUE.

21 h 00

Je vais suivre des cours par correspondance.

21 h 30

Non. Je ne vivrai pas dans la honte.

Je n'ai honte ni de mes règles, ni de ma féminité, ni de ma maladresse, ni de mes poils.

Je n'ai honte de rien, moi.

Voilà.

21 h 37

Sauf que tout le monde croit que j'ai essayé de draguer Josh en m'exhibant et en lui jetant un préservatif au nez.

21h38

Comment diable ont-ils pu prendre ça pour un préservatif? Le long truc qui pend, ça sert à quoi, à leur avis?

21h40

Je suis féministe. Je suis plus forte que tout ça. Je n'ai qu'à penser à toutes les femmes qui ont été opprimées, emprisonnées, réduites au silence.

Les suffragettes, Melania Trump, les candidates des émissions de téléréalité...

22h00

C'est pas vrai. Je commence à regretter que les suffragettes aient obtenu gain de cause. Sans elles, je pourrais rester tranquille chez moi à zoner dans mon lit quand j'ai mes règles. Et rien de tout ça ne serait arrivé.

22h10

Et justement, elles faisaient comment, les suffragettes, quand elles avaient leurs règles? Elles manifestaient avec des couches?

Je devrais faire des recherches, ce serait intéressant pour ma page Feminist Friday. Tiens, au fait, il faut que j'en parle à Mme Mills au plus vite. Je vais arrêter de me laisser distraire par les garçons et me concentrer sur des choses qui en valent la peine.

Comment faisaient les suffragettes quand elles avaient leurs règles ?

22 h 30

OK, j'ai trouvé un article d'un certain James Griggs (un homme !) intitulé « Comment les femmes ont géré leurs règles à travers l'histoire ? ».

C'est une bonne question, James. Dingue que ce soit un homme qui l'ait posée !

22 h 35

L'article est plutôt intéressant. J'ai appris que, dans la Rome antique, les femmes mettaient déjà des chiffons en lin dans leur culotte.

Ces « chiffons menstruels » sont mentionnés dans la Bible, paraît-il.

Non, mais sérieux ? CHIFFONS MENSTRUELS ? Tu parles d'une expression.

23 h 00

Ça sonne pas mal comme insulte : « Espèce de chiffon menstruel ! »

23 h 30

Enfin en sécurité sous ma couette

Je touche l'interrupteur trois fois avant de m'endormir. La situation craint déjà assez comme ça, pas la peine d'en rajouter.

Cette recherche sur l'histoire des protections périodiques m'a changé les idées. Au moins je n'ai pas jeté un chiffon menstruel à la tête de Josh.

Minuit

Mais où s'arrête le vagin et où commence la vulve ? Est-ce que quelqu'un s'est déjà posé la question ?!?

Je chercherais bien sur Internet, mais j'ai peur de tomber sur des sites porno.

00 h 15

Bon. Je vais chercher sur Google. C'est tout de même embêtant pour une fille de scientifique de ne pas être au courant de ce genre de choses. Maman aurait honte de moi si elle savait. Si ce n'est déjà fait.

Du moment que je ne regarde ni les images ni les vidéos, ça devrait aller.

Où s'arrête le vagin et où commence la vulve ?

00 h 17

Je sais que j'avais dit que je ne cliquerais pas sur les images et les vidéos, mais il y a un truc trop bizarre...

Je jette juste un œil.

00 h 45

Oh non, mon vagin ne peut pas faire ça, c'est pas conçu pour.

Internet, c'est vraiment un repaire de malades.

Dangereux.

Nombre de pensées pas très féministes : 3

1) Ne pas connaître ma PROPRE anatomie.

2) Se servir de mes règles comme excuse pour ne pas profiter à fond de la chance qui m'est offerte de recevoir une éducation et de profiter des privilèges acquis de haute lutte par les féministes d'autrefois.

3) Avoir eu honte de ma cup, ne serait-ce que cinq minutes.

Vendredi 7 septembre

LES SUFFRAGETTES M'ONT ÉPUISÉE! D'accord, j'exagère peut-être un peu, mais j'ai passé la moitié de la nuit à lire l'histoire du mouvement. Franchement, elles ont galéré. Je leur suis très reconnaissante de nous avoir obtenu le droit de vote. Je m'en veux pour hier.

7 h 30
Ma chambre

JE N'AI PAS HONTE!

Cependant je suis déçue par mes tentatives pour vivre pleinement le féminisme, étant donné que j'ai :

- tagué le nom d'un pervers dans la cour du lycée ;
- transformé ma tentative de soutien à Time's Up en publicité pour ledit pervers, via l'ajout d'un hashtag à son nom ;
- tellement mal géré mon essai « cup » que tout le lycée pense qu'il s'agissait d'un préservatif dont je me serais

servie pour draguer un garçon. Au moins, elle était propre (c'est déjà ça).

• Enfin, si on y réfléchit, j'ai fait preuve de féminisme en exhibant mes poils pubiens hirsutes hier, lors de ma chute.

Béa vient d'entrer, l'air coupable, et de s'asseoir à mes pieds. Je me blottis contre sa douce fourrure. Heureusement qu'elle est là.

– Tu crois que tu es féministe, Béa ? Tu ne t'intéresses pas aux garçons, hein ? Bon, je sais que c'est parce qu'on t'a fait opérer, mais franchement je te comprends – les chiens exposent leurs machins qui pendouillent à la vue de tout le monde. Où est le mystère là-dedans ? T'imagines si on se promenait avec tout à l'air, comme ça ? Les trompes de Fallope volant au vent ?

Elle laisse tomber quelque chose à mes pieds et pose son museau sur ma cuisse, en me regardant d'un air penaud. C'est ma cup toute mâchouillée.

Belle métaphore de ma tentative pour être une féministe digne et posée cette semaine.

Punaise.

Je ne veux même pas m'attarder sur le fait que mon chien ait mastiqué quelque chose qui a été dans mon vagin. Je ne veux pas m'interroger sur les raisons qui ont pu la pousser à prendre cette protection périodique pour un jouet à mâcher. En tout cas, je ne risque pas de la remettre.

Une chose est sûre : Béa n'est ni féministe ni écolo. Alors que je suis en train de me demander si c'était un mal ou un bien, j'entends sonner à la porte et Fred me crie que Millie et Sam sont là.

Mes amies s'introduisent dans ma chambre, tête basse sous leurs bérets noirs et lunettes de soleil – genre stars avec la gueule de bois.

– Euh... bonjour?

– On préfère faire profil bas aujourd'hui, suite à ton petit « faux pas ».

Millie a l'air fière d'avoir utilisé une expression un peu littéraire.

– On a tenté un style « Beyonce-incognito-chez-Primark », ça le fait? souffle Sam.

– Ouais, c'est clair.

Je mets moi aussi mon béret et mes lunettes de soleil pour coller au groupe. Hélas, sur moi ça fait plus « gueule de bois chez Primark ».

En route pour une nouvelle journée à combattre le patriarcat. Ou dans mon cas, à lutter contre le slut-shaming.

Je croyais pourtant qu'on avait dépassé ce stade, qu'on ne jugeait plus les femmes de cette façon. Si un garçon fait tomber un préservatif de sa poche, c'est un héros.

Je dis ça, je dis rien.

8 h 30

Cachées derrière un buisson devant le lycée à attendre la sonnerie

Je préfère rester discrète au cas où :

A) ce que je dis ou fais soit encore interprété comme des avances ;

B) Claudiabolique ou sa Bande de Bitches s'en prennent à nouveau à moi ;

C) quelqu'un fasse un commentaire sur ma culotte, un préservatif, ma cup ou #Tim, même si je n'ai absolument pas honte. (Est-ce qu'à force de le répéter, ça finira par devenir vrai ?)

Nous sommes tapies derrière ledit buisson, à l'affût, craignant d'être repérées.

– Alors voilà le plan, annonce Sam.

Elle a réellement fait un croquis et a l'air de beaucoup trop s'amuser à mon goût.

– On entre dans le lycée par ici.

Elle désigne le portail non loin de nous.

– Une fois à l'intérieur, on doit arriver là – notre salle de classe –, sans se faire voir en passant par ici – la cour de récré – ou ici – le couloir.

– Comment va-t-on procéder ? demande Millie, suspendue à ses lèvres.

– On baisse nos bérets sur nos yeux. Personne ne prononce un mot jusqu'à ce que nous soyons arrivées saines et sauves au point de chute. On tient chacune la main de Kat pour qu'elle ne puisse pas tomber ou lancer quoi que ce soit à qui que ce soit.

– Par pitié. Allons-y ! dis-je. De toute façon, ça ne peut pas être pire qu'hier.

– Ne tente pas le destin. On essaie de t'aider. Tu es prise dans une sorte de spirale de mortification en ce moment mais on va t'en sortir, affirme Millie, en esquissant un salut comme si elle était dans les services secrets.

8h40

Nous pénétrons dans notre salle aussi furtivement que possible. Cependant, à la réflexion, nous ne sommes pas aussi discrètes que prévu avec nos bérets et nos lunettes de soleil. La prof nous jette un regard amusé.

Je commence à me demander si elle ne serait pas une mauvaise féministe, en fin de compte.

Arrivée à ma place, j'aperçois sur mon bureau un petit mot à mon nom. Je m'approche avec une extrême prudence. C'est mauvais, ça, forcément. Je le saisis entre le pouce et l'index – je viens de me rappeler que j'ai un flacon de gel hydroalcoolique dans mon sac, ça risque de m'être utile.

Kate,

Si tu voulais quelqu'un pour te déflorer, tu n'avais qu'à demander. Mon corps est à ta disposition. Je serai ton Adam, mon Ève. Je serai ton dieu grec, ma déesse. Je serai ton 007, toi ma James Bond Girl. Dis-moi juste quand tu es dispo.

Charnellement,

#Tim

x

Je le jette par terre, dégoûtée, avant de me désinfecter les mains en les frictionnant vigoureusement. Je ferais peut-être mieux de me faire amputer. Je ne me sentirai plus jamais propre.

23h00

À l'abri dans mon lit

Pour une fois, la journée s'est déroulée plutôt normalement. Matt est passé, on s'est fait une soirée films en parlant de sa rentrée en première lundi.

Je touche mon interrupteur trois fois, reconnaissante d'avoir retrouvé un peu de sérénité. Je vais peut-être survivre à ce trimestre finalement ?

Pensée pas très féministe : 1

J'en voulais un peu à ma cup pour ce qui m'était arrivé hier mais, en fait, je suis soulagée que Béa l'ait atomisée. C'est pas bien, Kate. Cette pauvre cup n'y était pour rien.

Samedi 8 septembre

10 h 00

Toujours au lit

Aujourd'hui, grasse matinée. Je traîne au lit avec Béa. Je viens de finir *Orgueil et préjugés*. Le prochain bouquin sur ma PAL, c'est *Les divins secrets des petites Ya-Ya*, que j'ai piqué à ma mère.

10 h 30

Béa est heureuse, je suis heureuse, je me suis même fait une tasse de thé, je ne sortirai plus jamais de mon lit... Oh non, mon portable n'arrête pas de vibrer. Argh.

La revanche de l'écureuil touffu
Sam, Millie, Vous

Millie : SOS SOS !

Millie : MÉGA SCOOP pour la pièce !

Millie : La mère de Sophie Steiner sera là.

Millie : Celle qui est AGENTE d'acteurs.

Millie : Elle vient voir *Roméo et Juliette*.

Millie : Et si c'était la chance de ma vie ? Sauf que je ne comprends rien au texte ! Rien du tout. À l'aide, Kat !

Moi : TROP COOL ! La chaaaance ! Tu vas être géniale, t'inquiète. Viens, on va répéter.

Sam : Je viens aussi. C'est super ! T'en fais pas, meuf. On est là !

Oups. Dommage pour ma grasse matinée tranquille. Béa laisse échapper un grognement déçu quand je me lève.

Désolée, fifille.

14 h 00

Dans la cuisine

Je joue Roméo, mais ça se passe moyen, pour être honnête. Effectivement, Millie n'a pas l'air de comprendre un mot de ce qu'elle dit.

– Et si vous regardiez le film ? propose mon père en levant le nez de son ordi.

– Papa…

– La version moderne, Kit Kat. Avec Leonardo di Caprio. Il est trop sexy.

ARGH.

– Qu'est-ce qui se passe ? demande ma mère en débarquant.

– Papa veut qu'on regarde *Roméo + Juliette*, je soupire.

– Avec Leonardo di Caprio ?! Oh, ça fait des années que je ne l'ai pas vu. Bonne idée, John. Tu vas adorer, Kat. C'est le top de la sexitude.

Bon sang, est-ce que mes parents pourraient arrêter deux secondes de dire « SEXY » ?

14 h 30

Canapé du salon

– Oh, Leo ! T'es vraiment sexy ! s'écrie mon père face à l'écran.

Ce qui est gênant parce que A) le film n'est pas si mal et B) mon père a raison. Si j'étais à la place de Juliette, je craquerais complètement pour Leonardo. OK, vos deux familles s'embrouillent, mais tu l'as bien regardé, le gars ?

Pas très féministe tout ça. C'est mal, Kate !

15 h 00

Millie, Sam et moi regardons le film dans le silence le plus complet, les yeux écarquillés, complètement fascinées par Leo. Pendant la scène de la piscine, on ose à peine respirer. On entend juste de temps à autre un grain de pop-corn craquer sous une dent. Même Béa admire Leo en silence.

Mais soudain la voix de Matt retentit dans le jardin, brisant cette belle harmonie :

– PUTAIN DE PUTAIN, MAIS FOUS LE CAMP !

D'un seul mouvement, nous tournons la tête vers la fenêtre pour voir ce qui lui arrive.

– OH MY GOD ! braillons-nous en chœur en nous cachant les yeux.

Ma mère rapplique aussitôt, inquiète.

– Qu'est-ce qui se passe ?

– C'est Terry, je réponds, sans lever la main de mes yeux.

– Et son engin ! souffle maman.

– Bon sang ! C'est un quartier familial, Terry ! braille mon père par la fenêtre tandis que Terry s'efforce de camoufler l'engin... euh... l'objet du délit.

J'y crois pas. Dire que le premier pénis que j'aurais vu en vrai est celui du vieux copain immonde de la mère de Matt.

15 h 15

Sur le canapé avec Matt pendant que mes parents abreuvent Sandra de vin dans la cuisine

– Terry était dans la douche et son téléphone n'arrêtait pas de sonner, alors ça a énervé maman, elle a voulu le mettre en mode silencieux et c'est là qu'elle a vu tous les messages Tinder. De trois femmes différentes, nous confie Matt.

– NAN !?! hurlons-nous en chœur.

– En fait, Terry s'est inscrit sur Tinder en se rajeunissant de dix ans et il est sacrément actif.

– C'est pas vrai !

– Tu imagines, ta mère ? La pauvre, compatit Sam.

– LES HOMMES ! soupire Millie.

– Bah... ça faisait seulement six mois qu'ils étaient ensemble. En plus, il peut pas s'empêcher de m'appeler « champion ». Elle vaut mieux que ça, affirme Matt.

Non mais la crise...

23 h 00

Dans mon lit

C'est raté pour ma journée « no stress ». Bon, j'ai encore demain pour me détendre. Ça me plaît bien, les petites Ya-Ya.

Je n'en reviens toujours pas d'avoir vu mon premier pénis dans ces circonstances. Je veux dire, j'en avais déjà touché un, mais je ne l'avais pas regardé... en face. Je suis sortie avec un de nos correspondants français qui étaient en visite et il a glissé ma main dans son pantalon. Je ne savais pas trop quoi faire, alors je l'ai vaguement tâté. Puis j'ai vite retiré ma main et j'ai FILÉ.

Je touche mon interrupteur trois fois. Ça vaut mieux après ce qui s'est passé aujourd'hui.

Pensée pas très féministe : 1

Ne pas avoir pris le parti de Juliette simplement parce que j'étais complètement ensorcelée par la sexitude de Leo.

Dimanche 9 septembre

15 h 00

Sur le canapé

Le dimanche à la maison, c'est le vaste désert de l'ennui. Surtout quand, comme aujourd'hui, Fred a mystérieusement disparu et que les parents sont dans la cuisine à pleurnicher sur leur café derrière leurs lunettes noires suite à leur beuverie de la veille en compagnie de Sandra.

Je suis la maire de Morneville. La reine du vide absolu.

Tiens, je pourrais jeter un œil au compte d'Angry Angus, le chat d'Insta. Il a toujours l'air en colère – comme son nom l'indique – mais c'est super drôle. Oooh, il est dans l'évier. Il a l'air furax. Trop marrant. Bon, et maintenant ?

Bip !

OH, DIEU MERCI ! UN TEXTO ! De qui ? Quelqu'un d'intéressant ?

Ah non, juste Matt.

Matt : SOS, Kit Kat ! Il faut que tu m'aides à choisir ma tenue de rentrée. Maman a trop la gueule de bois. À L'AIDE ! xxxx

Moi : J'arrive. Mais je ne peux pas laisser Béa dans cette maison de la débauche. xxx

16 h 15

Chambre de Matt

La mère de Matt n'est pas en si mauvaise forme comparée à mes parents. Elle est capable d'articuler deux ou trois mots et même une phrase à l'occasion. Papa et maman se contentent de grogner aujourd'hui.

Béa et moi, on est épuisées. On a passé en revue une vingtaine de tenues. Par chance, la dernière était la bonne.

– Tu ne m'oublieras pas quand tu seras au lycée[1], hein ?

– Mais non, tu seras dans la salle juste à côté !

Matt lève les yeux au ciel.

– Je sais, mais le lycée, c'est un autre monde, paraît-il. Tu deviens adulte, ceux qui ne sont pas encore au lycée sont des losers...

J'insiste bien sur le mot LYCÉE.

1. Au Royaume-Uni, on passe au lycée à dix-sept ans, pour l'équivalent de notre classe de première.

– Arrête ! De toute façon, t'as toujours été la reine des losers. Et je ne serai jamais trop adulte pour traîner avec toi, Kit Kat !

Matt me prend par l'épaule en sifflotant la chanson de *Toy Story*, « Je suis ton ami ».

C'est notre chanson, depuis qu'on a six ans. On se la chante quand l'un de nous tombe de vélo, ou se fait mal. Matt a dû me la chanter trois fois de suite après un atterrissage particulièrement douloureux dans les orties.

20 h 00

À la fenêtre du salon avec mes parents et mon frère

– Faut quand même pas avoir grand-chose dans la tête pour faire ça après avoir exhibé son engin devant tout le monde, comme ça, dit maman en fourrant une poignée de pop-corn dans sa bouche avant de nous passer le saladier.

Ça fait une demi-heure qu'un Terry, Dieu merci vêtu, mais hélas pas sobre, chante la sérénade à Sandra devant chez elle.

On a déjà eu « Lady in Red », « Sorry Seems to Be the Hardest Word », « Candle in the Wind », « If I Could Turn Back Time » et – choix plus audacieux – « Sorry » de Justin Bieber.

– Vous croyez qu'elle va sortir ? demande mon père.

– NON ! hurlons-nous d'une même voix, ma mère et moi.

– On devrait peut-être lui jeter un seau d'eau ? suggère-t-il.

– Ce serait pas une mauvaise idée, admet ma mère.

– ON PEUT SORTIR LE KARCHER ? propose mon frère, tout excité à la perspective d'un peu d'action.

– OK, il est temps d'arrêter le massacre, soupire mon père. Je vais lui dire un mot.

Maman, Fred et moi, nous restons postés sur le canapé. Un nouveau message de Matt s'affiche sur mon portable. On a échangé des textos pendant tout le « concert ». Sa mère et lui sont pris en otages et je suis un peu leur seul lien avec l'extérieur.

MATT : Pitié, faites-le taire.

MOI : On a envoyé papa négocier.

MATT : MERCI !

22 h 00

Dans mon lit

Papa a mis une éternité à convaincre Terry de rentrer chez lui. UNE ÉTERNITÉ. Il a fini par partir il y a environ une demi-heure quand Sandra a ouvert la fenêtre en menaçant d'appeler la police. Quelle agitation pour un dimanche soir !

22 h 30

Pourvu que Matt ne m'oublie pas une fois qu'il sera au lycée, c'est-à-dire demain. Je touche mon interrupteur trois fois, pour être sûre.

Pensée pas très féministe : 0

Je crois que pas une seule pensée ne m'a traversé l'esprit de toute la journée – féministe ou pas.

Mercredi 12 septembre

Je sais, j'avais promis d'écrire tous les jours mais parfois ma vie est d'une telle banalité que ça ne vaut pas la peine de la raconter.

10 h 30

Aux toilettes

– Vous êtes au courant que les parents de Polly Perkins ne sont pas là ce week-end et qu'elle en profite pour faire une soirée, samedi ? Tous les élèves de seconde et presque tous ceux de première y vont. Ça vous dit ? propose Sam.

– Je parie qu'il y aura Nick !

Une étincelle brille dans les yeux de Millie. Elle est au bord de l'implosion. Comme si elle ne passait pas déjà assez de temps avec lui pour les répétitions !

– J'imagine... et sûrement Josh le beau gosse... Mais pas question qu'on te laisse l'approcher toute seule après l'incident de la semaine dernière, Kat, pouffe Sam.

C'est malin.

Mon estomac fait un salto digne des Jeux olympiques. Les soirées, ça m'angoisse. Tout ce qui implique une interaction sociale avec beaucoup de gens m'angoisse. Et la présence de Josh le beau gosse, c'est comme la cerise d'angoisse sur le gros gâteau à la crème d'angoisse. Mais j'angoisse aussi à l'idée de rater un truc. Alors, à choisir entre angoisse et angoisse, je pense que je vais y aller. Qu'est-ce qui pourrait m'arriver de si terrible, hein ?

– Et il y aura Dave aussi, ajoute Sam. C'est lui qui m'a prévenue, donc ça doit vouloir dire qu'il veut que j'y aille, non ? fait-elle, pleine d'espoir.

– Ouais, c'est presque un date ! je réplique.

20 h 00

Sur le canapé avec mes parents et mon frère

De temps en temps, on regarde *Friends* tous ensemble après le dîner en imitant les personnages en *voice over*.

Eh oui, dans certaines familles, on joue à des jeux de société, mais nous on préfère doubler une vieille série qui passe à la télé depuis presque trente ans. Bon sang. On ne pourrait pas être un peu plus normaux ?

Je garde un œil sur mon portable pour rester en lien avec l'extérieur et ne pas sombrer totalement dans la démence familiale.

MOI : T'es passé où, Matt ? T'es en train de rater un super épisode de Friends ! xxx

MATT : Je suis rentré tard, j'ai traîné avec les autres devant le lycée, et j'ai une tonne de boulot pour demain. 😩

MOI : Voilà, c'est bien ce que je disais : les premières ont la grosse tête ! xxx

La revanche de l'écureuil touffu
Sam, Millie, Vous

MILLIE : Oh, là, là ! Qu'est-ce que je vais mettre pour la soirée ? Ce sera la première fois que Nick me verra sans mon horrible uniforme. Il faut que je sois au top !

MOI : EUH... Millie ! Tu es une féministe, je te rappelle. Tu ne te fais pas belle pour plaire aux hommes. Tu te fais belle pour te plaire à toi-même !

SAM : Donc tu ne vas pas te faire belle pour Josh le beau gosse, c'est ça ?

MOI : Non, je me ferai belle pour moi !

Millie : Mais Josh le beau gosse en profitera quand même !

ARGH. Elle m'a eue ! Je fais des efforts mais...

22 h 00

Ce serait bien que, pour une fois, je ne me ridiculise pas complètement en présence de Josh.

Oh... et si je fais un truc tellement humiliant que ma famille et mes amis me renient ?

Je touche mon interrupteur trois fois de suite.

Pensée pas très féministe : 1

La limite est assez floue. Je veux dire... Je sais qu'on n'est pas censée se faire belle pour un garçon, mais est-ce que je peux me faire belle pour me sentir plus sûre de moi face à ce garçon ? Pour faire bref, est-ce qu'on peut être jolie ET féministe ?

Jeudi 13 septembre

21 h 00

Dans ma chambre

JE NE FAIS PAS ÇA POUR UN GARÇON MAIS POUR MOI.

Je sais qu'on est censée mettre en valeur ses atouts physiques pour attirer les hommes... euh, je veux dire pour se plaire à soi-même. Mais ce que j'ignore, c'est si j'ai le moindre « atout ». Du coup, j'ai acheté des rembourrages de soutif en forme d'escalope de poulet.

Je sais que c'est un peu naze, mais j'espère que ça va bien tenir et donner l'illusion que j'ai un peu de poitrine. Et j'espère aussi que mon père ne tombera pas dessus dans le linge sale et qu'il ne me sortira pas son petit discours genre « tu es très bien comme tu es ». Comme quand il a appris que je voulais me teindre les cheveux en rose l'an dernier. Je suis encore furax qu'il ne m'ait pas laissée faire.

Je sais que ce n'est pas très féministe de ma part de ne pas accepter mon corps tel qu'il est, et je fais des efforts pour m'améliorer. Mais c'est dur de lutter et de réussir à penser comme il faut.

Il m'arrive au moins une fois par jour de ne pas me sentir assez « femme » et de regretter de ne pas avoir de « belles courbes féminines ». C'est peut-être justement pour ça que je me suis tournée vers le féminisme. Pour me sentir plus femme même si je n'en ai ni les courbes ni l'allure. C'est quand même un comble de ne pas se sentir femme alors qu'on a un mal de chien tous les mois pendant les règles, non ?

Alors peut-être que si je me sens plus féminine grâce à mes escalopes, c'est un acte féministe, en fait ?

Non mais qui j'essaie d'embrouiller, là ?

Pensées pas très féministes : 2

Des pensées en silicone avec une escalope dans chaque bonnet.

Vendredi 14 septembre

7 h 00

Dans ma chambre

On arrive à la fin de la deuxième semaine et je n'ai TOUJOURS pas proposé mon projet de blog féministe. TOUJOURS PAS. Quelle déception pour moi-même et pour toutes les femmes. Pourtant j'ai plein de nouvelles idées de portraits de femmes inspirantes dont je pourrais parler. Pour exemple, dans la rubrique « Inventions féministes », c'est une femme qui a inventé la ceinture hygiénique ! Elle s'appelait Mary Beatrice Davidson Kenner, mais personne n'a voulu lui acheter le brevet parce que, quand ils ont vu qu'elle était noire, ils ont prétendu que ça ne les intéressait pas. Mais je vais me charger de faire connaître son nom au grand public ! Je posterai une photo d'elle sur Instagram. J'ai 150 abonnés, c'est pas mal pour commencer. Je me demande si Mary Beatrice portait des escalopes ? Car c'était sans aucun doute une féministe.

9h00

Je n'y crois pas ! Il n'y a que ma mère qui a liké ma photo. Je me sens investie d'une véritable mission d'éducation. Millie et Sam ont intérêt à se bouger et la liker.

11h00

Cours de SVT. Encore. Bâillement

M. Labit vient d'afficher un gigantesque pénis sur le tableau numérique. Il y a visiblement un problème de réglage si bien que nous ricanons tandis qu'il essaie de faire disparaître ce pénis de cinq mètres qui nous toise.

Son nom de famille n'arrange rien.

11h05

#Tim vient d'annoncer à la classe qu'il aurait préféré un vagin géant et Krish (le clown de service du lycée. OK, il est marrant, mais pas si marrant que ça, soyons honnêtes) a renchéri que ce serait un peu comme explorer une grotte. Je parie qu'ils n'ont jamais vu de vagin de leur vie.

11h07

Je trouve ce pénis géant un peu menaçant, pour tout avouer. C'est un peu le King Kong des pénis.

Peur qu'il saute du tableau pour nous attaquer.

11 h 08

Quand on y réfléchit, ce pénis géant, c'est un peu une métaphore du patriarcat – qui pèse sur nous, nous étouffe et nous écrase, jetant son ombre menaçante sur nos vies.

11 h 09

Le pénis patriarcal règne toujours en maître.

11 h 10

Hourra ! Comme il n'arrivait pas à régler l'image, le prof est passé à la suivante et c'était un vagin géant, accompagné d'un utérus très spacieux. Le vœu de #Tim est exaucé, mais c'est un peu glauque.

Jamais vu des ovaires aussi gros. Millie rit tellement qu'elle serait tombée de sa chaise si je ne l'avais pas rattrapée.

J'entends de l'autre bout de la classe Krish s'exclamer genre : « Mes yeux ! » et « Pitié, non ! ».

Mis à part le jour de sa naissance, je crois qu'il n'approchera jamais un vagin de plus près.

11 h 15

Le prof est sorti de la salle. Il a dit qu'il allait chercher un technicien mais on se demande s'il ne serait pas plutôt en dépression suite à cette invasion d'organes génitaux géants.

11 h 20

Krish a dessiné des dents sur le vagin comme si c'était une bouche. Il lui a aussi fait deux yeux et une bulle qui dit : « Salut, je m'appelle Pat la Chatte. »

11 h 23

Le prof est revenu. Krish a pris une heure de colle.

14 h 30

Je ne sais pas si c'est une légende urbaine ou quoi mais j'ai entendu dire que M. Labit se prénommait Paul. Popaul Labit. Non. Pas possible.

16 h 30

Canapé du salon – chez Millie

Millie habite juste à côté de chez Sam. Comme ses parents sont toujours au boulot, on laisse sa petite sœur Issy traîner avec nous. Elle est dans la même classe que Fred mais elle est BEAUCOUP plus mature que lui. Genre vraiment beaucoup.

– Vous croyez que je pourrais ressembler à Cara Delevingne, un jour ? demande Millie en parcourant le profil Insta de l'actrice.

– Non, parce que tu ressembles à Millie... et que Cara Delevingne ressemble à Cara Delevingne, dis-je.

Millie pousse un profond soupir.

– Si tu le dis…

16 h 45

– OMG. AU SECOURS AU SECOURS AU SECOURS !

Je m'agite tel un oiseau cloué au sol.

– Quoi ?

Millie et Sam me dévisagent comme si j'étais folle, et la petite sœur de Millie a enlevé ses écouteurs pour venir voir mon écran par-dessus mon épaule.

– J'ai tapé deux fois ! J'ai cliqué deux fois ! Au secours !

– Où est-ce que tu as cliqué deux fois ?

Millie est aussi frénétique que moi parce qu'elle sait exactement ce que j'étais en train de regarder. J'avoue, on stalke les garçons sur Insta. J'étais en train de regarder les photos de Josh le beau gosse. Et j'ai dû perdre le contrôle de mon pouce tellement il est beau.

Non, mais ça va pas, Kate ?!?

– Arrête, c'est pas si grave, affirme Sam qui garde toujours la tête froide en cas de crise. C'était quelle photo ?

– Celle où il est torse nu, en vacances avec ses parents IL Y A DEUX MOIS.

Je tourne lentement mon téléphone face à mes amies.

– Ohhhh, t'as essayé de unliker ? Si tu cliques vite, ça annule ! VITE, UNLIKE !

Sam sautille sur place, en agitant les bras aussi maintenant, c'est mauvais signe.

– OUI, OUI, c'est bon… mais il va quand même recevoir la notif, non ?

– Ah oui, c'est sûr, affirme Issy avec désinvolture.

Comment OSE-t-elle ? Et le respect dû aux aînés alors ?

Bon, l'heure est grave et je cherche sur Google :

Peut-on hacker Instagram ?

Il doit bien y avoir un moyen de pirater Insta pour que Josh ne puisse pas voir le millième truc mortellement gênant que j'ai fait de la semaine ?

Enfin, plus raisonnablement :

Peut-on empêcher quelqu'un de voir qu'on a liké sa photo sur Instagram ?

Google n'a aucune suggestion utile. Juste des témoignages de gens qui ont l'air aussi en panique que moi.

Je suis foutue.

18 h 00

Dans ma chambre

– Ha-ha-ha ! Kate ! T'as liké une photo de Josh à moitié nu d'y a deux mois ? hurle Fred en débarquant dans ma chambre.

Argh, donc il est au courant.

– Claudia l'a dit à son amie Sharon et la petite sœur de Sharon l'a dit à Stacey, et maintenant tout le monde parle de toi pour la dix-millième fois depuis la rentrée. Non, mais t'es grave!

Argh, donc tout le monde est au courant. Super. Merci Fred. Quelle fouine l'a dit à Claudia?

Mon portable vibre:

MATT : Tu vas à la fête de Polly demain? xxx

MATT : T'as vraiment liké la photo de Josh le beau gosse à moitié nu exprès? xxxx

MOI : Non!!! Au secours! xxx

MOI : Et oui, je vais à la soirée de Polly demain! xxx

MATT : On se voit là-bas, alors. De loin. Je préfère ne pas être vu en ta compagnie, tu comprends.

MOI : *Gif de fille solitaire*

MATT : Je plaisante, je passe chez toi demain et on ira ensemble. D'ici là, ne touche à rien. Ne parle à personne, ne fais rien. Reste assise, bouche cousue. T'es une vraie Kata ambulante!

Pensée pas très féministe : 1

Je ne devrais sans doute pas regarder des hommes nus car c'est les chosifier et faut pas le faire à autrui si tu veux pas qu'on te le fasse.

Samedi 15 septembre

18 h 00

Dans mon dressing (En fait, c'est dans la même pièce que ma chambre, mais je voulais faire plus chic. Ça a marché ?)

Sœurs de cycle 🌙
Sam, Millie, Vous

Sam : J'arrive. Josh le beau gosse sera là, c'est confirmé. Il a posté plein de photos de lui à moitié nu en train de se préparer pour la fête. Kate, interdiction formelle d'y jeter un œil au cas où ton pouce tremblerait encore d'émotion. xxx

Moi : OMG, il faut que je voie ça.

Millie : Tu connais les règles, on ne peut pas te laisser regarder son profil sans surveillance. On te montrera quand on arrivera mais tu n'as pas le droit de toucher ton téléphone, il doit rester à minimum un mètre de toi et de tes doigts démoniaques. On t'aime, Kate, mais t'es un boulet.

Moi : Je promets de ne double-cliquer qu'avec mes yeux.

Sam : Je suis la seule à penser que c'est un peu idiot de poster autant de selfies dénudés quand même ? xxx

18 h 15

Toujours à me languir dans mon dressing

– Je peux entrer ?

Matt frappe et entre sans attendre ma réponse. Je me retourne vêtue de mon kimono (escalopes en place)... et là, il a pratiquement les yeux qui lui sortent de la tête.

– Nom d'un bonhomme Michelin ! Tu t'es changée en airbag ou quoi ?

– C'est trop ? je demande.

– T'approche pas de moi, tu risques de m'exploser au

nez ! crie-t-il, en me repoussant, cachant son visage dans ses mains.

Moi qui pensais que ça ferait plus joli. Plus femme. Plus sophistiqué.

Raté.

18 h 20

J'entends Sam et Millie monter les escaliers quatre à quatre. Comme des gamines. Je me demande quand nous serons enfin des femmes chics et posées ? Et c'est moi qui dis ça, la fraudeuse aux escalopes. Au moins, mes nouveaux seins enthousiasmeront sans doute davantage mes copines que Matt.

Elles font irruption dans ma chambre, surexcitées. Sam est incroyable, dans sa petite robe fleurie à bretelles et sa veste de motard en daim noir par-dessus, perchée sur les méga-talons qu'elle a manifestement piqués à sa sœur (qui a eu le malheur de laisser son placard ouvert en partant à la fac).

Millie porte un joli haut fluide, un jean et des baskets à imprimé léopard avec des lacets roses style chaussons de danse – je suis trop jalouse.

– D'OÙ TU SORS CES MACHINS ?

Sam désigne mes seins tandis que Millie les regarde fixement. Elle leur donne un petit coup de coude, mais je ne le sens même pas. Telle est la puissance d'amortissage de mes airbags.

– J'ai peut-être eu recours à des rembourrages.

– Ils sont énormes ! Tu aurais dû trouver un truc qui fasse un peu plus naturel.

Sam est consternée.

C'est facile, elle a de la poitrine, elle.

– C'EST CE QUE JE LUI AI DIT ! abonde Matt.

– Tu vas te faire mal au dos avec ça, tu sais.

Millie a l'air de les prendre pour de vrais seins, et non pour des rembourrages en silicone.

– J'ai besoin que vous décidiez pour moi. Jean ou jupe ? dis-je, ignorant leurs remarques puériles sur ma poitrine.

J'ai voulu essayer quelque chose de nouveau, ils pourraient me soutenir !

– Cette jupe fait très années 90. Mets-la avec un haut noir, une veste en cuir et tes boots en daim.

Sam a un vrai don pour s'habiller, ça me déprime. Pourquoi je ne suis pas comme elle ? Ou comme Millie ? Enfin n'importe qui sauf moi !

Soupir.

19 h 30

Chez Polly – AKA la plus grande maison du monde. Qui vit réellement dans un endroit pareil ? Pour être honnête, je n'aurais jamais cru qu'il y avait autant d'adolescents dans les parages. Certains doivent venir de l'autre lycée de la ville. Il y a foule devant la porte et je suis soulagée qu'on ait demandé à mon père de nous déposer au coin de la rue.

Les parents de Polly ne sont pas là mais, à mon avis, quand ils vont rentrer, ils risquent de se douter de quelque chose. On a à peine franchi le seuil que j'entends un truc se fracasser, mais Polly est déjà trop ivre pour s'en soucier.

Elle est actuellement affalée dans une pose langoureuse sur l'îlot de la cuisine, sous l'œil inquiet d'un élève de première. Je pense que l'effet recherché est raté, ça fait plutôt vieille dame qui ne peut plus se relever. En plus, on dirait qu'elle s'est fait un brushing avec le souffle d'air de la hotte.

Pendant que Dave et Matt essaient de trouver de l'alcool, je scanne la pièce à la recherche de Josh le beau gosse. Mais tout ce que je repère, c'est #Tim, avec un nœud papillon (?) et un gilet (?! peut-être qu'il se prend vraiment pour James Bond). Il va de fille en fille, tentant d'engager la conversation. J'imagine très bien le genre de choses sexistes qu'il leur débite. Je suis sûre qu'il a déjà sorti son célèbre : « Plus on les malaxe, plus ils grossissent. »

Comme par magie, Josh, Dave et l'alcool se sont retrouvés, et Nick n'est pas très loin non plus. Nous fonçons sur eux. Matt file retrouver Nick et les autres gars de sa classe quand nous arrivons dans la cuisine.

Josh le beau gosse est… un vrai beau gosse (waouh, quel talent littéraire !). Il est en jean et T-shirt blanc. Si on était dans un roman d'amour, j'aurais écrit « qui laisse deviner ses muscles sous le fin tissu ». Sauf que ce n'est pas le cas. Et je suis féministe.

Je m'approche de lui de la démarche la plus sexy possible. Seins en avant, tête haute, et j'essaie de mettre un pied devant l'autre au ralenti.

– Kate, pourquoi tu marches comme ça ? me chuchote Millie.

– Pour être sexy.

– On dirait que t'es bourrée, remarque Sam.

Merci pour ta franchise, Sam.

En tout cas, cela signifie que je ne suis pas aussi sexy que je le croyais, c'est donc sympa de me le dire. Le truc c'est qu'avec mes escalopes, je gère mal l'encombrement de mes seins. Ils sont plus gros donc j'ai plus de difficultés à passer dans les espaces exigus. J'ai déjà bousculé plusieurs personnes en traversant le salon. Matt secoue imperceptiblement la tête, je sais que je dois faire gaffe.

Je crois que j'ai atteint le summum de la nullité.

– Bon sang… sois naturelle, soupire Sam. Tu ne peux pas être toi-même pour changer ?

Elle a raison, mais là, en ce moment précis, non, je ne peux pas être moi-même. Et elle me connaît assez pour le savoir.

– Tiens, fait Millie en me prenant par la taille pour me soutenir.

Ça, c'est une vraie copine.

– Y a du rosé, Nick ? fait-elle.

Arrête, Millie ! Chacun a rapporté les fonds de bouteille du bar de ses parents et quelques bières tièdes. Alors du rosé, c'est beaucoup demander.

– Euh, j'ai du spritz ?

– Oh parfait, j'adooore le SSSCHPRRRITZZ !

Millie essaie de se la jouer sophistiquée, mais on dirait juste qu'elle a éternué.

– Salut, Katy, fait Josh le très très beau gosse.

« Ne sors pas un truc bizarre. Ne sors pas un truc bizarre. Ne sors pas un truc bizarre. »

– Ah… Oh… Josh le… SALUT, JOSH.

Je ne sais pas pourquoi 1) j'ai failli l'appeler Josh le beau gosse en sa présence 2) je me suis rattrapée en lui hurlant dessus. Il va vraiment finir par penser que je souffre d'un déficit d'aptitudes sociales.

– Tu veux une bière ?

– Oh ! Oui, merci !

Il prend une canette tiède et la décapsule en la tapant sur le bar comme un pro. Ce n'est visiblement pas sa première soirée. Il me la tend. Mon plan est donc d'en boire négligemment une petite gorgée avant de le remercier.

Mais en réalité, au moment où j'avale ladite gorgée, elle pétille tellement qu'elle me remonte dans le nez. Et sans que je puisse rien faire, elle me coule par les narines. Je m'étouffe, j'ai de la bière qui sort de tous les trous. Et la bouteille n'arrête pas de mousser.

Je suis une fontaine à bière.

Plus j'essaie d'arrêter de tousser, pire c'est. Je suis carrément pliée en deux et Josh me tape dans le dos comme s'il me faisait faire mon rot.

Il tape tellement fort que, alors que je m'efforce de reprendre mon souffle, je sens les escalopes s'échapper de mon soutien-gorge. Oh non, par pitié, non. Je me suis déjà assez ridiculisée.

Mais avant que je puisse réagir, je vois mes escalopes filer à travers la cuisine comme des fusées. Millie en rattrape discrètement une et Sam l'autre. Comme deux gardiennes de but, spécialité lingerie.

– Qu'est-ce que c'est que ça ?

J'espérais que Josh n'avait pas vu les deux escalopes en silicone jaillir de mon soutien-gorge. Dommage.

– Rien ! On s'amuse à se lancer les protections qu'on a mises dans nos chaussures. J'ai des ampoules ÉNORMES ! affirme Sam avec conviction.

Ne me dites pas qu'elle va glisser mon escalope dans ses pompes... Et si, elle le fait !

Elle ôte une de ses boots et hop, elle la met en place.

– Mm, c'est plus confortable comme ça. Merci, les filles.

Sam boitille, parce qu'elle ne peut pas enfoncer son pied correctement en raison de la taille impressionnante de l'abominable escalope.

J'ai arrêté de tousser (le souffle coupé par ce que mon amie est prête à faire pour moi) mais je n'ose pas me redresser et affronter le regard de Josh. Je suis sûre que mon mascara a coulé et que j'en ai partout sauf sur les cils. Et que je suis écarlate parce que j'ai les joues qui brûlent.

Bon, je n'ai pas le choix. À trois, je vais me redresser et rigoler, l'air de rien. Et faire une blague. Un truc subtil.

– Hahahaha. En principe, j'arrive à avaler.

Mes deux copines me fixent, stupéfaites. Je n'ose pas jeter un regard à Josh ; je suis sûre qu'il me dévisage comme si j'étais un alien débarqué de la planète WTF.

– Ouais... j'espère que ça va ?

Je lève enfin les yeux. Josh a l'air un peu interloqué. Pour sa défense, il a dû tapoter le dos d'une personne adulte incapable de boire une gorgée de bière tiède et assister à l'évasion de ses faux seins.

Il s'éloigne et je ne le retiens pas. Je risque de faire un truc encore pire.

– Je vais faire un saut aux toilettes, je chuchote aux filles.

Il faut que j'arrange mon maquillage.

– On t'accompagne.

Elles n'osent plus me laisser seule, et je les comprends.

21 h 00

De retour dans la cuisine – alias la scène du crime

Miracle, le reste de la soirée se déroule sans accroc, jusque-là. J'ai retrouvé mon décolleté naturel et j'avoue que je préfère. Si j'ai de si petits seins, c'est sans doute que je tiens mieux en équilibre comme ça.

Je fais profil bas, quand même. Millie est allée discuter de *Roméo et Juliette* avec Nick. Donc je me retrouve à tenir la chandelle entre Dave et Sam. Il faut que je trouve un moyen de m'éclipser avant de m'humilier encore plus. Sam, elle, arrive à bavarder normalement avec Dave. Dès que j'adresse la parole à Josh, ça tourne au sketch de mauvaise série comique.

Pourquoi mes amies gèrent toutes les relations avec les garçons sans problème, et pas moi ? J'aimerais juste être normale. Comme tout le monde.

21 h 15

Dans le jardin

Je me suis aventurée dans le jardin car tout le monde est en couple et j'ai complètement perdu la trace de Matt. Cette maison est immense. Je ne me sens pas du tout à ma place, je n'arrête pas de regarder mon téléphone pour me donner une contenance. Comme un doudou. Je vais m'asseoir dans un coin et jouer la fille occupée à faire un truc méga important sur mon portable.

Au moins dehors, il y a de l'air. Dedans il fait une chaleur étouffante, je commençais à avoir la tête qui tourne. Ça m'arrive tout le temps quand il y a du monde. Peut-être que les filles se demandent où je suis passée ?

Non. Pas de message. Je vais leur faire signe.

Sœurs de cycle 🌙
Sam, Millie, Vous

MOI : Je suis dans le jardin au cas où vous me cherchez… si jamais vous avez remarqué que j'avais disparu.

Comme ça, elles vont peut-être se rendre compte qu'elles m'ont carrément ABANDONNÉE.

Je consulte une page Instagram féministe. Ça me rebooste toujours un peu de sentir la force et le courage de toutes les femmes. Ils ont mis un lien vers @I_weigh.

C'est cool. En voyant une photo des Kardashian affichant leur poids, l'actrice Jameela Jamil a eu l'idée de proposer aux femmes de poster leur portrait avec leur vrai poids. Pas leur poids physique, non, leur poids mental et émotionnel – en quoi elles pèsent dans la société. Et elles ont mis des trucs comme « survivante » ou « diplômée en littérature ». C'est très inspirant. Je me suis carrément identifiée à certaines filles. Je crois que je vais faire ça tous les jours, juste pour moi, sans le montrer à qui que ce soit : écrire en quoi « je pèse » pour me rappeler que tout ne se résume pas à l'apparence physique et que nous sommes toutes plus fortes qu'on veut bien le croire.

J'en parlerai à Sam et Millie quand elles auront fini de tourner autour des garçons comme si c'était le centre de l'univers. *Tsss-tsss.*

21 h 30

J'étais tellement captivée par cette révolution en marche sur Insta que je n'ai pas entendu Josh approcher. Et maintenant, je lève le nez, et il est là, juste devant moi. Mon cœur s'emballe.

– Tu veux marcher un peu ? me propose-t-il.

Je préfère hocher la tête que de parler – trop risqué.

Nous nous dirigeons vers un portique de balançoires au fond du jardin.

– Alors la féministe du lycée est sur un nouveau projet ? me questionne-t-il avec ses petites fossettes, ses yeux à tomber, ses beaux bras bronzés, tout tout près de moi.

Bon, cette question m'est adressée, il faut que je réponde. Normalement. Sans faire de truc bizarre, chelou, déplacé.

– Je ne sais pas encore. On a plusieurs idées. Je te tiendrai informé !

OK, ça va, pas trop relou. « Tenir informé », ça fait un peu formel, mais ça passe.

– Cool ! T'es tellement plus intéressante que les autres filles du lycée.

Est-ce que par intéressante, il veut dire « bizarre » ? Ouais, je suis beaucoup plus bizarre que les autres.

Mais tandis que nous nous asseyons chacun sur une balançoire, je m'aperçois que j'ai le sourire jusqu'aux oreilles. Il faut que mon visage (et moi, par la même occasion) se calme. Je dois avoir l'air d'une psychopathe.

Il plonge ses yeux dans les miens. Même dans le noir, ils sont d'un vert stupéfiant. Et un rayon de lune illumine ses cheveux blonds. J'ai pêché cette expression dans un des bouquins de la collection secrète de romance de ma mère – c'est ressorti tout seul. Et ai-je mentionné son T-shirt moulant ? Qui met en valeur la moindre courbe de son torse doré. Je fonds, je le sens.

Je n'en reviens pas qu'il me parle toujours après la fontaine à bière, le lancer d'escalopes et l'épisode de la cup.

– Tu t'es remise, au fait ? J'ai cru que tu allais mourir, sérieux.

Il me regarde avec ses grands yeux (bon, OK, c'est normal).

– Oh... oui. Juste une petite quinte de toux.

J'essaie de prendre l'air détaché, mais sérieux, j'ai cru mourir aussi.

– Je sais que ce n'était pas un préservatif, l'autre jour, dit-il.

Je me sens rougir. Pourquoi il reparle de ça ? On ne peut pas faire comme si ça n'était jamais arrivé ?

– Je veux dire, on sait tous les deux à quoi ça ressemble, un préservatif. Quel crétin immature aurait pris ça pour une capote, hein ?

Heureusement qu'il fait nuit parce que je suis écarlate. Il croit que j'ai assez d'expérience pour m'y connaître en préservatif, alors que sincèrement non, pas du tout.

J'acquiesce.

– Ah mais ouais, totalement.

Je m'efforce d'avoir l'air mature, détaché et sexy.

– Hé, si tu veux, on pourrait aller se balader, un jour, tous les deux ? Comme ça tu pourrais me parler du féminisme, tout ça. Ce serait sympa de passer du temps sans les autres autour, non ?

C'est le plus beau moment de ma vie. Je n'entends même plus ce qu'il me dit. Je vois ses doigts qui s'approchent de mon visage. Qu'est-ce qu'il fabrique ? Où il va les mettre ? Oh ne me dites pas qu'il veut me glisser un doigt dans la bouche et je serais censée le sucer ? Il croit que je suis experte en préservatif et jeux sexuels ?

Ouf ! Il voulait juste remettre une mèche derrière mon oreille pour continuer à me dévisager intensément.

Donc c'est le plus beau moment de ma vie, et je n'ai qu'une envie, c'est de laisser éclater ma joie.

Je n'y crois pas. C'est dingue ce qui m'arrive.

– Oh, oui, volontiers.

Non, mais qui a dit ça ? Moi ? « Oh oui, volontiers » ? Comme si ma grand-mère me proposait un biscuit. Et après je vais battre des nageoires comme une otarie ? Mais qu'est-ce qui me prend ? Heureusement que Sam et Millie ne sont pas là pour voir ça.

– Génial. J'aimerais vraiment apprendre à te connaître.

Il me regarde dans les yeux. J'ai l'impression qu'il ne cligne jamais des paupières, c'est un peu flippant. Alors je le regarde aussi, en priant pour ne pas faire un truc gênant, genre péter, tellement je suis concentrée sur ses yeux. En fait non, parce que, maintenant, je serre les fesses. Je serre les fesses en regardant intensément ce beau gosse qui me regarde, en me disant que ce serait vraiment trop gênant de laisser échapper un petit vent, là, juste maintenant. Ça ne se passe jamais comme ça dans les romans d'amour de ma mère. En fait, j'ai un peu l'impression d'assister à la scène de l'extérieur, comme si c'était un film.

Dans un film, la fille dans mon genre laisserait juste échapper un petit rire. Mais moi, dans la réalité, je vais rire et paf, ça va me faire péter.

Soudain, j'aperçois un truc monstrueux du coin de l'œil.

Claudia est là, tapie dans l'ombre, en train de nous fixer d'un regard assassin.

Depuis combien de temps nous espionne-t-elle ? Je parie que ça fait un moment, vu son air furieux. Josh a dû la remarquer aussi et il essaie de me passer un bras autour des épaules. Ce qui n'est pas évident vu qu'on est tous les deux sur un support mobile. Je ne suis pas mécontente qu'elle assiste à ça après l'enfer qu'elle m'a fait vivre toutes ces années.

Si je devais me lever maintenant, je suis cent pour cent sûre que mes jambes ne me porteraient pas. Il m'attire contre lui. Il est vraiment musclé. J'ai très chaud brusquement, et je parie que si mon vagin décidait à ma place, il irait se frotter contre lui. Du calme, le vagin.

Et là, il dépose un baiser sur mon crâne (je ne me laverai plus jamais les cheveux) en disant :

– Je t'enverrai un texto.

21h45

Sœurs de cycle 🌙
Sam, Millie, Vous

Moi : SOS. BESOIN DE VOUS dans le jardin !

Ça prend cinq bonnes minutes, mais je les vois qui passent la porte du jardin. Ravie de savoir que je suis en haut de leur liste de priorités. Et si j'étais en train de me faire couper en morceaux, hein ?

– Ça va ? hurlent-elles en chœur.

– Oui, oui, super ! Il m'est arrivé un truc dément.

Sam se laisse tomber par terre, et Millie s'affale par-dessus.

– T'es sérieuse ? s'écrie Millie. On a cru que t'étais en train de te faire enlever !

– Bah, vous vous êtes pas beaucoup bougées, alors ! Je serais déjà dans le coffre d'une voiture en train de rouler vers un port sinistre vu comme vous vous êtes dépêchées. ENFIN BREF. Josh m'a parlé. Il m'a demandé si on pouvait sortir faire un truc tous les deux. Il m'a TOUCHÉE. Et il m'a embrassée là.

Je désigne le sommet de mon crâne.

– QUOOOOIII ?

Mes deux amies me regardent, bouche bée.

Je pense que Sam a vraiment crié, tandis que Millie s'est contentée d'articuler, le souffle coupé. Ça fait plaisir de constater qu'elles croient en moi.

– Ouais. Il a dit qu'il allait m'envoyer un texto.

– OH MY GOD. Et tu sais quoi ? Je viens de voir Sam embrasser DAVE ! hurle Millie.

Nous nous tournons vers l'intéressée d'un air interrogateur.

– AAAH BON ?

Je suis un peu vexée qu'elle me vole la vedette, pour être honnête.

– Ouais. Il m'a demandé si je voulais sortir avec lui. J'ai dit d'accord.

– WAOUH !

Millie et moi, on la prend chacune d'un côté et, dans l'excitation, on se cogne toutes les trois la tête. Oups.

– Hé, c'est bon, du calme, fait Sam d'un air faussement blasé.

Je me tourne vers Millie.

– Et toi avec Nick, ça donne quoi ?

– On a une relation purement professionnelle entre acteurs. Il ne faut pas mélanger le travail et le plaisir.

J'objecte :

– Euh... Et Kit Harrington et Rose Leslie, alors ?

Parce que, franchement, il y a plein d'acteurs qui mêlent vie privée et professionnelle. Je peux lui en citer si elle veut.

Même si ça a mal commencé à cause de légers petits « incidents », désormais, je sais que ça va être notre année – ON VA TOUT CASSER EN ÉTANT SUPER FÉMINISTES !

L'une de nous a déjà un petit ami, l'autre a un date, et la troisième va bientôt embrasser le garçon qui lui plaît, même si c'est sous prétexte de faire son boulot d'actrice.

Une actrice qui prie pour que ça dérape niveau langue. En bonne professionnelle.

Mais si j'y réfléchis, peut-être qu'avoir un petit ami, ce n'est pas forcément une super réussite pour une féministe. Alors disons qu'on va tout casser parce que l'une de nous a le premier rôle dans une pièce, l'autre va s'occuper des décors et obtiendra sans doute une bourse pour un super stage d'arts plastiques. QUANT À MOI, J'ÉCRASE LE PATRIARCAT SOUS MA PLUME.

Minuit

Dans mon lit chéri

Matt m'a raccompagnée après la plus géniale soirée de ma vie. Il est furieux d'avoir raté l'épisode Josh. Comme j'avais peur qu'il n'ait pas mon numéro, Matt m'a assuré qu'il me contacterait via les réseaux sociaux. Tout le monde fait ça, maintenant. Je n'en reviens toujours pas.

Je touche mon interrupteur trois fois. Pour la première fois depuis une éternité, j'ai hâte d'être à demain.

Pensées pas très féministes : 10 000

J'ai passé la journée à me préparer pour plaire à un garçon (à part le quart d'heure où j'ai lu un excellent bouquin féministe, *Go Girl*). Et en plus j'étais extatique que mes copines aient enfin des petits amis. D'un point de vue féministe, ce n'est donc pas une très grande journée. En revanche, niveau romance, le top.

Dimanche 16 septembre

I_weigh :

• un téléphone sans le moindre message

• un terrible dilemme : c'est antiféministe ou pas, de s'épiler ?

• le risque d'être exclue de la communauté si une de mes sœurs féministes lit dans mes pensées

• la honte de ne pas utiliser ce #I_weigh à bon escient

9h30

Dans mon lit, en train de repenser au baiser que Josh a déposé sur mon front

Distraite par toutes ces histoires de mecs, j'ai oublié de parler de I_weigh à Sam et Millie, hier soir. Je suis la pire féministe de toute l'histoire du féminisme. Emmeline Pankhurst doit se retourner dans sa tombe. Et mes ovaires sont sans doute en train de faire leur baluchon pour partir vivre chez une femme qui en vaut la peine.

9 h 35

Mais un super beau gosse m'a demandé de sortir avec lui alors que je me suis humiliée devant lui. Et Claudia était veeeerte de jalousie. Elle est passée par toutes les nuances de vert imaginables. Trop cool.

Bon, d'accord, ce n'est pas du tout féministe. Faut que je fasse un gros effort. Je vais de ce pas parler de I_weigh aux filles.

9 h 38

Mmm... Je me demande quand JBG va m'envoyer un message ? Mais je ne vais sûrement pas passer la journée à surveiller tous mes réseaux sociaux. Pas question.

10 h 05

Bon, rien nulle part pour l'instant. Mais ça valait le coup de voir Angus le chat grognon dressé sur les pattes arrière dans sa cuisine.

Béa est furieuse que je :

1) sois en train de regarder un chat ;

2) ne tienne pas en place plus de cinq minutes.

10 h 10

Ah, c'est vrai, je dois envoyer le lien vers I_weigh à Sam et Millie. Je parie que Mary Wollstonecraft[1] n'aurait pas

1. Journaliste et femme de lettres britannique du XVIIIe siècle qui s'est engagée en faveur de l'éducation des filles.

négligé sa mission féministe pour les beaux yeux d'un garçon.

10 h 15

Je viens de refaire un tour sur les réseaux sociaux et toujours rien. Je ne sais même plus pourquoi j'avais pris mon portable à la base.

11 h 00

Le féminisme ! Je leur envoie le lien immédiatement.

11 h 15

Sophie Steiner vient de poster une photo de la soirée d'hier. On me voit discuter avec Josh dans le fond. Notre première photo ensemble.

Je pourrais rester des heures à la regarder.

Et même l'éternité.

11 h 30

Les filles vont passer à la maison pour faire un débrief de la soirée, surtout que désormais l'une de nous a un petit ami, et l'autre un date… (reste juste à fixer la date du date !)

11 h 45

ARGH ! J'ÉTAIS CENSÉE LEUR ENVOYER LE LIEN VERS @I_weigh.

Je leur en parlerai en personne. Promis.

Midi

Dans ma chambre, loin des oreilles curieuses de Fred – il est bien trop jeune pour ce genre de discussion.

Les filles viennent d'arriver. Sam a déjà envoyé trois messages à Dave et il a répondu chaque fois. J'imagine qu'une fois qu'on est en couple, il n'y a plus de règle pour limiter le nombre de messages.

– Et si Josh veut qu'on se voie pour faire un peu d'exploration tactile et qu'il découvre que je n'ai pas tant de choses à explorer qu'hier ? Et moi, j'ai aussi le droit d'explorer ?

Millie me lance un regard perplexe.

– Qu'est-ce que tu voudrais explorer ?

– Euh non. Non, pas la peine, affirme Sam.

Elle a l'air de parler d'expérience. Millie et moi, on se retourne vers elle comme une seule fille.

– Dave et moi, on sort ensemble depuis hier seulement, les filles. Mais j'ai entendu ma sœur en parler. D'ailleurs, il faudrait qu'on ait un code… au cas où ton frère aurait l'oreille qui traîne.

– OK, alors disons…

Millie lève les deux mains pour mimer une paire de seins en faisant un bruit de vache.

– Meuh meuh.
J'en reste bouche bée.
– Euh… t'as cinq ans ? réplique Sam.
Millie boude.
– OK, alors propose si tu as mieux !
On n'a pas mieux.

13 h 00

MATT : IL T'A CONTACTÉE ?

MOI : NON.

MATT : Oh, désolé. Mais ça va pas tarder. Je suis sûr qu'il sait manier Instagram. Entre autres. 😛

MOI : Arrête, c'est pas le moment.

J'ai l'impression que ça devient chaud bouillant entre Sam et Dave. Ils n'arrêtent pas de s'envoyer des messages.

– Il veut qu'on sorte ensemble la semaine prochaine, mais je n'ai pas le temps. Je lui ai dit que j'étais surbookée en ce moment, mais il n'a pas l'air de comprendre. J'espère qu'il ne va pas se lasser d'attendre, soupire Sam.

– Mais non ! Il crushe sur toi depuis des siècles. Et puis, s'il se lasse aussi vite, alors il n'en vaut pas la peine de toute façon, dis-je comme si je m'y connaissais.

– Tu crois qu'il veut te faire des trucs derrière le bâtiment d'art ?

– Euh, pas tout de suite, j'espère. Il risquerait de se perdre dans les buissons.

Sam mime un explorateur se frayant un passage dans la jungle.

– Franchement, tu peux garder tes poils, Sam. On n'est pas obligées de se faire épiler. Tu t'imagines que lui, il va se faire une petite coupe pour rafraîchir sa virilité ? JE NE PENSE PAS ! Alors pourquoi tu le ferais pour lui ? De toute façon, moi, tout le lycée a déjà vu ma touffe.

Je me suis levée parce que j'aborde un point capital de la lutte féministe : l'égalité en termes de poils pubiens.

– OUAIS ! m'acclament-elles en chœur.

19 h 00

Maman a renvoyé Sam et Millie chez elles il y a une demi-heure parce que, apparemment, on doit se préparer mentalement et physiquement pour la semaine à venir et s'assurer qu'on est bien reposées. C'est bien un truc de vieille, ça.

Ça m'énerve, je suis sûre que j'avais un truc important à dire aux filles, mais je ne me souviens plus quoi.

23 h 00

Je devais leur parler du site I_weigh !

Je vais leur envoyer un message. Mieux vaut tard que jamais.

23 h 05

Je me demande si on peut être féministe même si on a un petit ami. Je vais chercher sur Google.

Peut-on être féministe tout en ayant un petit ami ?

Comment être un petit ami féministe

Cinq astuces pour trouver un petit ami

Que faire quand on a un petit ami sexiste

Féministes célèbres qui ont eu un petit ami

Ha ha !

23 h 10

Germaine Greer[1] a eu un mari, mais seulement pendant quelques semaines.

Mary Wollstonecraft n'a été mariée qu'une très courte période avant sa mort, mais elle a eu deux amants à une époque où on réprouvait les relations sexuelles hors mariage. Bravo, Mary !

Emmeline Pankhurst a eu un mari, un véritable allié de la cause féministe. Il la soutenait. Je pense donc que c'est possible, du moment qu'on reste féministe et que lui aussi.

Aucun rapport mais quand même : toujours pas de nouvelles de *lui*.

---

1. Autrice/essayiste et professeure d'université, née en Australie mais vivant au Royaume-Uni : pour elle, la différence biologique entre homme et femme doit être revendiquée plutôt que niée dans le combat féministe.

Pensées pas très féministes : une infinité
JE SERAI UNE MEILLEURE FÉMINISTE DEMAIN.

Lundi 17 septembre

I_weigh :

Le poids de toute ma crasse parce que Fred monopolise la salle de bains.

8 h 00

Je me prépare en vitesse.

On vient de sonner à la porte et, comme d'hab, je ne suis pas prête parce que, comme d'hab, mon frère a passé une demi-heure dans la salle de bains. Je ne sais pas ce qu'il fabrique là-dedans et je préfère l'ignorer mais, en tout cas, à cause de lui, je n'ai pas eu le temps de parfaire mon look pour ce qui promet d'être une journée spéciale au lycée (peut-être que JBG veut qu'on se voie en personne pour fixer une date).

Je fais un chignon flou et rajoute une paire de lunettes par-dessus – j'ai opté pour le style féministe intello, sophistiquée et posée aujourd'hui. Puis je prends mes affaires avant de dévaler l'escalier. En principe, dans l'entrée, j'aperçois Sam et Millie… mais là, il y a aussi Dave. Ce qui n'est pas logique étant donné qu'il habite à l'autre bout de la ville. Il a dû se lever une heure plus tôt pour venir jusqu'ici avant de repartir dans l'autre sens au lycée. Tout ça pour voir Sam ? L'amour pousse vraiment à faire de drôles de choses !

– Salut, les filles ! Salut, Dave !

J'ai fait semblant d'être essoufflée, pas du tout surprise ni perturbée par sa présence. Millie hausse les épaules en désignant Sam et Dave main dans la main devant ma porte.

Je suis impressionnée par l'effort qu'il a fait… mais j'espère qu'il ne va pas traîner avec nous en permanence dorénavant. Ce serait sacrément pénible.

9h00

Assemblée du matin

– TIMOTHY MATTHEWS, CESSE DONC DE MASTIQUER ! hurle M. Shaw, notre responsable de niveau.

Il trouve ça hilarant de brailler ça sur les élèves qu'il surprend en train de manger un chewing-gum, dans l'espoir de leur coller la honte devant tout le monde pour qu'ils ne recommencent plus.

Je vois que Sam et Millie ont le même frisson de dégoût que moi.

– Vous croyez que #Tim le fait exprès pour attirer l'attention et que tout le monde l'imagine en train de se masturber ? je leur chuchote.

Elles me jettent un regard paniqué.

Elles m'en veulent de leur avoir mis cette image en tête, et moi aussi d'ailleurs, je regrette.

Je scrute l'assemblée à la recherche de Josh. J'espérais un échange de regards langoureux à travers le hall, mais je ne le vois pas.

Il est peut-être malade. Ça expliquerait pourquoi il ne m'a pas contactée.

13 h 30

Devant mon casier

– Oups ! dit Claudia en faisant tomber le livre que j'essaie de sortir de mon casier. Quelle maladroite ! Comme toi, quand t'as perdu tes seins au milieu de la cuisine, samedi ! dit-elle tandis que sa bande glousse docilement.

Je me penche pour ramasser mon bouquin, espérant réussir à me tirer rapidement de cette situation, mais elle enchaîne :

– Je t'ai vue discuter avec Josh, à la soirée.

– Qu'est-ce que tu veux, Claudia ?

– Laisse tomber. Il est pas intéressé. Il n'a pas besoin d'une fille maladroite comme toi. Il lui faut une vraie femme pas une gamine qui rembourre son soutif et s'étouffe à la première gorgée de bière.

Juste à ce moment-là, elle sort une de mes escalopes de sa poche pour me l'agiter sous le nez.

Comment a-t-elle réussi à mettre la main dessus ? Ce n'est peut-être pas à moi ? En même temps... Je ne sais pas ce qu'elles sont devenues après leur passage dans les chaussures de Sam.

– Hé, c'est bon, Claudia. Lâche-moi, dis-je en claquant la porte de mon casier avant de tourner les talons.

Où a-t-elle récupéré cette escalope ? Elle a raison, c'était débile de penser que ça me ferait sentir plus femme.

Comment parvient-elle à me démolir le moral en deux secondes comme ça ?

15 h 00

Si Josh ne voulait pas sortir avec moi, il ne me l'aurait pas proposé. D'accord, il ne m'a pas recontactée, mais ça ne veut rien dire.

22 h 00

Dans mon lit en train de fixer le plafond, mes écouteurs dans les oreilles

Toujours pas de message de Josh et je ne l'ai pas croisé de la journée au lycée.

Sam l'a vu en arts plastiques alors peut-être qu'il était simplement en retard. Ça doit être compliqué d'être mannequin et de continuer à suivre les cours. Comme avoir deux boulots en même temps.

Faut que j'arrête de penser à lui tout le temps.

23h00

Je touche mon interrupteur trois fois. J'aurai peut-être un message de lui demain.

Pensées pas très féministes : un millionniard

Mis ma vie en pause, passé la journée à attendre un texto d'un garçon.

Mercredi 19 septembre

I_weigh :
Un portable sans aucun message. Pas le moindre, de quiconque. Je suis dans un trou noir de la communication.

7 h 30

Ma chambre

Peut-être que mon téléphone ne fonctionne pas, c'est pour ça...

Oh, il a bipé ! Il est réparé et maintenant le message est passé. Je devrais porter plainte contre la compagnie de téléphonie. Les poursuivre en justice pour dommages émotionnels !

La bande d'Emmeline Pankhurst
Sam, Millie, Vous

MILLIE : Je suis en retard ce matin. Issy a passé une heure sous la douche. Désolée ! xxx

Bon, c'est pas Josh. Déception. Non, mais c'est de la torture...

21 h 00

À mon bureau où je m'efforce de bosser

Toujours aucune nouvelle de Josh. J'essaie de me concentrer sur mon commentaire de texte, mais je n'ai pas la tête à ça. C'est vraiment pas féministe de me laisser distraire par un garçon. Surtout qu'il faut que j'aie des bonnes notes dans les matières littéraires si je veux devenir journaliste.

22 h 00

Au lit

Peut-être que Claudia a raison, que je ne l'intéresse pas. Mais alors pourquoi il m'aurait proposé de sortir avec lui ?

Je touche mon interrupteur trois fois. Peut-être que j'aurai un message de lui demain.

Pensées pas très féministes : 5

1) Je me demande quand Josh va me contacter.

2) Pourquoi il ne m'a pas contactée ?

3) Où est-il passé ?

4) Il est peut-être malade.

5) Ou alors c'est moi qui devais le contacter ? Non, je suis sûre que non.

Vendredi 21 septembre

I_weigh :

Ma liberté. J'ai fait une croix sur Josh. Terminé. Je passe à autre chose. (J'essaie, en tout cas.) Il n'avait qu'à saisir sa chance. Ah, je me reprends en main. Et j'utilise cet espace POUR MOI.

10 h 30

Aux toilettes

– Ils ont enfin fixé une date pour la pièce. Vous êtes au courant, les filles ? nous demande Millie.

– Euh... non. Mais ce serait bien de savoir pour que je puisse finir les décors ! s'exclame Sam.

– Vendredi 14 décembre.

Je me redresse.

– Génial. Ça me laisse du temps ! se réjouit Sam.

Elles se sont sûrement aperçues que c'était le jour de mon anniversaire. De mes seize ans. Elles n'ont pas oublié, impossible. Pourtant elles n'ont pas l'air de réagir. Ça fait onze ans qu'on fête nos annivs ensemble, et RIEN.

– Ils ont bien choisi la date..., je commente, pleine d'espoir.

– Oui, pas trop tôt, et juste avant la fin du trimestre, pour qu'on puisse se détendre après, renchérit Millie.

Ouais.

Je ne vais pas en faire toute une histoire. Ce serait pas cool. Présumer, trois mois avant mon anniv, qu'elles vont oublier de me le fêter. Elles n'oublieront pas. Faut que je me détende. Comme un koala. Ouais, faut être plus koala.

Mais tout de même, il y a des traditions auxquelles je tiens beaucoup. Comme la surprise d'anniversaire. Depuis qu'on a huit ans, les deux autres préparent un truc complètement inattendu pour celle qui fête son anniv, du genre : décorer sa chambre façon château de princesse (à huit ans), se déguiser en notre animal préféré et jouer le rôle toute la journée (il n'y a pas si longtemps, je préfère ne pas vous dire quand exactement), suivre un cours de poterie (pour Sam, évidemment). Je vais avoir seize ans, donc j'imagine qu'elles ont prévu une surprise démentielle. Elles ne vont pas faillir à la tradition à cause de la pièce, quand même.

– Et on organise une super soirée après ! reprend Millie.

Hein ? QUOI ? Ah ouais, d'accord. Le koala commence à stresser un peu. Je vais juste leur rappeler que c'est mon anniv, comme ça, négligemment.

– Euh, je voudrais pas faire ma star, mais vous n'avez pas oublié que c'est mon anniv ce jour-là, hein ?

– ARGH ! s'écrie Millie. Mais justement t'auras une super soirée sans avoir besoin de l'organiser !

– Bah ouais, une super soirée d'anniv avec tout le monde, sans rien à faire. TROP COOL ! renchérit Sam.

Évidemment. Je devrais être contente. Une soirée tous frais payés, sans lever le petit doigt. C'est le rêve, non ? Qu'est-ce qui me prend, hein ? On est adultes maintenant. Tu ne vas pas te déguiser en zèbre à seize ans. Les adultes font des soirées, pas des bals costumés.

Allez, grandis un peu, Kat !

19 h 00

Je sèche pendant que papa lave - l'humeur aussi glauque que de l'eau de vaisselle

– Où est Matt ? Il a trop de boulot ? s'étonne mon père.

Bonne question. Alors que, d'habitude, Matt passe presque toutes ses soirées chez nous, je ne l'ai pratiquement pas vu de la semaine. Et en principe, on traîne toujours ensemble le vendredi soir.

MOI : Hé, tu fais quoi ce soir ? xxx

Je fixe mon portable. Normalement, Matt me répond instantanément. On peut compter sur lui.

Mais là, rien.

20 h 30

***Sur le canapé avec mon père qui cherche quoi regarder après un épisode hilarant de* Friends.**

Toujours pas de nouvelles de Matt. Je ne comprends pas. En principe, il répond tout de suite. Ça ne lui ressemble pas.

20 h 35

Oh, sois plus koala, Kate. Il a dû sortir.

20 h 40

Ouais, mais AVEC QUI ?

20 h 45

Peut-être qu'il est avec Josh qui est avec Claudia et tout le monde. Sans moi. Et ils rigolent bien. Sans moi.

20 h 50

> MATT : Je suis avec Simon et Steve de ma classe. Ils connaissent un pub où t'as besoin de montrer ta carte d'identité. Trop cool. Tous les autres clients ont plus de 75 ans.

Ah. ENFIN. Ouf, il n'est pas avec Josh ni avec Claudia. De toute façon qu'est-ce que Josh ferait avec Claudia, hein ? MAUDIT CERVEAU.

Il a bien le droit d'avoir d'autres amis. J'imagine.

22 h 30

Dans mon lit, savourant mon existence de vieille fille

Quand j'étais plus jeune, je pensais qu'une fois que j'aurais mes règles, je me sentirais tout de suite plus femme – attirante, sûre de moi. Mais non. J'attends toujours. J'attends toujours d'être comme les autres filles du lycée. On n'en a jamais parlé, mais je sais que Sam et Millie se considèrent comme des femmes. Et moi, je suis restée coincée au stade petite fille. Genre Benjamin Button. De l'extérieur, je grandis, mais dans ma tête, je régresse. Jusqu'au jour où je ne ferai plus que manger et pleurer sans cesse.

Bon. Il faut que je grandisse. Que je commence à faire comme les autres. Que je sorte de mon rôle de Kit Kat, la gamine au surnom mignon qui n'ose pas adresser la parole aux garçons. Enfin, ça, ce n'est pas le plus important, vu que je suis féministe. Enfin, j'essaie, en tout cas. Ce serait bien si quelqu'un pouvait m'enseigner tout ça. Me fournir une petite liste avec des cases à cocher. Pour que je n'aie pas l'impression que je m'emmêle les pinceaux et que je fais TOUT MAL en permanence.

Première étape. Oublier Josh. Une femme sûre d'elle et féministe n'a pas besoin de l'approbation d'un mâle.

Je viens de toucher trois fois mon interrupteur sans le vouloir. Je ne contrôle même plus mes mains.

Pensées pas très féministes : 0
Entièrement concentrée sur mon objectif. CERVEAU INTERDIT AUX GARÇONS.

Je suis repartie en mission !

Samedi 22 septembre

I_weigh :

Un moment zen. J'inspire l'amour et la paix, j'expire toutes les ondes négatives. Un changement se dessine. Je suis calme, centrée, posée.

9 h 30

Dans ma chambre, sur un matelas de yoga

– *Chassez la colère, laissez entrer la paix... chassez la haine, laissez entrer l'amour... chassez l'angoisse, laissez entrer la confiance...*

Il y a une petite séquence de méditation à la fin de la vidéo de yoga. Mais honnêtement la voix « apaisante » de cette meuf :

1) me hérisse le poil ;

2) me remplit de haine ;

3) m'angoisse grave et me fait craindre pour ma santé mentale.

Du coup, elle ne m'aide pas à relativiser le fait que Josh ne va JAMAIS me contacter. Ce qui était pourtant le but de cette petite séance de chien tête en bas.

C'est sûrement parce que, chaque fois que j'essaie de me poser, tranquille, mon cerveau part en vrille. Comme si, dès qu'on lui proposait de ralentir, il décidait au contraire de s'emballer.

Et aujourd'hui, il en est arrivé à différentes conclusions :

1) Tout le monde a (ou aura bientôt) un petit ami sauf moi.

2) Josh ne veut pas sortir avec moi et, si ça se trouve, j'ai complètement inventé notre conversation de samedi soir parce que je suis folle.

3) Je suis trop moche pour avoir un petit ami et je vais rester célibataire toute ma vie.

4) Mais même si je suis moche, je ne dois pas m'en faire pour mon physique. Parce que je suis féministe.

5) Bon sang. C'est l'horreur, je n'ai aucun contrôle sur mes émotions, je devrais quand même être à l'écoute de ce que je ressens, non ?

6) Mes amies me remplaceront par une fille avec qui elles pourront faire des sorties en couple, qui est plus cool, et une meilleure féministe.

7) Je vais rater mes exams, parce qu'en plus de ne pas être très jolie, je ne suis pas très intelligente.

8) Je n'aurai pas d'assez bonnes notes pour aller à l'université.

9) Du coup, je serai obligée de prendre un boulot mal payé et de rester vivre chez mes parents éternellement.

10) Et je serai tellement déprimée de n'avoir aucun ami et d'être aussi moche que j'arrêterai de me laver. J'aurai les cheveux gras qui hébergeront toute une colonie de petites bestioles. Et ce sera également le cas de mes poils pubiens qui formeront un tissu de nœuds obstruant l'entrée de mon vagin à jamais, mais offrant un abri à d'amicaux parasites.

11) Je perdrai mon boulot mal payé et serai incapable d'en trouver un autre parce que je suis monstrueuse et qu'il vaut mieux pour les yeux et le nez des clients que je ne sorte pas de la maison.

12) Je dépendrai financièrement de mes parents et ils finiront par me détester.

13) Et si mes parents perdent leurs boulots, je deviendrai SDF.

14) En fait, ça pourrait se produire n'importe quand. Ils pourraient être au chômage et on se retrouverait à la rue. Et si ça arrive demain ?

15) Et si quelqu'un s'introduit chez nous pour tous nous tuer ?

16) Et si quelqu'un s'introduit chez nous et tue tout le monde à part moi ?

17) Et si on me jette en prison parce que les enquêteurs se trompent et m'accusent ?

18) Je mourrais sûrement en prison, je ne suis pas très costaude.

19) Même si on saute les points 13 à 18, mes parents vont mourir un jour et je ne saurai pas me débrouiller toute seule.

20) Et je mourrai abandonnée dans la maison où j'ai grandi sans avoir rien fait de ma vie et personne ne s'en

apercevra parce que je n'aurai aucun ami et même Fred aura coupé les ponts avec moi parce que, comme il le dira à sa femme et ses enfants, « ça valait mieux ».

21) La fin est proche.

9 h 35

Je rouvre les yeux pour sortir de l'enfer méditatif

Alors que je devrais être calme et reposée, je suis en pleine panique. Je cours me regarder dans le miroir pour vérifier que je suis toujours jeune et que je me suis lavée récemment, que j'ai toutes mes dents et que j'entends ma mère féliciter tante Jane au téléphone pour le prix qu'elle a remporté (elle a découvert un nouveau traitement contre l'arthrite).

Je les imagine, plus jeunes, les deux élèves modèles. Et ça me rappelle que je ne suis sans doute pas l'enfant que ma mère espérait avoir. Elle s'attendait sûrement à un petit génie des sciences. À mon âge, elle devait avoir remporté déjà dix concours – et moi aucun.

10 h 30

À mon bureau

Bon, d'accord. Même si la fin est proche, il faut que je termine mon commentaire de texte.

10 h 35

Tout le monde fait un truc cool aujourd'hui. Je viens de jeter un coup d'œil sur Insta, il n'y a que des photos de gens qui s'éclatent. Tous. En train de s'amuser.

Argh.

Et moi, je suis là, toute seule.

10 h 40

Faut que j'arrête de regarder mon portable et que je me concentre sur mon boulot.

10 h 50

Je me demande ce que font les filles, quand même. Peut-être que je vais juste vérifier…

11 h 00

Elles bossent sur la pièce. OK. Je me remets à mon commentaire.

11 h 10

Est-ce que c'est antiféministe de reluquer le nez d'une autre femme sur Insta ? Est-ce que c'est son vrai nez, d'abord ? Je ne sais même pas qui c'est mais elle a 150K abonnés et un tout petit nez. D'où elles sortent, ces influenceuses ? Elles n'ont pas la moindre influence sur moi.

11h15

Mais elles sont sympas, ces baskets, quand même. En plus, y a qu'à cliquer pour les acheter.

Hum. OK. Elle m'a influencée.

21h00

Dans mon lit, fatiguée de ma journée minable

Je ne suis absolument pas en train de me dire que ça fait une semaine jour pour jour qu'il m'a proposé de sortir avec lui. Que ça fait exactement une semaine qu'il ne m'a pas envoyé de message pour fixer une date. Je me suis couchée parce que... à quoi bon ?

23h30

Bip.

Argh, non mais qui m'envoie un message à cette heure-ci, hein ?

JOSH : Salut, Kat !

JOSH : Ça va ?

OH MY GOD ! OH MY GOD ! JE LE SAVAIS ! ENFIN !

Moi : Salut. Ça va, merci.

Josh : Quoi de neuf ?

Moi : Rien de spécial. *Chill*, quoi.

J'espère que ma réponse n'est pas trop nulle.

Oh non, et s'il me prend pour une grosse naze et qu'il ne réponde pas ?

Ouf, ça va, il est en train d'écrire.

Josh : Je me demandais si on pourrait se voir jeudi aprèm.

YESSSSSS ! YESSSSS ! YES YES YES YES YES YES YES YES !

Moi : OK.

Josh : Parfait. 15 h 30, derrière le parking à vélos ?

Moi : Ça me va.

Josh : J'ai trop hâte. x

JE LE SAVAIS ! JE LE SAVAIS ! JE N'AI PAS TOUT INVENTÉ !

Je vais prévenir les filles.

La bande d'Emmeline Pankhurst
Sam, Millie, Vous

Moi : IL M'A ENVOYÉ UN MESSAGE ! Il veut qu'on se voie jeudi après les cours. On se retrouve derrière le parking à vélos ! Vous croyez qu'il veut qu'on... enfin... Déjà ?

Moi : Les filles ?

Moi : LES FILLES !

ARGH. Elles doivent déjà dormir. Trop nul.

En plus, c'est samedi, quand même. Pourquoi ON N'EST PAS SORTIES ?

Bon, OK, y a pas grand-chose à faire dans le coin.

C'est une ville très calme. Toute petite.

Je viens de répondre à ma question.

Minuit

Je ne sais pas comment je vais pouvoir fermer l'œil maintenant.

La seule personne à qui je peux raconter ce qui vient de se passer, c'est Béa.

Et elle s'en fiche comme de sa première baballe.

Pensées pas très féministes : 2

1) Ça compte que la fille de la vidéo de yoga m'ait agacée ? Elle était tellement... *yoga style*, quoi.

2) Mon moral est remonté en flèche après avoir parlé à Josh. En tant que féministe, je ne devrais pas laisser un homme avoir une telle influence sur mon humeur, pas vrai ?

Dimanche 23 septembre

23 h 00

Dans mon lit

Toute la journée, j'étais trop surexcitée d'avoir reçu un message de Josh pour écrire.

Les filles trouvent ça louche qu'il ait mis autant de temps à me contacter. J'ai demandé à Matt ce qu'il en pensait et il est du même avis. Pourquoi ne peuvent-ils pas être contents pour moi, tout simplement ? Je sais qu'ils veulent me protéger, mais Sam a Dave, Millie progresse clairement avec Nick, alors pourquoi moi, je ne pourrais pas prendre aussi du bon temps ?

Pensée pas très féministe : 1

« Trop surexcitée d'avoir reçu un message de Josh pour écrire » 🤦‍♀️

Mercredi 26 septembre

I_weigh :
Je vais sortir avec le plus beau mec du lycée. TRA LA LA LA LA ! Je ne suis que pure excitation.

13 h 00

Au réfectoire

Je n'ai pas vu Josh de la semaine. Un vrai fantôme. Avant je n'arrêtais pas de le croiser et maintenant on dirait qu'il ne met plus les pieds au lycée. Il doit avoir des castings et des séances photo et tout.

Sam et moi, nous allons chercher Millie à la sortie de sa répétition. Dave n'est pas encore dans les parages, mais je suis sûre qu'il va nous rejoindre bientôt. Ça ne me dérange pas, évidemment. Je suis contente pour Sam. Vraiment. Mais quand même, il est tout le temps dans nos pattes.

J'aperçois Millie devant le bâtiment de théâtre, en train de discuter avec Nick. Je me demande s'ils ont répété une scène de baiser aujourd'hui. J'aimerais bien lui demander mais elle ne nous voit pas. En fait, elle a même l'air de nous ignorer exprès.

– Elle fait comme si on n'était pas là, ou quoi ?

– Ouais, j'ai l'impression, confirme Sam. Alors on va faire en sorte qu'elle nous remarque. Qu'est-ce que t'en penses ?

– Tu m'étonnes ! Tu proposes quoi ?

– On va s'approcher.

Quand on n'est plus qu'à deux pas, Sam se met à hurler :

– MILLIIIIIE ! ÇA VA, MA POULE ?

Elle se rue sur elle en esquissant un mouvement de danse sexy genre arme d'humiliation massive.

Millie est mortifiée.

Jamais je ne l'avais vue aussi rouge à part la fois où elle a fait pipi dans sa culotte en CP. Je m'en veux un peu, finalement. J'espère qu'elle n'a pas recommencé. Je pense qu'elle contrôle mieux sa vessie maintenant, mais, après tout, on ne sait jamais ce qui se passe dans la culotte des autres.

– Oh ! Salut, Sam ! Salut, Kate !

Elle doit vouloir prendre une voix rauque et sensuelle, mais on croirait juste qu'elle a besoin de se moucher. Faudra que je pense à le lui dire. Pour son bien.

– Bon, faut que j'y aille, se défile Nick. Mais on se voit plus tard, Millie ?

– OK.

Elle s'efforce de se la jouer cool et détendue, mais elle a plutôt l'air constipée.

Nous le regardons s'éloigner et dès qu'il est hors de portée de voix, Millie explose :

– NON MAIS QU'EST-CE QUI VOUS A PRIS ? LA HONTE ! Je saurai m'en souvenir la prochaine fois que je vous vois avec Dave ou Josh.

– Désolée, fais-je, sincèrement penaude.

– Ouais, trop désolée, Millie, renchérit Sam d'un ton moqueur.

On éclate de rire et Millie nous serre dans ses bras.

15 h 30

Sortie des cours

Ce soir, je dois commencer à me préparer pour mon date : masque, vernis mains et pieds, gommage corporel. Millie a encore une répét' et Sam doit avancer sur les décors, donc je vais devoir me débrouiller seule, mais elles m'ont laissé des instructions précises. Elles me soutiennent, même si elles ont quelques doutes sur les intentions de Josh.

Je n'ai pas vu Matt de la semaine, mais quand je l'ai prévenu pour mon date, il s'est contenté de répondre : « Fais attention à toi. » Qu'est-ce qu'il entend par là ? En tout cas, la maison est bien vide sans lui.

Je devrais peut-être envoyer un texto à Josh ? Mais genre cool. Détaché. *Chill.*

MOI : Hâte de te voir demain. x

Un bisou ou deux ? Pas de bisou, ça fait plus cool ? Ça fait trop, non ? Je ferais peut-être mieux de ne pas l'envoyer. Ouais. Non.

15 h 35

Non, je ne l'envoie pas.

15 h 37

Envoyé.

17 h 00

Dans la salle de bains

Comment pourrais-je me détendre dans mon bain avec mon frère qui cogne à la porte en braillant :

« J'ai envie de pisser ! »

et

« Je vais me pisser dessus ! »

et

« Ça vient, là ! »

Sérieux. J'ai mis quelques gouttes d'huile parfumée de ma mère dans l'eau et je lui ai emprunté le bouquin de Germaine Greer : *La femme eunuque*. J'ai sauté l'intro pour aller direct au premier chapitre. « Corps : genre. » J'ai réussi à lire dix lignes avant de tomber sur le mot « mycose ». Ça m'a tellement dégoûtée que j'hésite à poursuivre. Mais il faut que je compense le temps que je passe à penser à Josh en faisant des trucs plus féministes. Je feuillette le reste du bouquin, espérant m'imprégner de son esprit féministe simplement en le regardant. Ça m'a l'air un peu aride, mais une phrase attire mon regard :

« Aucune femme n'a envie d'avoir un sexe comme une "entrée de métro". »

Une entrée de métro ? J'aimerais savoir si c'est la forme que mon vagin (ou est-ce ma vulve ?) est censé avoir ? Je dégaine mon portable pour faire une recherche.

Bouche de métro ?

En découvrant les images, je peux dire deux choses :

1) Mon sexe ne ressemble pas franchement à une entrée de métro – enfin je ne crois pas. Pour être honnête, c'est difficile à dire, vu d'en haut, avec tant de végétation dans le passage... C'est comme chercher un trésor enfoui dans la jungle.

2) En même temps, j'aime bien l'entrée du métro parisien, style Art Déco.

Oh, là, là, il faut que je règle cette histoire de vagin/vulve. C'est peut-être pour ça que Germaine a employé le mot « sexe ». Un mot générique, pas scientifique.

Bref, je ferais bien de m'atteler à ma tâche : je dois exfolier le moindre centimètre carré de ma peau pour la rendre douce comme la soie. Apparemment, il faut régulièrement gommer toutes les cellules mortes. Je ne l'ai jamais fait, donc une princesse qui s'ignore dort sûrement sous ma vieille peau de serpent.

17 h 10

Je ne suis pas une princesse. Je suis écarlate et j'ai l'air renfrognée.

– Kate ! Ça suffit, je vais pisser dans ton armoire.

– NON MAIS ÇA VA PAS !

Je bondis hors de la baignoire pour sauver mes vêtements et mes chaussures. Ils ne méritent pas ça.

Tu parles d'un bain relaxant. Mes affaires vont être trempées d'urine, je suis rouge tomate et je ne regarderai plus jamais le métro de la même façon.

19 h 00

Toujours pas de nouvelles de Matt. Je pensais qu'il passerait quand même me faire un petit coucou la veille du grand jour. Je sais que ce n'est plus pareil, en première et tout et tout... mais il avait promis de ne pas m'oublier...

22 h 00

Dans mon lit, impatiente d'être à demain

Je ne tiens pas en place. Je suis aussi excitée que stressée. Enfin surtout stressée, j'avoue. Je sais que je devrais être sûre de moi, tranquille, bien dans ma peau rouge et exfoliée, mais très féministe... Sauf qu'en fait j'aimerais que

Josh me trouve drôle, intelligente et jolie et qu'il veuille être mon petit ami. J'ai peur que ça se passe mal et qu'il se rende compte que je ne suis qu'un gros boulet et qu'il ne veuille plus rien avoir à faire avec moi. En y repensant, il n'a pas répondu à mon texto. Il doit être occupé.

Je touche l'interrupteur trois fois après avoir éteint. J'espère que ça me portera chance demain pour mon premier VRAI DATE.

Pensées pas très féministes :

Oh, lâche-moi et laisse-moi profiter de mon date avec le plus beau mec du lycée.

Jeudi 27 septembre

I_weigh :

La pression d'avoir l'air cool… malgré l'uniforme. Les lycéens français ne connaissent pas leur chance ! Dans les films, ils ont toujours le droit de porter tout ce qu'ils veulent. Je suis jalouse.

Je sais que cette rubrique n'est pas faite pour ça et que je dois m'en servir pour exprimer une vision plus féministe. Demain.

Promis.

7 h 00

Dans mon boudoir sexy

Bon… c'est l'occasion ou jamais. Aujourd'hui, je vais mettre mon string secret.

Ma mère m'achète toujours des culottes de grand-mère par lot de cinq. Pur coton. La honte absolue.

Alors, il y a quelques mois, en prévision d'un jour comme aujourd'hui, je me suis acheté un string en secret.

Et c'est sa première sortie.

8h00

Sur le chemin du lycée, trépignant d'excitation

– OMG. Je sais que c'est dans le script mais il m'a effleuré la joue hier soir à la répét… et ça m'a fait quelque chose, nous confie Millie.

– Ça t'a fait quoi ? demande Sam en écarquillant les yeux.

– Fait tourner la tête, donné envie de vomir… et comme si j'avais pris une décharge électrique.

Ah quand même.

– La journée va être longue, les filles. Comment je vais faire pour me concentrer sur les cours avant mon date ?!?

Sérieux, j'ai renié toutes mes convictions : je porte un string inconfortable au possible et j'ai la capacité d'attention d'une mouche, tout ça à cause d'un garçon. Niveau féminisme, cette semaine, je bats tous les records… de nullité. Il faut que je me recentre sur des sujets plus importants comme Malala, la fille qui s'est fait tirer dessus simplement parce qu'elle voulait aller à l'école, et que j'oublie un peu mes histoires de cœur.

– Il t'a envoyé un message depuis samedi ? me demande Sam. Je l'ai à peine vu au lycée, et vous ?

Je me suis aussi posé la question, surtout qu'il ne m'a pas répondu hier. Mais je suis sûre qu'il est très occupé, et puis ~~je suis en manque~~ je ne suis pas à ce point en manque. C'est normal de ne pas forcément se donner des nouvelles tous les jours, non ?

– Il doit être surbooké. Être mannequin en plus du lycée, c'est comme avoir deux jobs à plein temps. Surtout avec les exams qui approchent.

Je fais ce que je peux pour me rassurer.

Je ne vais pas mentir, ça me fait douter. Mais on a prévu ça samedi, et je suis prête donc... J'ai passé tout mon temps (la nuit, le jour, en cours...) à m'imaginer avec Josh. On va sûrement aller prendre un café ou un truc sympa comme ça. Il doit gagner pas mal avec ses séances photo, il doit avoir les moyens de m'inviter à prendre une boisson chic, bourrée de sucre et de caféine.

J'ai lu les bouquins à l'eau de rose de ma mère beaucoup trop tôt et ça m'a donné une vision trop romanesque et sans doute pas du tout féministe des relations amoureuses. Toutes les héroïnes sont super riches, montent à cheval, et enchaînent les relations. Et j'ai lu ça quand j'avais douze ans. Du coup, je me suis imaginé que c'était pareil pour tout le monde.

Pour être honnête, je rêve qu'un garçon m'enlève pour passer le week-end à Rome en hélico, mais je me contenterais d'un frappuccino glacé à la sortie du lycée.

– Ouais, il doit être surchargé de boulot, Kate. Il ne t'aurait pas proposé s'il n'avait pas envie, hein ? Ce serait complètement idiot, me rassure Millie. Comme tu dis, entre les shootings-photos et le lycée, il ne doit pas avoir beaucoup de temps libre.

Ah, voilà, je ne suis pas la seule à penser ça.

– Et alors, le texte que je t'ai fait répéter mardi, ça va mieux ? je lui demande.

– Oh oui, beaucoup mieux. Maintenant que je comprends ce que ça veut dire, je peux prendre la bonne expression. Avant j'aurais sûrement souri alors qu'on m'annonçait la mort de Tybalt.

C'est vrai qu'elle n'avait rien compris à la pièce. Il y a plusieurs passages où elle m'a demandé si c'était le moment où ils s'embrassaient... sauf que Roméo n'était même pas dans la scène. Bon, en tout cas, j'espère qu'elle apprécie mon soutien. Entre féministes, on doit s'entraider, après tout.

Midi

Cours de maths

Cette journée n'en finit pas de ne pas finir. Jamais vu ça. Je me sens vieillir à chaque seconde qui passe. À quel âge on commence à avoir des rides ? Parce que je sens que j'ai la peau qui plisse.

12 h 30

Réfectoire

Claudiabolique arbore un sourire encore plus suffisant que d'habitude aujourd'hui. Elle vient de passer devant nous dans le couloir. Je ne vois pas ce qui la réjouit autant, vu que je retrouve Josh à la sortie des cours. J'espère qu'elle nous verra et que ça effacera ce petit sourire de sa sale face.

ALERTE PENSÉE PAS DU TOUT FÉMINISTE !

14 h 00

Cours de français

Josh vient de rentrer dans la salle sans même me jeter un regard. Il préfère sans doute qu'on reste discrets. Mais je suis sûre que ça ira, tout à l'heure. Il m'a prise dans ses bras et embrassée sur le front à la soirée, ça veut dire que je lui plais, non ? Peut-être qu'il est un peu timide. Il y a beaucoup de mannequins qui sont timides, non ? Enfin, je crois.

Je vais essayer de prendre un accent aussi chic que possible en répondant aux questions de la prof. En faisant une petite moue sexy.

OMG. TOUT MON FÉMINISME S'EST ÉVAPORÉ !

14 h 30

J'ai essayé d'attirer son attention, mais il est super concentré. Les mannequins doivent parler plusieurs langues parce qu'ils voyagent beaucoup. C'est pour ça qu'il est aussi attentif, j'imagine, c'est important pour sa carrière, alors je vais arrêter de le distraire.

Plus qu'une heure avant notre date. Je suis une femme libre, indépendante et posée, qui prend l'apprentissage du français au sérieux.

14 h 35

– *Où sont les tampons ? J'ai mes règles*[1].

J'ai enfin appris une phrase utile. Dommage que j'aie dû chercher moi-même. Sérieux, je n'aurais jamais besoin de dire à un Français qu'il pleut. Il a des yeux.

C'est évident, quoi.

14 h 45

Mme Rauché vient de m'accuser de me moquer des Français parce que je parle en faisant la grimace. Elle m'a demandé d'arrêter de faire le clown.

Elle n'a visiblement pas entendu ce que je disais. Parce que sinon, elle saurait que je ne plaisante pas du tout.

C'est pas drôle, les règles.

OMG. Je crois que je délire. C'est parce que l'heure approche !

15 h 30

Cour du lycée

Je me dirige vers le parking à vélos d'un pas désinvolte, parce que je ne veux pas avoir l'air trop pressée. Alors que je suis excitée comme une puce. Je vois bien qu'il n'est pas encore arrivé. Il n'est nulle part en vue, d'ailleurs. Pourtant il est sorti de cours avant moi, mais peut-être qu'il veut

---

1. En français dans le texte (Note de la traductrice).

se la jouer cool aussi. Ou alors il est retourné à son casier chercher un bouquet de fleurs, ou un cadeau... Ouais, c'est sûrement ça.

Sam et Millie m'ont proposé d'attendre avec moi, mais je sais qu'elles ont des trucs à faire. Et puis je ne suis pas un bébé, j'ai pas besoin de mes copines pour aller à un date.

15 h 35

Parking à vélos

J'aurais dû venir avec mes copines, finalement. Ça fait bizarre d'attendre, plantée là, toute seule.

Je suis sur mon portable pour me donner une contenance. Je vais regarder des posts de @I_weigh, tiens. C'est fou ce que nous endurons, nous, les femmes, et pourtant on nous réduit constamment à notre poids et à notre apparence.

Je culpabilise d'avoir été aussi superficielle cette semaine, mais je voulais vraiment bien me préparer pour ce date. C'est la meilleure chose qui me soit jamais arrivée. Je sais que ça fait un peu bête et exagéré, mais je jure de redevenir un peu plus féministe après.

Promis.

15 h 40

J'attends toujours.

Il a dû être retenu ou je ne sais quoi.

La bande d'Emmeline Pankhurst
Millie, Sam et moi

MOI : Il est toujours pas là. Vous ne l'auriez pas vu par hasard ?

Oh non. Voilà Claudia et sa Bande de Bitches. Pourquoi ? Pourquoi ? Pourquoi ?

– Qu'est-ce que tu fais là, Miss Lalose ? T'attends quelqu'un ?

Claudia a son petit sourire satisfait puissance deux mille.

Je ne vais pas m'abaisser à lui répondre. Si je ne dis rien, elle s'en ira peut-être d'elle-même.

– C'est pas tes deux loseuses de copines parce que je les ai vues partir sans toi. Alors tu dois attendre quelqu'un d'autre. Qui ça peut bien être ? Laisse-moi réfléchir... Un MEC ?

Claudia s'est plantée juste devant moi, Amélie, Tiffany, Tia et Nia m'encerclent. Elles font ça chaque fois, mais j'ai beau avoir l'habitude, ça m'intimide toujours.

– Je sais ! Tu as rendez-vous avec Josh, non ?

Comment elle le sait ?

COMMENT ?

– Je t'avais prévenue de laisser tomber, mais tu ne m'as pas écoutée. Eh bien, sache qu'il m'emmène au ciné ce soir. Pas toi. Moi.

Quoi ?

J'ai dû mal entendre.

Je me sens un peu bizarre. Je ne sais pas si c'est parce qu'elle me souffle dans la figure ou quoi, mais tout devient flou.

– Je lui ai dit que je ne sortais pas avec des gamins alors il s'est servi de toi pour me rendre jalouse. Mais maintenant, on est ensemble. Il ne viendra jamais.

Je suis au bord des larmes. Je ne veux surtout pas qu'elle voie qu'elle a réussi à m'atteindre. PAS QUESTION.

– Oh, on dirait que ça te fait de la peine. Regardez, les filles, elle va pleurer.

– Trop triste, font Nia et Tia en chœur, tandis que Tiffany et Amélie viennent se poster de chaque côté de Claudia, façon gardes du corps.

Comme si j'allais tenter quelque chose. Cinq contre une, je ne suis pas suicidaire.

Le portable de Claudia bipe entre les mains d'Amélie (il est sans doute trop lourd pour qu'elle le porte elle-même) qui lui montre le message.

– Oh regarde ! C'est lui ! s'écrie-t-elle tandis qu'Amélie me brandit le téléphone sous le nez.

JOSH : J'ai hâte. À ce soir. xxx

Trois bisous. Je n'en ai eu qu'un. Alors Claudia vaut plus que moi ?

Je vois tout flou. J'ai envie de me rouler en boule pour pleurer sauf que, d'abord, il faut que je me sorte de cette situation délicate, mais comment ? J'ai les oreilles qui bourdonnent, le cœur au bord des lèvres, la tête qui tourne. Je n'arrive plus à respirer.

– Laisse-la tranquille, Claudia !

La voix de Matt résonne dans mon dos.

– Ah, voilà ton garde du corps qui vient à ton secours. Qu'est-ce que tu deviendras quand il aura un petit ami ? Tu tiendras la chandelle ? braille Tiffany.

Je sais qu'elle aimerait grimper dans la hiérarchie de la Bande de Bitches mais va falloir qu'elle fasse mieux que ça. Quand Matt aura un petit ami, je serai contente pour lui, pauvre idiote.

Elles forment vite une barrière entre Claudia et Matt. Pour protéger leur cheffe glorieuse et haineuse. Je suis tellement soulagée qu'il soit là. Vite qu'on s'en aille pour que je comprenne ce qui vient de se passer.

Il me prend la main et m'entraîne loin des hyènes. Je ne peux pas croire qu'à quinze ans, je n'arrive toujours pas à me défendre contre Claudiabolique et sa maudite bande.

15 h 45

Assis sur un banc du « parc » – le minuscule carré de pelouse près de chez nous

Matt et moi, on venait jouer là quand on était petits. Ça nous paraissait bien plus grand. Comme tout, d'ailleurs. À l'époque, un Smarties suffisait à faire notre bonheur.

– Bah alors, Kit Kat ! Qu'est-ce qui s'est passé ? T'as à peine ouvert la bouche. Ça ne te ressemble pas, sans vouloir t'offenser. Claudia avait l'air très en forme.

– J'avais rendez-vous avec Josh.

Je n'arrive pas à produire plus qu'un murmure. Ça me demande un effort surhumain de parler en retenant mes larmes.

– Oh, c'est vrai. Désolé. J'aurais dû prendre de tes nouvelles. J'ai un peu la tête sous l'eau, on a une tonne de boulot. Qu'est-ce qui s'est passé ? Il a reporté ?

– Il va sortir avec Claudia à la place, je marmonne.

– Quoi ? Mais c'est n'importe quoi ? Pourquoi il t'a invitée alors ?

Matt est aussi surpris que moi un quart d'heure plus tôt.

– Apparemment, il s'est servi de moi pour la rendre jalouse.

– Argh, mais quel salaud.

Matt me prend par le cou et me serre contre lui.

Je sanglote contre son épaule. C'est fou que je n'aie rien vu venir. Je me sens tellement bête. Comment ai-je pu croire que Josh voudrait sortir avec moi ?

– C'est minable, poursuit-il. Tu en es consciente ? Tu n'as rien fait de mal. Tu es bien mieux sans lui si c'est ce genre de mec.

Il m'embrasse les cheveux.

Matt me serre encore plus fort en me chantant « Tu es mon ami ». Seulement aujourd'hui, ça me rappelle juste que je suis encore une gamine alors que Claudia est une femme. Et que je n'ai pas pu avoir ce mec parce qu'elle est plus adulte que moi.

Mais Matt n'y est pour rien. Je ne peux m'en prendre qu'à moi.

16 h 30

Dans ma chambre

Matt a dû rentrer bosser. C'est l'enfer, la première, visiblement. J'ai mis la télé en bruit de fond et je la fixe sans la voir, avec Béa à côté de moi. Elle m'a suivie dans ma chambre quand Matt est parti.

J'ai quinze ans et mon premier date s'est soldé par un lapin. Je n'ai embrassé un garçon qu'une fois et je n'ai jamais touché un pénis (sauf celui de ce pervers de correspondant français, mais je n'étais pas consentante).

Sam a un petit ami, Nick est sur Millie, mais moi, je n'ai personne. Tout le monde évolue, et je n'arrive pas à suivre.

Et si mes amies décident de me remplacer par quelqu'un qui leur ressemble plus ? Comme Claudia. Je chasse cette idée, c'est idiot. Mais avant, je n'imaginais pas non plus Claudia avec Josh.

Et si tout ce qui m'angoisse et me semble impossible ou idiot ne l'était pas ? Il est peut-être temps que je prenne mes angoisses plus au sérieux.

17 h 10

Il faut que je passe à autre chose. Je vais tout raconter aux filles, comme ça, le dossier sera clos. Mais... et si je les déçois et qu'elles me laissent tomber parce que c'est trop humiliant ? C'est complètement idiot, comme idée, mais justement... si ça ne l'était pas ? Mon portable vibre non-stop. J'ai reçu un millier de messages me demandant comment ça s'est passé. J'ai envie de le mettre en mode silencieux. Mais ce sera encore pire après.

MOI : Il n'est pas venu. C'est Claudia et sa Bande de Bitches qui se sont pointées à la place. En fait, il ne voulait pas sortir avec moi, il va au ciné avec Claudia ce soir. Il s'est juste servi de moi pour la rendre jalouse. Et il n'a même pas eu le cran de me le dire en face. xxx

17 h 15

Mon portable vibre à nouveau, mais je n'ai pas le courage de regarder les messages apitoyés de mes copines. J'ai trop honte. Le seul message que j'aimerais recevoir, c'est Josh qui me dirait que Claudia ment, que c'est moi qu'il aime et pas elle. Mais je l'ai vue de mes yeux. Ça n'arrivera pas parce que je ne suis pas assez bien pour lui.

17 h 20

Bon, au moins, je peux enfin retirer cet abominable string. Enfin… aller le rechercher là où il s'est logé. Est-ce qu'on peut perdre sa virginité avec un vêtement ? Parce qu'il est vraiment remonté très haut. Il est parti explorer mes régions intimes.

Peut-on perdre sa virginité avec un string ?

Un string peut-il rompre l'hymen ?

Les gars, y a des filles vierges qui portent des strings ou c'est que les salopes ?

Comment mon string m'a rendue stérile.

La vache. Terrain miné.

17 h 30

Je suis assise devant la coiffeuse avec le miroir éclairé que j'ai demandé pour mes cinq ans parce que les princesses en ont besoin pour se faire belles – ce qui m'a valu un long discours de ma mère. Maintenant il met en évidence le moindre pore dilaté, le moindre bouton ou cicatrice d'acné, mes cheveux gras, ma peau luisante et le fait que mon front est trop petit.

Quand je vois ces filles sur Instagram qui sont belles au naturel, ça me complexe encore plus. JE SAIS qu'il y a des filtres sur les photos, mais moi, même avec un filtre, je n'ai pas l'air normale, et encore moins jolie. Pourquoi je ne suis pas comme elles ?

Je sais que je suis censée aimer mon corps, mon visage, en être fière. Mais je n'y arrive pas et ça me fait encore plus culpabiliser.

J'ai l'impression de n'être qu'un brouillon de femme. Pas complète, pas finie, pas adaptée au monde.

18 h 05

Je vais sûrement devenir le genre de vieille fille qui entasse compulsivement n'importe quoi et meurt sous une avalanche de bazar dans la maison de ses parents pour n'être retrouvée que huit mois plus tard. Personne ne pourra m'identifier parce que je ne ressemblerai pas aux photos filtrées et fake que j'aurai postées sur Insta.

18 h 30

Je suis réveillée par mon père qui frappe à la porte et passe la tête dans ma chambre. J'ai dû m'endormir après m'être enfouie sous la couette pour pleurer.

– Ça va, Kit Kat ? T'es pas dans ton assiette ?

J'aimerais qu'ils arrêtent de tous m'appeler Kit Kat. Je ne suis plus une gamine. Comment suis-je censée grandir si mes parents me voient comme une enfant ?

– Je dois couver un truc, mais je me sens mieux maintenant que j'ai dormi un peu.

Je ne mens pas complètement. Je me sens un peu mieux, j'ai mis un moment à me rappeler pourquoi j'étais couchée sur un oreiller trempé de larmes.

– Ah ! Bah, ça tombe bien, le dîner est prêt, ça va te requinquer.

– OK.

ARGH.

J'ai douze mille messages sur mon portable. Mais je n'ai toujours pas le courage.

19 h 40

À table

Pour le dîner, on mange une sorte de ragoût aux haricots. Ma mère est devenue végétarienne cette semaine. Peut-être que c'est le genre de décision que je devrais prendre, pour être plus engagée, plus adulte.

– On ne t'entend pas beaucoup, ce soir, Kit Kat, remarque-t-elle.

– Je crois qu'elle couve quelque chose, Claire, intervient mon père. Elle s'était endormie.

Un journaliste a un jour écrit que mon père était l'un des comiques les plus observateurs de sa génération. Alors bien vu, papa. Mais il n'a pas encore compris que les femmes pouvaient répondre elles-mêmes.

– Je suis sûre qu'elle se sentira mieux après ce délicieux repas pour oiseaux, dit-il en m'adressant un clin d'œil.

Le pire, c'est qu'il se croit drôle. Alors que pas du tout. Faut évoluer, papa !

Maman lui flanque un coup de pied sous la table en claquant la langue. Franchement, les voir flirter comme à la maison de retraite, ça me révulse. Et puis c'est dégoûtant de faire ça à table.

Fred me regarde bizarrement. Je me demande s'il a vu ce qui s'est passé avec Claudia tout à l'heure. Elle terrorise les collégiens aussi. S'il a assisté à la scène, il devait avoir peur qu'elle fasse le rapprochement entre lui et moi.

20 h 00

De retour dans ma chambre

Quand je jette enfin un coup d'œil à mes messages, je constate tristement qu'il n'y en a aucun de Josh pour m'annoncer que c'est un malentendu – je m'en doutais un peu, cependant. En plus, il est sûrement au ciné avec Claudia à l'heure qu'il est.

La bande d'Emmeline Pankhurst
Millie, Sam et moi

MOI : Ça va. Merci, les filles. Je me sens un peu mieux. De toute façon, j'ai pas besoin de mec, hein ?

SAM : Mais oui ! Et puis t'en fais pas, demain, on te protège, on les laissera pas t'approcher, ces deux-là. Bisous xxx

MILLIE : Mais t'as pas du tout eu de nouvelles de lui ? LOVE x 1000000 xxx

MOI : Pas un mot. Le goujat.

SAM : J'espère qu'elle va lui refiler des morpions qui vont lui bouffer les couilles.

Millie : Ouais ! Et si ça se trouve, Claudia a un vagin denté et elle va la lui couper net, couic ! On ne pourrait pas chercher sur un site de magie pour leur lancer un sort ?

Moi : Je suis partante. Dis-moi si tu trouves une bonne formule. Bisous xxx

J'ai cherché « vagin denté » sur Internet. Bah, j'aurais pas dû. Ça ressemble un peu au dessin de Krish l'autre jour au tableau, comme dans le film *Teeth*. En fait, c'est scientifique. Le prof aurait dû le savoir !

Bref. C'était idiot d'avoir peur de me confier aux filles. Ou de croire qu'elles allaient me laisser tomber parce que je n'ai pas de petit ami. Quand même, je les connais. J'ai de la chance d'avoir des amies comme ça.

Mais j'ai tellement l'habitude de m'imaginer le pire scénario... Je vais descendre passer la soirée en famille. C'est mieux que de rester là à ruminer en m'imaginant Josh dans les bras de Claudia.

22 h 00

Dans mon lit

Les filles m'ont fait rire ce soir avec leurs propositions pour me venger de Josh. Et Matt est venu passer la soirée à la maison. Sa mère avait un date. Elle a raison de ne pas se laisser abattre. Je vais suivre son exemple. Demain, je vais me lever, remettre mon féminisme sur les rails et leur montrer qu'il en faut plus pour m'atteindre.

Je touche mon interrupteur trois fois. J'ai besoin de toutes les bonnes ondes du monde.

Pensées pas très féministes : des millions

Toujours pas affirmé mon poids dans cette société. Trop occupée à imaginer comment je pourrais tuer Claudia – je suis un suppôt du patriarcat.

Vendredi 28 septembre

I_weigh :
Le poids d'une femme humiliée. Mais je me suis relevée et j'ai repris le combat. Ha ha ! Prenez ça, Josh et Claudia.

7 h 30

Dans ma chambre - en train de me préparer avec détermination et maturité

Ma première résolution du matin, c'est que je ne vais plus l'appeler Josh le Beau Gosse, mais Josh la Grosse Merde. Voilà.

Je me lève tôt pour faire une demi-heure de yoga afin de m'étirer et de me détendre. Pour être honnête, j'écarquille surtout les yeux devant la vidéo en me demandant comment quiconque peut parvenir à prendre ces positions. Mais je me sens fraîche et prête à affronter la journée, donc ça a dû avoir un effet positif.

Millie a trouvé comment faire des poupées vaudoues et a suggéré qu'on en fabrique à l'effigie de Josh et Claudia. Je vais piquer les épingles à des endroits bien précis.

J'espère un peu qu'il se *le* fasse dévorer par le vagin denté de cette bitch. Puis il mourra et Claudia finira ses jours en prison.

Bon, je me suis un peu laissée emporter. Ce n'est sans doute pas très féministe de ma part de souhaiter tout ça. Ni très humain, d'ailleurs, si on y réfléchit bien. Ah... il n'y a pas que sur les mauvaises pensées que j'ai eu la main lourde, j'ai aussi forcé sur l'autobronzant. Maintenant on ne dirait pas que j'ai pris le soleil, mais que JE SUIS LE SOLEIL.

7 h 35

Dans la cuisine

– Tu as l'air en meilleure forme ce matin, ma puce !

Ma mère est en train de se préparer un smoothie au chou kale. D'habitude, j'aurais fui en me pinçant le nez, mais aujourd'hui est un nouveau jour, et je suis une nouvelle moi.

– Oui, je me sens mieux. Merci, maman. C'est à quoi, ton jus ?

– Épinards, kale, menthe et citron vert. Recette de mon invention ! Tu en veux ?

– Oui, s'il te plaît !

Même si dès qu'elle prononce les mots « recette de mon invention », on sait tous que ça va finir à la poubelle. Désolée, maman, mais papa est plus doué que toi en cuisine.

Mon père et mon frère lèvent le nez de leurs tablettes, maman lève le nez de son mixeur, un silence de mort se fait dans la cuisine.

– J'ai bien entendu, John ? Elle a dit « Oui, s'il te plaît » ? répète lentement ma mère en se cramponnant au plan de travail.

– Oui, Claire, confirme mon père. Je crois bien.

Mon père ôte ses lunettes pour me dévisager, intrigué.

Les crétins.

– Ça alors ! s'exclame ma mère en portant la main à son cœur.

Elle se croit trop marrante. J'essaie de m'améliorer et voilà comment ils réagissent ! Va falloir évoluer, les gars ! C'est pas vrai, une femme moderne et soucieuse de sa santé ne peut pas dire oui à un smoothie répugnant sans qu'on en fasse toute une histoire.

Je soutiens le regard de ma mère, pour lui faire comprendre que je suis sérieuse, tout en confirmant :

– Oui, ça me ferait très plaisir.

Puis je m'assieds pour regarder mon téléphone.

– OK, ma puce.

J'ai reçu une pub pour un livre intitulé *Les féministes ne portent pas de rose*. Lecture parfaite pour me remettre dans le bain. Je vais le commander pour m'y plonger *illico*.

En reprenant mon combat féministe, je vais me sentir plus forte et me rappeler qu'il y a bien plus important dans la vie que de se faire larguer par un connard.

7 h 40

Sauf que… peut-on considérer que je me suis fait larguer alors qu'on n'était même pas encore sortis ensemble ? ALERTE HUMILIATION ULTIME.

8 h 30

J'entre au lycée par l'allée des fumeurs (la porte de derrière, quoi)

Sam, Millie et moi, on a ressorti nos bérets, ce matin. Comme ça, si je croise Claudiabolique et Josh la Grosse Merde, je pourrai cacher ma tête d'enterrement derrière.

J'ai commencé *Les féministes ne portent pas de rose* en buvant mon répugnant smoothie (et du coup, je meurs de faim), et j'en ai parlé aux filles durant le trajet. Je suis à fond. Tout va bien je vais bien nickel vraiment parfaitement bien merci beaucoup.

– Oh non…

Claudia est assise sur les genoux de Josh, sur un banc, en plein milieu de la cour.

Millie se tourne vers moi pour voir comment j'encaisse cette vision d'horreur.

– On dirait une marionnette de ventriloque, putain.

Sam a raison, mais j'ai honte d'avouer que j'aimerais être sa marionnette. Deux minutes plus tôt, j'étais une féministe convaincue, et là, je fais ma femme de Stepford[1].

1. Dans le roman d'Ira Levin, *Les femmes de Stepford*, les femmes ont subi un lavage de cerveau pour être dociles et soumises à leurs époux.

– Elle n'a aucune dignité, ou quoi ? Elle s'étale sur lui comme la peste sur le monde.

Millie a l'air franchement choquée. J'ai vraiment de la chance d'avoir des amies pareilles.

Je prends une profonde inspiration comme j'ai appris à le faire ce matin en cours de yoga. Je garde la tête haute et je me blinde. Je me rappelle qu'il y a bien pire dans la vie. Je ne suis pas en compétition avec Claudia. Je ne vais pas m'abaisser à son niveau. Je dois prendre ça de haut et être magnanime. Moi, je suis quelqu'un de bien, et je le resterai.

8 h 35

La connasse.

8 h 36

– Bon. Vous savez quoi ? Ça va. Je vais bien, dis-je avec courage.

Millie et Sam me serrent dans leurs bras. Pour ne pas passer devant eux, on fait le tour du lycée jusqu'à notre classe. Et pas question que je pleure.

9 h 00

Dans notre classe

#Tim a encore posé un mot sur mon bureau. Accompagné d'une rose, cette fois.

Katerina,

Merci d'avoir fait de moi une légende.

Je t'aime,

#Tim

FUCK.
Mais POURQUOI MOI ?

13h00

Dans la cour. Spectacle éprouvant

Sérieux, j'ai l'impression que les profs ont peur de Claudia, eux aussi. Normalement, quand un couple se chevauche comme ça au milieu de la cour, ils leur tombent dessus direct. Mais là, comme c'est Claudia, personne ne dit rien. Claudia et Josh pourraient être en train de faire un enfant, et tout le monde aurait trop peur pour leur proposer ne serait-ce qu'une capote.

Josh le B... la Grosse Merde ne m'a même pas jeté un regard. Faut que j'arrête d'y penser. Je commence à débloquer, j'ai l'impression que tout le monde est au courant et que tout le monde se moque de moi dans mon dos. Ça suffit, Kate.

14 h 00

Cours de littérature

Chaque fois que je les croise l'un sur l'autre, ça me rappelle que je m'imaginais comme ça avec lui : en train de l'embrasser, assise sur ses genoux, riant à ses blagues... Je crois bien que c'est la première fois que je vois Claudiabolique sourire pour de vrai. Trop flippant.

Mais ai-je seulement le droit de ressentir ça ? Il m'a à peine effleurée samedi et notre unique date n'a pas eu lieu. En plus, j'aurais dû me douter qu'il ne viendrait pas parce que, soyons réaliste, je ne suis pas son genre, hein ?

J'aurais dû le savoir. C'est ma faute, je suis une idiote.

15 h 30

S'éclipser vite fait pour ne pas assister à une nouvelle scène traumatisante

La crudité du spectacle commence à me lasser. En plus, #Tim a l'air ravi, ça lui fait sa petite chaîne porno perso. BEURK.

Sérieux, ils sont l'un sur l'autre sans arrêt. Ils en font un peu trop. J'aime à penser qu'à la place de Claudiabolique, j'aurais été plus discrète. Plus subtile.

Je suis plus classe, quand même.

Bon, au moins, on est en week-end, je vais pouvoir les oublier.

22 h 00

Dans mon lit

Je n'arrête pas d'y penser. J'essaie de me distraire, de me focaliser sur autre chose – des trucs plus importants.

Je vais prendre mon courage à deux mains pour demander à Mme Mills d'écrire pour le blog du lycée. La semaine prochaine, tiens.

Ou la semaine d'après.

Pensées pas très féministes : 0

J'ai bien eu quelques pulsions meurtrières envers Claudia, mais je les ai ignorées.

Aujourd'hui, je suis une féministe convaincue. Entourée par mes sœurs, je n'ai pas besoin d'un mec.

Je suis forte.

Je pense que je suis forte.

Je veux être forte.

Je fais tout mon possible pour être forte.

Lundi 1er octobre

I_weigh : Force et esprit positif !

Non, mais qui va gober ça ? J'ai passé le week-end à essayer de prendre sur moi, de me changer les idées, mais quoi que je fasse, je pense à Josh et Claudia et je me dis que tout le lycée va être au courant et me prendre pour une idiote.

Poids réel : Celui de la honte.

9h00

Assemblée

Et c'est reparti pour l'assemblée du lundi matin. Le petit discours hebdomadaire. Ça revient trop vite à mon goût... C'est du délire, ce truc, d'entasser tous les élèves de seconde dans une même pièce pour leur rappeler que l'an prochain certains d'entre nous commenceront à travailler, entreront dans la vie active et ne pourront plus faire les cons.

SCOOP : on est au courant ! Apprenez-nous plutôt un truc utile du genre comment remplir notre feuille d'impôt.

Oh, mais une minute ! Aurais-je entendu les mots « photos de pénis » dans la bouche de M. Clarke ? J'aurais peut-être dû écouter. Je me tourne vers Millie et Sam qui gloussent derrière leur main.

– Euh... hum... ces images que vous échangez..., répète-t-il en haussant le ton, c'est non seulement très BÊTE car vous ne savez pas où elles peuvent atterrir, mais c'est également ILLÉGAL à votre âge. Garçon ou fille... quelle que soit... hum... la partie intime photographiée, n'est-ce pas.

La salle est en délire. Dément. Ça m'a remonté le moral. Il a visiblement reçu l'ordre d'aborder le sujet, alors qu'il n'est pas du tout à l'aise avec ça. Du coin de l'œil, je vois que Krish a tout filmé. Génial.

12 h 30

Dans les toilettes

– Les filles ! Le groupe de Dave a enfin décroché un concert. Pas ce week-end, mais le suivant. Il est complètement stressé. Vous voulez venir ? Ils jouent dans un pub, mais dans la cour, dehors, donc on ne nous demandera pas nos cartes d'identité en principe. Et puis, on peut s'arranger pour se vieillir un peu, vous êtes partantes ?

Sam nous débite tout ça à deux cents à l'heure, surexcitée.

– Ouais ! Je pourrais peut-être en parler à Nick. Ce serait comme un exercice pour apprendre à mieux se connaître.

Millie prétend toujours qu'elle ne veut pas mélanger vie pro et vie perso. On y croit fort...

– Kate ?

Les filles se tournent vers moi, pleines d'espoir, et je ne veux pas les décevoir.

Sauf que j'ai envie de tout sauf de me retrouver dans un endroit où je suis sûre de voir Josh et Claudia. Mais ça sera sûrement sympa. Je vais peut-être rencontrer l'homme de ma vie – un mec bien, encore plus beau gosse que Josh.

Ha ha ha ha ha. Comme si ça existait. La ferme, le cerveau. JOSH est une GROSSE MERDE.

– Oui, mais... vous croyez qu'il y aura Josh et Claudia ?

Je n'ai pas pu m'empêcher de poser la question.

– Sûrement ! Tout le monde va y aller.

Sam me jette un regard inquiet.

– On n'est pas obligées, si tu ne veux pas. Mais ça pourrait être l'occasion de montrer à Josh ce qu'il rate, suggère-t-elle sournoisement.

– Ça me plaît ! s'écrie Millie. Tu as un plan ?

– Et si on se préparait toutes chez moi avant ? Jasmine n'est pas là, on peut lui piquer ses affaires, elle n'en saura rien, propose Sam.

Je ne veux pas qu'elles se privent de concert à cause de moi. Et je ne veux pas non plus que Josh et Claudia pensent que je ne suis pas venue à cause d'eux.

– Ouais, pourquoi pas. Après tout, qu'est-ce que je risque ? Mais je me ferai belle pour moi. Pas pour un mec. Et encore moins pour un mec qui m'a larguée pour Satan en personne. C'est contraire à mes convictions féministes.

Je vais lui faire regretter grâce à ma flamboyante personnalité et à mon intelligence. Mais je veux aussi avoir l'air jolie, quand même. ARGH.

12 h 35

Recherche Google

A-t-on le droit de soigner son apparence physique quand on est féministe ?
Se maquiller ne fait pas de vous une mauvaise féministe ?
De la difficulté d'être un homme

Non, mais pourquoi on en revient TOUJOURS aux hommes ? Bon, il faut que je crache le morceau.

C'est mal de se faire belle pour un garçon quand on est féministe ?
Comment élever un garçon féministe ?
Pourquoi les hommes sont mal dans leur peau ?

WTF ? Internet est une institution patriarcale. NON MAIS SÉRIEUX !

Pensées pas très féministes : j'ai perdu le compte...
Je HAIS Claudia. Je me demande si ça fait de moi une mauvaise féministe. Ça passe peut-être parce que je HAIS aussi Josh. Pas de discrimination homme-femme. Ça s'équilibre, non ? Ou alors il ne faut haïr personne ? Non, ça, ce n'est pas être féministe, c'est être une sainte.

Vendredi 12 octobre

I_weigh :
Toutes mes tentatives avortées pour être plus féministe.

22 h 00

Dans ma chambre

Je n'ai pas écrit depuis un moment. Je n'ai pas la tête à ça. Et je n'ai pas envie de mettre noir sur blanc que tous mes projets de ce trimestre ont spectaculairement échoué.

Je voudrais être féministe mais, en même temps, j'aimerais plaire à un mec et je me lamente sur mon sort parce que tout le monde en a un sauf moi, et ça, c'est pas féministe.

Donc j'échoue sur les deux plans : en tant que mannequin et en tant que féministe.

Millie et Nick se sont embrassés – en répétition. Je devrais me réjouir pour elle. J'essaie, mais je reste fixée sur le fait que je suis sur la touche.

Donc, j'échoue sur les deux plans : en tant qu'amie et en tant que féministe.

Sinon, Matt s'est fait plein de nouveaux amis en première. Maintenant il va au pub et à des soirées – ailleurs que chez moi.

Papa me dit de ne pas m'inquiéter, que c'est normal qu'il évolue. J'imagine. Je suppose qu'il va venir au concert de Dave, mais il sera sans doute avec ses nouveaux amis.

Pensées pas très féministes : 2

1) Je me focalise sur mon apparence physique pour plaire à un mec.

2) Je ne me réjouis pas assez que mes amies aient un mec.

Bref, je suis trop nulle.

Samedi 13 octobre

I_weigh :

La vie heureuse et épanouie que tout le monde mène, alors que je suis assise seule dans mon lit, à mater Snapchat.

9 h 00

Mon lit

Le concert a lieu ce soir. Je devrais être excitée. Au lieu de ça, je reste rivée à Instagram et Snapchat, en pensant à tout ce que je serais normalement censée faire et que tous les autres sont en train de faire. Soupir.

15 h 30

La bande d'Emmeline Pankhurst

Sam, Millie, Vous

Sam : Vous arrivez quand toutes les deux ? Je viens de finir de peindre des arbres, je serai à la maison dans une demi-heure.

Millie : Je sors de répétition. On peut se retrouver maintenant pour aller chez toi ensemble ? Nick vient ce soir, au fait.

Sam : Cool. Pour les deux. *gif de baisers*

Moi : Vidéo live de Millie et Nick au pub *Gif d'ours en train de baiser*

16 h 00

Chez Sam

Le dressing de Jasmine fait la taille de ma chambre. On a tout essayé et RIEN ne me va. C'est très chic, très sexy, très London Fashion Week. Alors que moi, je me sens plus style mascotte de poulet assise sur le banc d'une petite ville de banlieue. Sam et Millie n'arrêtent pas de me dire que je suis superbe, mais je sais bien que non. Je ne veux pas qu'elles me mentent juste pour ne pas me faire de peine, si c'est pour ressembler à une vieille meuf qui a récupéré une tenue arty dans une poubelle.

– Comment s'est passée ta répétition avec ton Roméo ? demande Sam à Millie.

– C'était bien. Intense. On a fait la scène de la rencontre. Tout en regards et en pâmoisons. Je suis crevée. Et j'ai des crampes à la mâchoire.

J'adorerais avoir des crampes à la mâchoire.

16 h 15

– Argh, ça le fait pas. Je suis censée avoir l'air bonne, et là, j'ai juste l'air bonne à enfermer.

Je me laisse tomber par terre au milieu des paillettes, des plumes et des accessoires fluo.

– Mais si, t'es trop belle ! Josh va avoir trop le seum en te voyant ! dit Sam.

– Ouais ! Je sais qu'on essaie d'être féministes mais t'es beaucoup plus jolie qu'elle ! affirme Millie.

Si c'était vrai, il ne m'aurait pas posé un lapin. Peu importe. Je vais devenir une grande journaliste féministe. Je n'ai pas besoin de la validation d'un homme pour avoir confiance en moi. Et je ne rivaliserai pas avec d'autres femmes. PAS QUESTION.

Reste à trouver ma confiance en moi...

– C'est vraiment affreux, mais vous vous souvenez dans *Lolita malgré moi* quand la fille se fait renverser par le bus et que tout le monde est content ?

Sam et Millie hochent la tête.

– J'aimerais que ça leur arrive à tous les deux.

– C'est normal, me rassure Sam.

– Je devrais être au-dessus de ça, pourtant. Je ne devrais pas souhaiter du mal à une autre femme. Je vais me faire exclure du club des féministes.

– Oh, je suis cent pour cent sûre qu'elle a été renvoyée de la sororité il y a des années, Kate, affirme Sam. Si elle en a un jour fait partie.

18 h 30

Il nous reste environ une heure et nous sommes presque prêtes, l'excitation est à son comble.

– On pourrait se teindre les cheveux ! propose Sam.

– En une heure ?

Millie a raison. C'est le genre de truc où il vaut mieux éviter la précipitation.

– Ouais, en plus, faudrait d'abord les décolorer pour que la couleur prenne.

– Oh ! Vous savez ce que j'ai toujours voulu essayer ? s'exclame Millie.

– LE SEXE ? suggère Sam en s'affalant par terre.

– Non, obsédée ! Le contouring ! réplique Millie.

– Le sexe, ça a l'air plus amusant, dis-je.

Je suis assez drôle aujourd'hui, malgré mon humeur grincheuse.

– Et ça se dit féministe, soupire Sam.

18 h 40

Sur YouTube

Nous sommes en train de regarder une vidéo qui prétend être « le GUIDE ULTIME DU CONTOURING ».

D'un ton solennel, je décrète :

– Les filles, je pense qu'on devrait conclure un pacte et s'engager à ne partager absolument aucune photo de cette séance avec qui que ce soit. C'est une expérience intime qui doit rester entre nous. Je ne supporterai pas une nouvelle humiliation ce trimestre.

– D'accord, acquiescent Millie et Sam.

– Bon, j'ai justement une palette que j'ai empruntée à ma mère et que je ne lui rendrai sans doute jamais, annonce Sam.

– Elle est tellement douée pour le maquillage. La mienne ne doit même pas savoir ce qu'est le contouring, ai-je soupiré.

– Les femmes noires n'avaient pas beaucoup de choix niveau produit de beauté quand maman avait mon âge. Elle se rattrape maintenant. Tout ça grâce à Rihanna et à Fenty Beauty !

Elle s'incline devant la belle palette de sa mère.

– Les rouges à lèvres Fenty sont trop bien, commente Millie.

Mais soudain je réalise ce qu'on s'apprête à faire.

– Attendez, les filles, on est en train de tomber dans un vieux stéréotype ! En tant que féministes, on n'est pas censées se soucier autant de notre apparence !

Je pense que c'est la première fois que j'aborde cette question brûlante devant elles.

– Bah, si, on peut discuter de ce qu'on aime et si on a envie de se faire belles, on a parfaitement le droit, affirme Sam avec force.

– Et on peut en être fières ! renchérit Millie.

– OUAIS ! C'est n'importe quoi, Kit Kat ! On a le droit d'avoir le look qu'on veut. Être féministe consiste à refuser l'oppression. On sera toujours opprimées si on ne peut pas parler de ce qu'on veut. Si on a envie de se maquiller et de parler de maquillage, on a le droit ! Et tu sais quoi ? On est belles ! conclut Sam.

Elle est vraiment convaincante. J'aurais dû poser la question plus tôt. Finalement, je me tracasse sans doute pour rien.

– Et là, j'ai envie d'un contouring, donc je vais me faire un contouring ! reprend Millie.

– Allons-y ! dis-je.

18 h 50

Face au miroir

Nous fixons notre reflet, paniquées.

– On est tigrées, remarque Sam.

– Des tigresses sexy ? demande Millie, pleine d'espoir.

– On peut garder l'idée pour une soirée déguisée, je propose.

Le contouring, c'est pas pour nous.

19 h 30

– Prêtes, les filles ? nous lance Sam.

On s'est démaquillées pour se faire un look plus naturel. L'expérience vient de me prouver que le pouvoir du contouring, c'est un mythe.

– Prêtes ! répondons-nous en chœur.

Je m'amuse bien avec mes amies, je n'ai pas spécialement envie de sortir voir d'autres gens – surtout pas Josh et Claudia. Pour être honnête, je suis aussi angoissée qu'une des femmes d'Henri VIII à l'approche du billot, mais je suis courageusement le mouvement.

Je suis une bonne amie.

19 h 45

Dans le train de banlieue. Claudia et Josh sont dans le même wagon en train de se peloter.

Je regrette d'être une si bonne amie, finalement.

20 h 30

Dans l'arrière-salle puante du pub

Nous sommes arrivées juste à temps pour voir le groupe de Dave monter sur scène. Ça colle parfaitement avec notre stratégie pour avoir l'air cool et ne pas jouer les groupies. Mais pour être honnête, on a l'impression de se retrouver dans une boîte à chaussures géante. Heureusement qu'il fait noir (à part deux spots au-dessus de la scène qui n'éclairent rien ni personne) car je préfère ne pas savoir d'où vient cette odeur de sueur, de toilettes publiques et de bière. Mais bon, on est là. Au pub, comme des adultes. Je n'imaginais pas que les adultes sentaient aussi mauvais, c'est tout.

Sam est restée avec moi car Dave est sur scène. (Il ne joue pas beaucoup de notes – toujours les trois mêmes mais enchaînées différemment.) Millie est avec Nick, en train de tortiller une mèche de cheveux en bombant la poitrine. Elle n'ose pas encore se frotter contre lui, mais ça risque de venir.

Claudia et Josh n'ont pas l'air très intéressés par le groupe non plus. Ils alternent entre selfies de couple et pelotage en règle. J'essaie de me convaincre que je ne suis pas jalouse, parce que, franchement, ça a l'air chiant.

Moi au moins, je danse.

Millie et Nick se sont bien rapprochés... en fait, je crois même qu'ils partent ensemble. Millie m'adresse un petit signe de la main. Intéressant ! Sauf que je viens de penser... quand Dave va quitter la scène, Sam va me laisser tomber pour passer la soirée avec lui et je vais me retrouver toute seule.

La vieille fille qui fait tapisserie dans son coin. C'est pour ça que ça m'inquiète, cette soirée, pour mon anniversaire. Encore une fête où je serai toute seule au milieu de la foule, mais encore pire, le jour de mes seize ans.

Je me demande quand Matt va arriver.

21 h 30

Dans la cour du pub

Comme les autres groupes sont nazes, on se retrouve tous dehors. Nick et Millie sont assis sur un muret, en train de se rouler des pelles depuis une heure. Je me demande si elle s'arrête deux secondes pour reprendre sa respiration, des fois. Non, mais je suis contente pour elle.

Sam et Dave se roulent des pelles sur un banc. Claudia et Josh se roulent des pelles ici, là, partout, dans tous les coins.

Je suis littéralement la seule occupée à une autre activité que le roulage de pelles.

21 h 40

Matt vient d'arriver. YOUPI ! On s'est installés à une table pour discuter avec Krish qui préfère les blagues au roulage de pelles. J'imagine que même s'il sortait avec quelqu'un, il ne pourrait pas s'empêcher de le/la vanner entre deux bisous/pelles.

Je suis contente de voir Matt, franchement, il me manque en ce moment.

22 h 30

Crampes à la mâchoire à force de rire

– Bon, y a plus grand monde et je suis crevé, on y va ? me propose Matt, une fois Krish parti faire ses blagues ailleurs.

– J'étais censée rentrer avec les filles, mais je ne suis pas sûre qu'elles remarqueront mon absence, je réponds en les désignant du menton.

– Oui, elles m'ont l'air bien occupées, constate Matt en riant. Tu ne voudrais pas les déranger.

Il a raison. Je ne vais pas leur taper sur l'épaule en plein échange de baisers fougueux. Ça pourrait être interprété comme une volonté de participer, non ? Je ne voudrais pas ajouter ça à ma liste de déviances sexuelles, vu comme l'année a commencé.

Je vais plutôt leur envoyer un texto.

23h00

Retour à Morneville

On a repris le train et on marche dans les rues désertes de notre quartier. Il n'y a que deux pubs et ils ont l'air bien calmes pour un samedi soir. Seules nos deux voix résonnent dans la nuit.

– Alors ça va, après l'histoire de la semaine dernière ? veut savoir Matt.

– Ouais, ouais, je mens.

– Ah tant mieux ! Je suis désolé de ne pas être très dispo en ce moment, il se passe tellement de trucs. Tu m'as manqué, dit-il comme s'il lisait dans mes pensées.

Ça ne fait qu'une semaine qu'on ne s'est pas vus, ce n'est pas si long, je n'aurais pas dû m'en faire pour ça. Pourquoi je m'imagine toujours le pire ?

– J'ai réfléchi, franchement, tu ne devrais pas perdre ton temps avec Josh. Il est beau selon les critères du lycée, OK, mais c'est pas Timothée Chalamet.

Ouais, d'accord, mais je ne pense pas que je pourrais sortir avec Timothée Chalamet non plus.

– Oui, oui, j'acquiesce, moyennement convaincue. On met peut-être la barre trop bas.

– Voilà ! Il est mannequin pour ASOS… pas Prada ni Gucci.

– On a un tel manque de beaux mecs dans le coin que je me suis laissée emporter.

– Et moi, imagine ! Va trouver un gay sympa avec qui sortir dans ce trou !

– Ouais, ça doit pas être facile pour toi. Tu sais quoi ? Je me demande si #Tim ne serait pas gay et il essaierait de le cacher en draguant toutes les filles.

– Ouh là, j'espère que non, réplique Matt avec une petite grimace. De toute façon sa devise « Plus on les malaxe, plus ils grossissent » ne marche pas pour les hommes !

– Ha, tu crois ça ?

– ARGH ! Kit Kat ! Tu m'as mis une image affreuse dans la tête, là ! réplique Matt en me poussant.

OMG, il m'a tellement manqué ! On est presque arrivés, et je n'ai pas envie de le quitter maintenant.

– Tu veux passer à la maison mater l'émission de Ru Paul ?

– Avec un saladier de pop-corn ?

– Ça marche !

Pensée pas très féministe : 1

Faut que j'arrête de me comparer à Claudia. Ça ne sert à rien d'essayer de rivaliser avec une autre femme – surtout si c'est un monstre.

Dimanche 14 octobre

I_weigh :

10 000 messages sur mon portable et un chien pot-de-colle.

10 h 00

Dans mon lit

Seule... enfin, c'est ce que je croyais.

Béa m'a réveillée en me léchant la figure. Parfois, quand je fais la grasse matinée, elle doit s'imaginer que je suis morte et qu'il faut me ranimer. Mission accomplie. Je suis réveillée et je respire, même si chaque bouffée d'air sent les croquettes pour chien.

J'attrape mon portable. J'ai des tas de messages des filles pour me demander si je suis bien rentrée et s'excuser de ne pas avoir remarqué mon départ. Bon, ouf, parce que j'avais peur qu'elles m'en veuillent de ne pas les avoir attendues.

On est désolées, Kit Kat, pardon
Sam, Millie, Vous

SAM : Désolée, Kit Kat, tu comprendras quand t'auras un copain. On ne voit plus le temps passer lorsqu'on s'embrasse.

SAM : J'espère que tu es bien rentrée. ♥ xxxxx

MILLIE : Ouais, pardon, Kit Kat, j'espère que t'es bien rentrée. J'AI TELLEMENT DE TRUCS À TE RACONTER ! Nick m'a demandé si je voulais sortir avec lui ! <3 xxxx

Bon, donc, ça y est, c'est officiel.

Je suis la seule à ne pas avoir de petit ami.

Kit Kat qui tient la chandelle. Je m'efforce d'ignorer le « tu comprendras quand t'auras un copain ». Je sais que je devrais me réjouir pour elles mais… je n'y arrive pas, là.

10 h 01

Je fais un tour sur Insta pour voir s'il y a des photos d'hier que je pourrais reposter, pour faire genre « j'ai passé une soirée démente » – alors que Matt et moi, on est rentrés tôt pour regarder la télé comme un vieux couple.

Je tombe d'abord sur un post de Claudiabolique reposté par Tiffany. C'est une photo de groupe de Josh, elle et sa Bande de Bitches qui posent avec Millie, Nick, Sam et Dave. Ils se tiennent tous par le cou, sourire aux lèvres, comme si c'étaient les meilleurs amis du monde.

J'en ai la nausée.

Je swipe à droite (la malheureuse !). En fait, il y en a une TONNE du même genre. Sur certaines, Millie et Sam envoient des baisers à l'objectif, sur d'autres elles se contentent de sourire, mais en aucun cas, ça n'a l'air de les déranger de poser avec les deux personnes qui m'ont humiliée à mort. À un moment, Josh fait même des oreilles de lapin à Millie.

Ah, alors elles ont finalement arrêté de rouler des pelles pour reprendre leur souffle, donc ? Mais c'était pour traîner avec Josh et Claudia ! Et sans même se cacher. En fait, elles n'en ont rien à faire de moi.

Je suis tellement furieuse.

J'en pleurerais.

10 h 20

Donc voilà, maintenant qu'elles ont des copains, elles m'ont oubliée. Leurs excuses par texto sont pathétiques. C'est parce qu'elles se sentent coupables. Et y a de quoi.

10 h 30

Je cache ma tête sous la couette, mais Béa fourre son museau dessous. Elle dépose une culotte mâchouillée contre ma joue. #vdm

11 h 00

Je dois rendre un devoir sur *Macbeth* à la fin du trimestre et je n'ai même pas commencé à y réfléchir, j'avais autre chose en tête. Mais peut-être que ça me changerait les idées. Au moins, en littérature, je m'en sors bien. Contrairement aux autres domaines – amitié, garçons, tentatives de féminisme.

Je sais que mon dernier commentaire de texte n'était pas terrible – je me demande quelle note je vais avoir. Il faut que je me concentre.

Je ne suis pas sûre que l'analyse de la folie meurtrière de Lady Macbeth m'aide à gérer ma colère.

11 h 30

À mon bureau

J'ai laissé mon portable à l'autre bout de la pièce. Je ne veux plus entendre parler de cette soirée. Je vais noyer mon chagrin dans le boulot. Si elles me laissent tomber pour Claudia et Josh, tant pis, je n'ai pas besoin d'elles de toute façon. Je vais devenir une super journaliste féministe.

11 h 35

Le sujet est assez complexe. Je vais donc procéder pas à pas.

Ça commence comme ça :

Vous explorerez les thèmes de la culpabilité et de la manipulation dans la pièce de Shakespeare. Vous vous attacherez surtout aux personnages de Macbeth, Lady Macbeth et des trois sorcières.

OK. Facile. Je vais y arriver.

Midi

Je n'ai pas écrit un mot. Elle est nulle, cette pièce. Ça craint, la culpabilité et la jalousie. Vous croyez que, à l'époque, Shakespeare se serait imaginé que son œuvre serait exploitée pour évaluer les élèves et potentiellement leur donner accès ou leur couper la route vers la réussite ?

Je suis sûre qu'il aurait été CHOQUÉ.

12 h 05

POURQUOI
JE N'ARRIVE PAS
À ME CONCENTRER
CINQ MINUTES ?

Je ne tiens pas en place. Je ferais mieux d'aller vérifier si je n'ai pas reçu un message. Peut-être qu'elles s'excusent. Ou qu'elles m'expliquent comment Claudia les a forcées à prendre ces photos contre leur gré. Elles ont nécessairement vu les posts et réalisé que ça avait dû me faire de la peine, non ? Mais alors pourquoi avoir posé avec J&C à la base, hein ?

12 h 10

Pas de message des filles. Et visiblement, il va falloir que je me désabonne de tout le lycée si je ne veux plus voir la tête de Josh la Grosse Merde. Tout le monde reposte les fameuses photos – Josh et Claudia, ou tout le groupe. Impossible d'y échapper. Les revoilà sur Snapchat avec encore plus de filtres, l'air encore plus cool.

ARGH.

12 h 15

Je devrais peut-être faire quelque chose pour resserrer mes pores. Sur leur photo de couple, on ne voit presque pas ceux de Claudia. C'est peut-être à cause de ça que je n'ai pas de copain ?

Est-ce que Sam et Millie ont des pores aussi dilatés que les miens ? Je n'ai jamais vraiment prêté attention. En tout cas, sur les photos d'hier soir, on ne les voit pas. Peut-être qu'ils ont formé un club de personnes aux pores invisibles ?

ALERTE PENSÉES PAS DU TOUT FÉMINISTES !

Au lieu de faire une fixette sur ma peau, je ferais mieux de me concentrer sur mon devoir. Parce que je ne dois pas :

1) entrer en compétition avec les autres femmes ;

2) vouloir à tout prix resserrer mes pores pour un garçon (ni quiconque d'ailleurs – parce qu'ils ont une utilité scientifiquement prouvée, je crois).

12 h 30

Voilà, c'est bien. J'ai écrit quelques mots. Pas terrible, mais c'est un début.

D'habitude, je fais ce genre de devoirs dès que les profs nous les donnent. Je suis la bonne élève qui rend les trucs en avance et qui comprend tout. Mais pourquoi je n'y arrive plus ?

Peut-être que je suis devenue idiote ?

Ou alors je suis idiote depuis toujours et je ne m'en rends compte que maintenant ? Peut-être que les profs ne voulaient pas me faire de peine... mais qu'en fait je suis une crétine.

Ma mère doit avoir tellement honte de moi. Elle a remporté des tas de prix scientifiques et pour les travaux qu'elle mène en laboratoire. Et moi, je n'arrive pas à aligner deux phrases pour analyser une pièce écrite par un gars mort il y a plus de quatre cents ans.

Si ça se trouve, ma mère a honte de moi depuis toujours et elle se force à interagir avec moi. Peut-être que mon père fait semblant de me trouver drôle et spirituelle, mais que c'est ironique ? Peut-être que, dans sa série, je passe pour une idiote et que je ne m'en suis pas aperçue...

12 h 40

On est désolées, Kit Kat, pardon
Sam, Millie, Vous

Sam : Kit Kat ? Ça va ? xxxxxxxxxx

Millie : Ouais, Kat, on s'inquiète pour toi. Tu vas bien ? xxxxxxxxxxxxxxxxxxxxxxxxx

Je devrais leur répondre pour les rassurer. Je suppose qu'elles n'ont pas vu le post de Claudia ou qu'elles considèrent que ce n'est pas grave – ce qui est encore pire, en fait. J'ai l'impression d'avoir pris un coup de poing dans la figure.

Moi : Ça va.

Et c'est tout. Je leur en veux tellement. Si elles ne comprennent pas, alors je ne peux plus rien pour elles, sincèrement.

Millie : OUF ! OMG, ON NE TE LAISSERA PLUS JAMAIS. PROMIS. XXXX

Sam : Non mais… ça va ? Vraiment ? T'es un peu distante. xx

Je devrais peut-être leur dire carrément. Je vais sur Instagram copier le lien vers le post pour le coller dans notre conversation WhatsApp. Je vois immédiatement que Sam est en train d'écrire. Puis elle s'arrête. Millie est en train d'écrire. Puis elle s'arrête aussi. Elles ne me répondent pas. Non, mais si elles sont en train de discuter ensemble de cette histoire en privé, je vais m'énerver.

Je pose mon portable pour caresser Béa, ma meilleure amie au monde, ma fidèle compagne...

Argh, je parle comme un vieux schnock.

12 h 43

En train d'écrire...

12 h 45

En train d'écrire...

12 h 48

WTF !

12 h 50

Elles ont mis dix minutes à rédiger leur réponse ! Sérieux !

On est désolées, Kit Kat, pardon
Sam, Millie, Vous

Sam : Désolée. On a essayé de leur échapper mais Claudia a tellement insisté, elle ne nous lâchait pas. On ne savait plus quoi faire.

Millie : Tu sais bien qu'on ne traînerait jamais avec elle de notre plein gré. On ne peut pas la voir. On est désolées, Kate ! Comment on peut se faire pardonner ?

J'ai du mal à leur pardonner, sincèrement. J'essaie d'appeler le koala en moi pour me calmer... mais y a un truc que je ne comprends pas : pourquoi elles n'ont pas simplement envoyé Claudia se faire voir ? Pourquoi elles ne sont pas parties ? Leurs copains les auraient sûrement soutenues, non ? Surtout si ce sont des mecs aussi géniaux qu'elles le disent.

Millie : Je t'en prie, Kit Kat. Ne laisse pas Claudia nous séparer. xxx

Sam : Tu sais qu'on la déteste autant que toi. Excuse-nous. On est vraiment désolées. On ne recommencera plus jamais. xxx

Je commence à avoir peur de passer pour une gamine un peu pénible. Déjà que je suis la seule à ne pas avoir de petit ami, je ne veux pas que les gens me trouvent immature, en plus. Il faut que je fasse appel à mon koala intérieur, que je le veuille ou non.

Moi : Vous en faites pas les filles. Vous avez raison, je sais bien que vous ne traîneriez jamais avec elle volontairement. C'est bon. xx

Millie : <3 OUF ! <3 On ne refera plus jamais un truc pareil. xxx

Sam : <3 ON T'AIME KIT KAT !

J'ai dit que c'était bon… sauf que c'est faux. Mais je vais être obligée de digérer l'affaire. Tiens, je vais parler de Nick pour changer de sujet.

Moi : <3 Je vous adore aussi. FÉLICITATIONS pour Nick, Millie. Alors, raconte ! xxx

22 h 00

Toute la journée, je me suis efforcée de faire comme si ça m'était égal qu'elles aient posé avec Claudia, que Sam et Millie aient des mecs et qu'elles bossent ensemble sur la pièce et pas moi. Je me répète que non, je ne suis pas sur la touche.

Pourtant, c'est l'impression que j'ai.

Je touche mon interrupteur trois fois. Peut-être que ça m'évitera de passer ma vie toute seule. Genre vieille fille qui vit encore chez ses parents.

Pensées pas très féministes : 2

1) Pourquoi tout le monde a des pores moins visibles que les miens ? Et pourquoi je perds mon temps à me poser des questions pareilles ?

2) Pourquoi je perds mon temps avec des histoires de garçons au lieu de faire mes devoirs ?

Lundi 15 octobre

I_weigh :
Je suis un fardeau pour mes parents : leur fille unique est célibataire. Comment est-ce possible ?

10 h 30

Cour du lycée

Jusqu'ici la matinée s'est déroulée normalement (à part que Millie n'arrête pas de parler de Nick, mais bon, c'est normal, donc voilà), comme toutes les matinées de lycée… mais c'était avant qu'on sorte dans la cour pour la récréation.

On dit que, parfois, on est trop focalisé sur sa petite vie pour remarquer ce qui se passe autour de nous. Eh bien, nous venons d'avoir la confirmation de cette théorie parce que, bizarrement, on ne s'était pas aperçues qu'ISSY, L'INNOCENTE PETITE SŒUR DE MILLIE, ET FRED, MON RÉPUGNANT PETIT FRÈRE, SORTAIENT ENSEMBLE !!!

GENRE ILS SONT EN COUPLE.

ENSEMBLE.

TOUS LES DEUX.

ARGH.

Et au moment où on est sorties dans la cour, on les a vus MAIN DANS LA MAIN ! Tranquilles. Issy n'avait même pas honte qu'on la voie avec lui.

J'aurais dû m'en douter. Je me disais bien qu'il ne dégageait plus cette odeur de vieille chaussette de sport humide. Mais je pensais juste qu'il avait enfin compris comment se laver correctement.

Sam, Millie et moi, nous nous sommes figées, bouche bée, les yeux écarquillés.

– J'ai reçu un coup sur la tête ou quoi ? Je suis dans le coma ? Non, mais j'hallucine, c'est pas possible ! je murmure, sous le choc.

– PUTAIN, enchaîne Millie.

– Je vais tout de suite aller les séparer ! décrète Sam. C'est dégueu.

Je suis bien contente que Sam et moi, on soit sur la même longueur d'ondes, mais on ne peut quand même pas dire que se tenir la main, c'est dégueu. C'est pas *Cinquante nuances de Grey*, non plus. Et puis, ce n'est pas son frère ni sa sœur donc elle ne devrait pas en prendre ombrage. (Parfois je me demande d'où je sors des expressions pareilles, mais je trouve que c'est très parlant. « Ça va, Kate ? » « Non, j'en ai vraiment pris OMBRAGE ! »)

Je me tourne vers Millie, un peu étonnée de constater que, la surprise passée, un sourire se dessine sur ses lèvres.

– Oh, en fait, je trouve ça mignon. Ça tombe vraiment bien, non ? J'ai un copain. Issy a un copain. Sam a un copain. Kate... bah, t'es ma belle-sœur, maintenant !

Je crois que je vais vomir. Ouais, Millie, t'as raison. Je suis une vieille fille à qui sa famille et ses amis doivent tenir compagnie. Je me demande qui acceptera de me loger avec tous mes chats, plus tard.

Mon immonde petit frère est en couple avant moi.

Et maintenant (quelle chance !), j'ai deux heures de maths avec Claudia et Josh qui ne vont pas arrêter de flirter. Ma vie est nulle.

10 h 51

Compte Insta d'Issy

(photo de leurs deux mains enlacées)

Légende : *Quand on sait, on sait.*

QUAND ON SAIT QUOI ?
VOUS NE SAVEZ RIEN !
VOUS ÊTES DES GAMINS !

10 h 52

Ça signifie peut-être que mon frère a déjà une vie sexuelle... et pas moi ? Non, mais il n'a pas l'âge !

BEURRRK ! Je ne veux même pas y penser.

Non, c'est pas possible.

10 h 53

Non.

10 h 58

Par pitié, non. Pas ça.
Je crois que je vais m'évanouir.

12 h 30

Au réfectoire

Claudiabolique est assise sur les genoux de Josh et elle le fait manger.

– Tu crois qu'elle lui a d'abord coupé sa viande ? En tout petits morceaux pour ne pas qu'il s'étouffe ? se moque Sam.

– J'ai toujours pensé que donner à manger à quelqu'un était hyper romantique, mais là on dirait juste un bébé et sa maman. Il manque plus que le bavoir pour lui essuyer le menton, renchérit Millie.

Je prends une fourchette de riz dans mon assiette et la brandit en direction des filles.

– Et voilà le navion ! VROUUUM !

Elles éclatent de rire tandis que je mets du riz partout. Je suis plutôt drôle aujourd'hui, c'est cool.

– Mais quand elle aura fini de lui donner à manger, ils vont inverser les rôles ? On va se retaper la scène ? Parce que je crois que mon estomac ne pourra pas le supporter, affirme Sam en agitant son couteau de façon assez agressive.

– Aucune idée, mais ça m'a coupé l'appétit, soupire Millie. Tu vois, Kate, c'était pas un mec pour toi. S'il a besoin d'aide pour finir son assiette, comment veux-tu qu'il trouve ton...

Elle fait un signe vers le bas du corps tandis que Sam complète :

– ... clito.

– C'est vrai, j'acquiesce.

Bien vu.

– Bon, c'était très amusant, mais si on sortait prendre l'air ? propose Sam. Dave doit être en train de jouer au foot. Vous pourriez me tenir compagnie pendant que je bats des cils et fais danser mes cheveux soyeux en le regardant ?

Nous nous levons d'un bond. Pas besoin de nous le dire deux fois. Même si on se moque d'elle en chœur, moins je vois Claudia, mieux je me porte, parce que j'ai toujours un petit goût amer à cause des photos.

– Alors ça va avec Dave ? je demande en reposant mon plateau vide.

Je me sens plus sûre de moi après avoir assisté à ce spectacle affligeant. Je préfère être une femme indépendante qui sait manger toute seule, merci.

– Bah...

Elle nous regarde tour à tour Millie et moi.

– On a fait les préliminaires l'autre jour, avant que sa mère rentre du boulot.

Je suis choquée. Je pensais qu'elle nous aurait prévenues tout de suite. Les préliminaires, c'est en dessous de la ceinture – une avancée majeure. Millie n'a pas l'air surprise.

Elle hoche seulement la tête. Peut-être qu'avec Nick, ils en sont aussi au stade en dessous de la ceinture...

J'ai vraiment l'impression d'avoir raté un truc. J'ai la gorge qui se serre. Si ça se trouve, elles ont un autre groupe WhatsApp, sans moi.

– Tu étais déjà au courant, Millie ? je demande.

Je m'efforce de contrôler ma voix pour ne pas laisser transparaître ma colère, seulement je suis vraiment furieuse.

– Sam m'a juste demandé si Nick et moi, on avait déjà fait ce genre de trucs, c'est tout, me répond-elle, gênée.

– ET ALORS ?

Je sens que mes yeux sortent de leurs orbites, mais c'est pas grave.

– Bah, un peu, mais on n'est pas ensemble depuis longtemps. Et on est limités par la taille de la réserve à accessoires. Quand c'est devenu chaud hier soir, une épée en carton m'est rentrée dans le dos. Du coup, je suis tombée sur lui, tous seins dehors.

– Non, mais vous auriez pu me le dire, tout ça !

Ma voix chevrote comme si j'allais fondre en larmes, le comble du ridicule.

– Oh, mais Kate, on ne pensait pas que ça t'intéressait, fait Sam en me prenant par les épaules. Vu ce qui s'est passé avec Josh, on ne voulait pas remuer le couteau dans la plaie.

– On te racontera tout en détail, si tu veux, à partir de maintenant.

Elle pose son bras sur celui de Sam, et je me retrouve prise en sandwich entre les deux.

– Euh, bah... oui, j'aimerais bien.

Je me sens vraiment bête et immature, maintenant. Mais j'ai envie qu'elle me raconte. Je ne veux pas qu'elles aient tout un tas d'expériences sexuelles sans être au courant. Ce serait encore pire, non, d'être complètement sur la touche ?

– Bon, alors, ce que j'ai dit à Millie, c'est qu'il n'avait pas trop l'air de savoir quoi faire. Il a glissé sa main dans ma culotte, puis il l'a ressortie aussitôt. Comme s'il avait peur que ma vulve le morde. Il l'a à peine touchée.

Elle agite les doigts de manière suggestive, ce qui nous fait glousser.

– Pauvre Dave, je soupire, il est vulvophobe ou quoi ?

15 h 00

Cours de théâtre

On étudie les monologues. Je joue Ariel dans *La petite sirène*. #Tim a décidé qu'il était Sébastien, un prétexte pour me coller.

Il n'arrête pas de me claquer des doigts sous le nez façon pinces de crabe, et ça sent mauvais.

Peut-être que s'il avait une copine il ne dégagerait plus cette odeur de fromage puant.

16 h 00

J'ai passé une très bonne journée, alors pourquoi je me tracasse encore à propos de ces maudites photos ?

Je ne peux pas m'empêcher de penser qu'un jour, les filles vont me laisser tomber pour Claudia. Elles avaient l'air de s'éclater sur les photos. Toutes des vraies femmes, avec leurs mecs.

16 h 15

Record du cadavre retrouvé le plus longtemps après sa mort

Je fais juste une petite recherche Google sur ce qui m'attend.

16 h 30

Elles n'ont même pas le temps de me parler sur WhatsApp maintenant, elles ont une vie sexuelle trop trépidante. Je ferais mieux d'entrer au couvent.

16 h 32

Je vais envoyer un texto à Matt. Il doit être dans le coin.

> **Moi :** T'es au courant du scoop ? Fred a une copine : ISSY !

Je fixe l'écran de mon portable guettant sa réponse choquée. En vain. Il n'a même pas vu mon message.

17 h 00

J'ai écrit trois mots pour mon devoir sur *Macbeth*.

Je viens d'entendre Fred rentrer. Il devait être avec sa copine.

Comme tout le monde.

Sauf moi.

17 h 30

Je me demande si j'ai bien enlevé mon dernier tampon, l'autre fois (ça remonte à une semaine).

Faut que je vérifie d'urgence.

17 h 40

Pas de tampon là-dedans. Ouf. Enfin, j'ai pas trouvé, en tout cas. Si ça se trouve, il a remonté mon vagin, franchi le col et il se balade maintenant dans mon utérus.

C'est pas possible, hein ?

17 h 46

Je vais regarder sur Google.

17 h 50

Non, c'est pas possible.

Je ne savais pas que les trompes s'appelaient en réalité « trompes de Fallope ». C'est marrant comme nom.

Enfin, ça rime avec salope.
Ha ha ha.

17 h 55

J'ai trop honte de ma blague. Désolée. En plus, c'est pas très féministe.

18 h 00

En fait, certaines féministes se revendiquent comme salopes. Pour elles, c'est pas une insulte mais un cri de ralliement : toutes des salopes ! Comme quoi, ma blague était peut-être pas si antiféministe que ça.

18 h 05

C'EST L'HEURE DU DÎNER !
Ouf ! J'ai vraiment travaillé dur. J'ai écrit cinq mots.

18 h 15

Fred est assis en face de moi. Il me fixe. Il sait que je sais. Et que ce n'est qu'une question de secondes avant que j'en parle à papa et maman. Tic-tac. Je suis une bombe à retardement. Je peux à tout moment glisser dans la conversation : « Au fait, Fred a une copine. » Et il ne pourra rien y faire.

Ah, quel plaisir d'avoir autant de pouvoir.

– Tu peux me passer le sel, s'il te plaît, Fred ?

– Bien sûr, Kate. Il te faut autre chose ? répond-il, ce gros lèche-bottes.

Je sale mon plat, sans le quitter des yeux, repose le sel, sans le quitter des yeux et je me mets à manger, toujours yeux dans les yeux avec lui. Je peux exploser n'importe quand, je fais monter la tension en le fixant.

Sauf que là, j'ai besoin de cligner des yeux.

Maman pose sa fourchette.

– Bon, qu'est-ce qu'il y a, vous deux ? C'est quoi ce petit jeu ?

Non, mais c'est pas vrai, elle est trop perspicace ! J'avais envie de faire durer un peu le suspense.

– Rien ! s'écrie Fred d'un ton guilleret avant d'enfourner ses légumes dans sa bouche.

– Tu ne pourras pas garder le secret bien longtemps, Fred. Et puis il n'y a pas de quoi avoir honte, dis-je en brandissant ma fourchette sous son nez.

Je me rappelle tout ce qu'il a cafté à mes parents alors que j'aurais préféré qu'ils l'ignorent. TOUT. En particulier #Tim.

Je ne lui pardonnerai jamais #Tim.

– C'est quoi, ton secret, Fred ? le questionne maman, exaspérée.

Papa le dévisage, intrigué. Il n'a jamais rien dû lui cacher jusque-là.

Fred a l'air sur le point de cracher le morceau. Nooоon, je veux mon moment de gloire !

– FRED A UNE PETITE AMIE ! je claironne en me levant d'un bond, les bras en l'air.

Prends ça, *bro*.

– Oooh, mais quelle excellente nouvelle, mon chéri ! s'extasie maman. Elle s'appelle comment ?

Fred est furax. Rouge jusqu'aux oreilles. Franchement, pour une fois qu'il fait mieux que moi et que ça ne me dérange pas, je veux en profiter à fond.

Papa lui tape dans le dos.

– Ah, tel père, tel fils !

– Euh... John, je suis la seule petite amie que tu aies eue.

– Faux, Claire. C'est juste ce que j'ai voulu te faire croire. J'étais un homme à femmes !

– Alors cites-en une.

Papa se tait. Il gigote sur sa chaise sous le regard méprisant de maman.

– Alors comment elle s'appelle, mon chéri ? reprend-elle en se retournant vers Fred. Elle est dans ta classe ?

– Elle... euh... en fait...

– C'est la petite sœur de Millie ! je m'exclame.

J'ai envie de savourer ma victoire et la gêne de mon frère le plus longtemps possible.

– Oh. Issy est une fille adorable. Tu pourrais l'inviter à dîner.

Ma mère est un génie.

J'ai trop hâte. Il faudra que je lui fasse penser à sortir l'album de Fred. Je suis sûre qu'il y a bien une photo où non seulement il est tout nu dans son bain, mais où il a fait un petit caca également.

– Je te hais, me glisse Fred en me flanquant un coup sous la table.

C'est bizarre parce que moi, je me trouve au top, pour une fois. Très spirituelle.

21 h 00

Dans ma chambre, à mon bureau, penchée sur une feuille irrémédiablement blanche

Ma joie a été de courte durée. Je n'ai toujours pas fini mon devoir sur *Macbeth* et Matt ne m'a toujours pas répondu. Sans compter que je dois commencer mon exposé d'histoire. Béa s'est allongée sur mon lit, sur le flanc. J'ai bien peur que ce soit la seule créature sur cette terre qui accepte d'être au lit avec moi.

22 h 30

Béa est furax que je l'aie réveillée en tendant le bras pour toucher l'interrupteur trois fois. Maintenant mes petites manies dérangent aussi les autres.

Pensée pas très féministe : 0
À moins que torturer son frère parce qu'il a une vie sentimentale plus remplie, ce soit antiféministe ? Non, mais qu'est-ce qui me prend ?

Jeudi 16 octobre

I_weigh : Le poids de la solitude. Quand tu réalises que tout le monde a quelqu'un sauf toi.

7h00

Devant mon miroir

J'essaie de trouver ce qui cloche chez moi. Pourquoi toutes les autres sont en couple et pas moi.

1) Mon nez. Pourquoi avoir placé une telle protubérance juste au milieu du visage ? Et comment se fait-il que certaines personnes aient hérité d'une toute mignonne petite chose retroussée ? Et toujours parsemée de taches de rousseur, en plus ! Elles ne se sont quand même pas toutes fait refaire le nez, si ?

2) Mes yeux. Ils sont trop basiques. Pas grands, ni pétillants. Ils n'ont ni une forme ni une couleur originales. C'est juste des yeux, quoi. Qui voudrait sortir avec quelqu'un qui a juste des yeux tout bêtes ?

3) Mes cheveux. Pareil. Ils n'ont pas vraiment de couleur, pas vraiment de style. Et quand j'essaie une nouvelle coiffure, ça ne tient pas. J'ai le genre de cheveux avec lesquels on ne peut rien faire, voilà.

4) Ma bouche. Je n'ai pas les lèvres pleines. Juste des lèvres. Pas pulpeuses non plus. Leur seul avantage, c'est d'exister. Pour que je puisse parler. Point.

5) L'interrupteur. Qui voudrait sortir avec une fille qui ne peut pas s'endormir sans avoir touché son interrupteur trois fois et qui imagine que les pires catastrophes vont arriver aux gens qu'elle aime ?

Quatre points sur cinq concernent mon apparence physique. Je suis donc une mauvaise féministe et sans doute une folle.

7h30

Tiens, aujourd'hui, je vais proposer d'écrire mon article féministe hebdomadaire sur le blog du lycée. Pour compenser mes préoccupations superficielles et nombrilistes. Il y a des gens qui meurent (et ce n'est pas une image) pour avoir le droit d'aller à l'école pendant que moi, petite privilégiée, je suis là à faire des listes en me plaignant que mes lèvres sont trop fines.

8h00

Sur le chemin du lycée

– On va se faire épiler vendredi soir, tu veux venir avec nous, Kate ? me propose Sam en regardant Millie.

Je vois bien qu'elles ne veulent pas que je me sente exclue.

– OK, je vous accompagne ! dis-je avec un enthousiasme forcé.

– Super ! s'écrient-elles avec une joie tout aussi disproportionnée.

– OMG ! souffle Sam. C'est Fred et Issy main dans la main, là, devant ?

ARGH. Oui, c'est bien eux. Trop chelou.

– Dès que j'ai prévenu ma mère hier soir, elle a pris Issy à part pour lui sortir son petit discours sur les choses de la vie. Je me sentais coupable de lui faire subir ça, avoue Millie.

– On n'est pas obligées d'en parler dès le matin, si ? ai-je protesté.

J'avais déjà le cœur au bord des lèvres, mais là, c'en était trop.

– Kate, ils sont en couple... Ils risquent de vouloir... faire des trucs, tu vois.

Depuis quand Millie a son diplôme de sexologue, sérieux ? Comment se fait-il que ça ne la dégoûte pas ? Moi, je ne peux même pas imaginer mon frère...

Je le dis haut et fort :

– Franchement, en tant que grande sœur, je n'ai pas envie d'être au courant de ce genre de choses. Jamais.

– Je te comprends, fait Sam.

Ouf ! Enfin quelqu'un qui a un minimum de décence et de pudeur.

– OK. Mais c'est pas parce qu'on n'en parle pas que ça n'arrivera pas, affirme Millie.

Bon sang. Pas la peine d'insister. Je sais que tout le monde le fait autour de moi. Et justement, je préférerais changer de sujet.

16 h 30

Dans ma chambre

Je ne sais même plus quand j'ai réussi pour la dernière fois à me concentrer sur un truc précis.

En ce moment, par exemple, je suis sur mon portable tout en essayant de faire mes devoirs. Comme je ne supporte pas le silence, j'ai allumé la télé pour faire un bruit de fond. Chaque fois que j'essaie de me concentrer sur mon boulot, je me retrouve à scroller sur Insta sans même m'en rendre compte. Je vois une belle photo de mannequin, je vais sur son profil, je me demande comment je pourrais faire pour lui ressembler, comme ça, Josh la Grosse Merde regretterait de m'avoir plaquée pour Claudiabolique.

Puis deux secondes plus tard, je m'efforce de me reconcentrer sur mon devoir, avant de recommencer le cycle infernal. Comme un hamster dans sa roue.

18h00

À table

J'ai pas trop faim ce soir, mais je ne veux pas le dire parce que, immanquablement, quelqu'un va me demander ce qui ne va pas, et ce qui ne va pas, c'est moi.

Heureusement, maman est trop occupée à cuisiner mon frère au sujet d'Issy ; du coup, elle n'est pas sur mon dos. Et si je fais profil bas, je compte bien que ça dure quelque temps.

– Alors, quand est-ce qu'Issy vient dîner ?

Elle lui a déjà demandé hier et il lui a déjà répondu. Maman le sait parfaitement, mais elle espère qu'à force d'insister, il va céder.

Sauf qu'il devient écarlate et lâche sa fourchette.

– Hum... Euh... Eh bien... JAMAIS !

– Mais, Freddy... si c'est « sérieux » avec cette fille...

Papa accompagne sa phrase de petits guillemets dans les airs, ça me rend dingue.

– ... il faut nous la présenter.

– Ton père a raison, Fred. Si c'est « sérieux » avec cette fille, il faut d'abord qu'on la rencontre, renchérit ma mère.

Bon, ce n'est plus drôle, c'est AFFREUX. Fred se meurt, je me meurs. Pourquoi répète-t-elle ce que papa vient de dire ? Pourquoi sont-ils aussi lourds ? Fred a quatorze ans, il n'est sérieux avec personne.

Ils ont répété leur petit discours ou quoi ? Ou alors c'est de l'humour... Ouais, c'est ça, ils se croient drôles ! Et le pire c'est que j'arrive à être jalouse que ce soit Fred qui y passe avant moi.

Mon frère est à deux doigts de s'enfuir en courant.

– Le truc, Fred, reprend mon père en mordant dans une saucisse, c'est qu'on ne peut pas se reposer sur ses parents, en supposant qu'ils lui ont parlé de la contraception. Mieux vaut qu'on vous voie en couple pour avoir une petite conversation tous ensemble. Surtout que vous êtes mineurs, nous voulons donc nous assurer que vous compreniez bien tous les deux qu'il est préférable d'attendre...

– Et quand le temps viendra, je pourrai lui parler de la pilule ou du stérilet, ça ne me dérange pas.

Maman a l'air parfaitement sérieuse, mais je vois les coins de ses lèvres qui tremblent.

Fred repousse sa chaise en secouant la tête, au bord de l'implosion. Moi, ça m'inquiète, et s'il faisait une attaque ? Parler de sexe à un ado comme ça, ça peut lui faire fondre le cerveau.

– Je sais... L'ABSTINENCE ! hurle-t-il en détalant.

Et là, nos parents explosent de rire. Je les dévisage, incrédule.

– La plupart des parents redoutent l'entrée de leurs enfants dans la vie sexuelle, c'est un vrai traumatisme. Et vous deux, vous vous amusez à en faire un sketch, juste pour rigoler. Vous êtes deux grands malades ! je m'exclame. Vous devriez consulter !

Ils rient encore plus fort. Papa se met à imiter l'air terrifié de Freddy quand il a crié « L'ABSTINENCE ! ».

Je me demande si tous les parents sont aussi dérangés.

– Non, mais franchement, ils ne vont rien faire pour le moment, hein ? demande soudain papa. Ils sont beaucoup trop jeunes, non ?

Il regarde ma mère, un peu paniqué.

– Mais oui, ne t'inquiète pas, John. Il met encore son caleçon à l'envers un matin sur deux, affirme ma mère.

Bizarrement, ça n'a pas l'air de le rassurer, bien au contraire.

23h00

Dans mon lit

Je pense que je ne pourrai pas devenir journaliste, finalement. Parce qu'il faut être intelligente, dynamique, redoutable. Et que je suis tout le contraire. Quel genre de boulot conviendrait à quelqu'un dont le cerveau s'emballe à fond pour des trucs complètement insignifiants ? Si je devais le comparer à un animal, ce serait un chaton qui court après sa queue avant de faire caca dessus.

Je touche mon interrupteur trois fois. Parfois, je regrette de ne plus être une petite fille. Au moins, à l'époque, j'avais tout l'avenir devant moi. Maintenant je ne suis même pas encore vraiment une adulte et j'ai déjà tout raté.

Pensées pas très féministes : 5

Cf. la liste des cinq trucs que je déteste le plus chez moi.

Mercredi 17 octobre

I_weigh : Claudia.

15 h 30

Les filles bossent encore sur leur pièce. Donc je rentre à la maison. Je n'ai pas de nouvelles de Matt et je n'arrive toujours pas à me concentrer sur mes devoirs. Je crois que je vais me coucher tout de suite.

En sortant du lycée, je vois du coin de l'œil Claudia venir vers moi. Je sais qu'elle aime fondre sur ses proies quand elles sont isolées. Je baisse la tête. Surtout, ne pas croiser son regard, ne pas montrer de signe de faiblesse.

J'entends qu'elle essaie d'attirer mon attention, mais je ne cède pas.

– KATERINA ! KATERINA ! Espèce de NAZE !

Je reçois un truc dans la tête. Non mais elle est en train de me JETER DES CAILLOUX ! ?! Je vais devoir l'affronter avant qu'elle ne passe aux pierres. Je suis sûre qu'elle n'hésiterait pas à m'assommer.

Elle m'a rejointe et marche à mes côtés avec sa Bande de Bitches. Amélie et Tiffany reprennent mon nom en chœur.

– Où sont tes amies ? Avec leurs mecs ? Trop triste, tout le monde est en couple sauf toi !

Je m'efforce de l'ignorer, mais elle n'a pas tort. Et elle me bloque le passage avec sa petite meute.

– Josh m'a forwardé vos conversations. Tu as vraiment cru qu'il voulait sortir avec toi, c'est dingue.

QUOI ? Il a fait ça ? Évidemment, parce que ce n'est pas juste une grosse merde, c'est une TRÈS GROSSE MERDE. J'essaie de me souvenir du contenu de mes messages tandis qu'Amélie, Tiffany, Nia et Tia m'encerclent.

– Il m'a tout envoyé quand il a compris qu'il allait devoir sortir avec toi pour me rendre jalouse.

Elle brandit son portable sous mon nez, alors que je n'y vois rien. Autour de moi, tout devient flou. J'ai chaud. Pourquoi elle ne me laisse pas tranquille ? Elle a gagné. Elle l'a eu.

Je réussis à fixer l'écran et relis mes messages crédules.

J'essaie de marcher mais mes genoux se dérobent sous mon poids, j'ai peur de m'écrouler. Je n'arrive plus à respirer. L'air n'atteint même pas mes poumons. Je fais un effort surhumain pour ne pas m'évanouir.

– Tu sais, tes copines m'ont dit que c'était trop pénible : elles ne peuvent plus sortir avec toi, vu qu'elles ont des mecs et pas toi. Tu tiens la chandelle. C'est pour ça qu'elles sont restées au pub samedi. Avec les adultes, pendant que tu rentrais te coucher. Elles n'en peuvent plus de toi. Elles ont hâte de faire la fête après la pièce et toi, tu les saoules à réclamer des petites surprises pour ton anniversaire. Elles ont mûri alors que toi, t'es toujours une gamine, Kit Kat.

Il faut que je la fasse taire. Sa voix m'irrite le cerveau. Je ne comprends même plus ce qu'elle me dit. C'est juste un bruit de fond exaspérant.

Je veux m'éloigner, mais elles me bloquent le passage et je n'arrive plus à mettre un pied devant l'autre. Je repère un espace et je fonce, brisant leur cercle humiliant. Je fuis à toutes jambes.

16 h 00

Je cours si longtemps que je suis à bout de souffle. J'ai la tête qui tourne, je vais tomber. Je m'assieds au bord du trottoir, la tête entre les genoux.

Mais il faut que je rentre chez moi, à l'abri, dans ma chambre.

Pourquoi les filles ont-elles confié ce genre de trucs à Claudia ? Pourquoi faire les gentilles devant moi et me pourrir dans mon dos ? Millie et Sam ont toujours détesté Claudia, elles m'ont toujours soutenue quand elle m'embêtait. Elles l'ont toujours traitée de sorcière. Je ne comprends pas. Qu'est-ce qui a changé ?

En temps normal, je n'aurais pas cru Claudia. Mais comment pourrait-elle être au courant des surprises d'anniversaire ? Comment ont-elles pu lui confier tout ça ? Je n'en reviens pas.

17 h 00

Affalée sur mon lit

Qu'est-ce qui s'est passé ? Il y a quelques semaines, tout allait bien. J'avais Millie, Sam et Matt, j'étais convaincue que rien ne pourrait jamais nous séparer et qu'on était prêts à tout les uns pour les autres. Mais chacun a mené sa petite vie et moi, je suis restée sur place. Et voilà qu'en plus, elles me balancent à Claudiabolique. Matt, c'est différent, il a juste disparu dans le trou noir de la première.

Claudia a raison.

Ils ont grandi. Et moi, je suis toujours une gamine.

17 h 10

Je suis encore devant mon miroir en train de comparer mon visage à une photo de Claudia sur Insta. Qu'est-ce qu'elle a de plus que moi ? Qu'est-ce que j'ai de si nul pour que tout le monde me laisse tomber ?

Il y a un truc qui cloche chez moi depuis toujours sauf que Sam et Millie ont mis un peu plus de temps que les autres à s'en rendre compte. Et à trouver mieux.

Je sais que ce n'est pas féministe de se comparer aux autres femmes et de les envier, mais je ne suis même pas sûre que le féminisme veuille de moi.

Je ne me sens pas très féminine, ni très attirante. Je ne suis pas comme ces femmes dans les pubs, avec leurs beaux ongles longs, leurs chemises blanches immaculées, leurs dents bien alignées et leur peau parfaite. Je crois que je ne pourrai jamais être une vraie femme. Impossible.

Donc je ne peux pas être féministe, ce n'est pas pour moi. C'est pour les femmes. Et j'ai beau essayer, je ne suis qu'une petite fille qui fait semblant d'être adulte.

17 h 15

J'ai compris. Josh savait que je crains, comme Sam et Millie, c'est pour ça qu'il s'est servi de moi pour rendre Claudia jalouse et qu'il ne s'est jamais vraiment intéressé à moi. J'étais juste un accessoire pour lui permettre de séduire une vraie femme.

Au moins, la dernière fois que Claudia m'avait embêtée, j'avais Matt pour me consoler. Mais il n'a toujours pas répondu à mon message d'hier. Même si j'ai bien envie de lui en renvoyer un autre, j'ai quand même ma dignité.

17 h 30

Mon portable vibre.

La bande d'Emmeline Pankhurst
Millie, Sam, Vous

MILLIE : ALERTE ! EN MODE SOUS LA CEINTURE !

SAM : Raconte-moi TOUT !

Je ne veux pas savoir. Je n'y comprends plus rien. Elles m'envoient des messages, après s'être plaintes à Claudia qu'elles en avaient assez de moi.

17 h 35

Il faut que je m'améliore en tant que femme – ne pas perdre ma cup n'importe où, par exemple. Normal que Sam et Millie ne veuillent plus de moi, c'est trop la honte.

Il faut que je change.

Oui, mais comment ?

Recherche : comment s'améliorer ?

Google a décidé de finir ma phrase pour moi, parce que, apparemment, on ne peut pas s'améliorer de façon générale, il faut choisir un thème en particulier.

Comment s'améliorer à Fortnite ?

Fred se serait-il servi de mon ordi ?

Comment s'améliorer au lit ?

Ouais. C'est ça. Vas-y, remue le couteau dans la plaie en me faisant bien sentir que ça ne m'arrivera jamais parce qu'aucun homme ne voudra coucher avec moi.

Comment s'améliorer en maths ?

Continue comme ça, Google. Merci, mon pote, comme si je ne me sentais pas assez nulle, rappelle-moi que je suis aussi un boulet en maths.

– Kit Kat ? fait mon père en frappant à ma porte. Ça va, ma puce ? Je ne t'ai pas entendue rentrer.

– Oui, oui, ça va, papa, dis-je d'un ton assuré en ravalant mes larmes.

– Mmm. D'accord.

Il hésite dans le couloir, mais sincèrement, je n'ai envie de parler à personne. Si en plus je cours pleurer dans les jupes de mes parents, j'aurai encore plus l'impression d'être une gamine. Trop naze.

18 h 30

Dîner

En voulant bien faire, papa me demande, genre : « Et Matt, ça lui plaît, la première ? », « Elles font quoi, cette semaine, Sam et Millie ? » Chaque question me donne l'impression d'un coup de poing dans le ventre.

Je me contente de hocher la tête en articulant une réponse monosyllabique. Il ne manquerait plus que je fonde en larmes dans mon assiette de tofu. Quoique, ce serait peut-être moins sec ?

Je me dépêche de manger afin de vite pouvoir remonter dans mon antre.

20 h 00

Dans ma chambre

Les filles m'ont envoyé un message pour me prévenir qu'elles avaient une réunion pour la pièce avant les cours et qu'elles partiraient plus tôt.

Ce n'est sans doute qu'un prétexte pour se débarrasser de moi.

20 h 30

J'aimerais leur avouer que je leur en veux d'avoir dit du mal de moi devant Claudia. Mais ça prouverait encore que je suis immature. Cette sale petite gamine de Kate, même pas capable de suivre le mouvement et toujours en train de se plaindre.

22 h 00

Dans mon lit

Peut-être que si je touche mon interrupteur trois fois de plus ce soir, ça se passera mieux demain. Josh rompra avec Claudia et se rendra compte qu'il aurait dû sortir avec moi depuis le début. (Je sais que je ne devrais pas souhaiter des trucs pareils, mais bon.) Les filles s'excuseront de m'avoir laissée tomber à cause de leurs mecs et tout redeviendra comme avant. Nous trois, ensemble, sans personne d'autre. Et je serai enfin capable de terminer mon devoir sans que mon cerveau fonde.

Pourquoi tout change alors que je ne suis pas prête ? J'ai l'impression de tout faire de travers.

Comme si je me retrouvais brusquement plongée dans le noir.

Pensées pas très féministes :

Je crois que je ne mérite pas d'être féministe alors à quoi bon ?

Jeudi 18 octobre

I_weigh : Tout le poids du monde sur mes épaules et c'est trop lourd.

8 h 20

Je n'ai pas répondu à Sam et Millie. De toute façon, je vais au lycée toute seule ce matin.

10 h 30

La bande d'Emmeline Pankhurst
Sam, Millie, Vous

Sam : URGENCE ! Ce putain d'arbre en carton ne tient pas debout. Visuellement, c'est magnifique, mais question gravité, j'ai merdé. Je vais passer l'heure du déj et la récré à essayer de trouver une solution.

MILLIE : T'en fais pas. J'ai plein de texte à apprendre, et j'ai rien compris. Je crois que ça parle d'un type qu'est mort, mais je ne sais pas qui. Kate, j'ai besoin de toi !

SAM : MERDE. L'arbre a fait tomber un seau d'eau sur mon book. HELP ! HELP !

MILLIE : J'arrive !

Elles sont tellement dans leur monde, qu'elles n'ont même pas remarqué que je ne répondais pas.

11h00

Millie est arrivée en retard en sciences, sans doute trop occupée à embrasser Nick. Elle n'a donc pas pu s'asseoir à côté de moi. À voir sa tête, elle n'en revient pas que je ne lui aie pas gardé de place, ce que j'avais peut-être involontairement fait exprès.

11h10

Je sens son regard dans ma nuque.

Midi

La bande d'Emmeline Pankhurst
Sam, Millie, Vous

Millie : Désolée pour le retard. Crise théâtrale! Je dois retourner en vitesse en répét' dès la fin du cours. J'ai compris grâce au film que c'est le moment où son cousin meurt, donc au moins, maintenant, je sais de quoi ça parle.

Millie : La mère de Sophie, qui est agente, représente EMILY BLUNT ! DINGUE, non ? Si ça se trouve elle va venir avec elle. Je dois répéter à fond pour être super au point, parce que c'est peut-être la chance de ma vie. Tout est une question de relations, hein. Une fois que j'aurai rencontré la mère de Sophie et Emily Blunt, et que je les aurai ensorcelées avec ma Juliette, j'aurai un contact dans le milieu.

Sam : Croisons les doigts pour que mes arbres ne les assomment pas.

Elles n'ont toujours pas remarqué que je ne leur parlais plus.

12 h 30

À la bibliothèque

J'ai décidé de passer le déjeuner à la biblio pour me remettre à mon devoir d'histoire. Je ne sais pas ce qui m'a pris, vu que je n'arrive pas à me concentrer sur quoi que ce soit à part fixer mon portable et regarder avec angoisse tous ces gens qui ont une vie (et pas moi).

14 h 00

Cours de littérature

J'ai sous les yeux la pire note que j'aie jamais eue en anglais. L'année commence mal. Je rate vraiment tout. Je ne pourrai jamais être journaliste si j'écris comme un pied. Je ne comprends pas, j'ai toujours eu de super bonnes notes dans les matières littéraires.

J'aurais voulu aller voir la prof, mais j'avais peur de me mettre à pleurer. Alors à la place, je me mords les lèvres.

La bande d'Emmeline Pankhurst
Sam, Millie, Vous

SAM : Mon book est fichu. Je n'ai pas le temps de tout recommencer. Qu'est-ce que je vais faire ?

MILLIE : T'en fais pas. Je viendrai te donner un coup de main après les cours. Et Nick aussi.

SAM : Dave m'a promis d'être là aussi, mais ça avait l'air de l'embêter parce qu'il voulait qu'on traîne ensemble ce soir, mais pas pour le boulot. Je crois qu'il en a assez qu'on ne soit jamais en tête à tête tous les deux.

MILLIE : T'inquiète. Il est dingue de toi. Ça ne l'embêtera pas, il veut t'aider. On va tous t'aider.

14 h 45

Mon portable vibre. Message privé de Millie.

MILLIE : T'es passée où ? Sam a besoin de nous ! Elle compte sur toi.

Je ne sais pas quoi répondre. Je suis furieuse. Elles racontent à Claudia que je suis trop gamine pour elles, qu'elles en ont assez de moi et ensuite, elles m'appellent au secours.

Je n'ai pas du temps à perdre avec leurs problèmes, j'ai déjà assez à faire avec les miens. À commencer par mes notes.

15 h 30

Je prends vite mes affaires dès que ça sonne pour filer direct chez moi. J'aimerais éteindre mon portable, mais en même temps j'ai peur de ce qui pourrait se produire pendant que je ne regarde pas, et je n'arrive pas à penser à autre chose.

Millie : Tu nous rejoins au bâtiment des arts, Kate ? Sam a besoin de nous. Je ne sais pas ce qui se passe, pourquoi tu ne réponds pas mais c'est vraiment pas une preuve de maturité. Sam est en galère et toi, tu piques ta crise comme une gamine !

Trop, c'est trop. Sans même réfléchir, je fonce au bâtiment des arts. J'espère juste que les garçons ne sont pas là, parce que je n'ai pas envie de régler mes comptes en public.

15 h 35

Salle d'arts plastiques

Je pousse la porte, les poings serrés et le cœur battant. Je suis tellement en colère que je n'arrive pas à penser droit, j'ai même peur de fondre en larmes et de leur donner une raison de plus de me traiter de gamine.

– Ah, te voilà Kate ! Tu nous fais enfin l'honneur de ta présence, commente Millie sarcastique.

Et ça suffit à me faire exploser.

– Non mais le culot ! Après tout ce que vous avez dit à Claudia sur moi ? Que je suis une gamine, que vous êtes trop adultes pour traîner avec moi ? Vous osez me demander mon aide alors que vous me critiquez dans mon dos ?

Sam relève la tête, le front plissé.

– Qu'est-ce que tu racontes, Kate ? demande-t-elle, l'air innocent comme l'agneau qui vient de naître.

– Tu le sais très bien. Samedi, quand je suis partie du pub, vous êtes allées vous plaindre à Claudia que vous étiez passées à autre chose, que vous n'en pouviez plus de me traîner alors que vous êtes en couple et que je tiens la chandelle ! je hurle.

– Quoi ? s'étonne Millie.

– Claudia m'a dit elle-même que vous me trouviez bébé de réclamer une surprise pour mon anniv'. N'essaie pas de le nier parce que tu viens de me traiter de gamine !

– Bah oui, parce que tu te comportes comme une gamine ! rétorque Millie. On est tous surbookés mais t'es la seule à ne faire aucun effort et à rester à te regarder le nombril.

– J'ai beaucoup trop de problèmes pour gérer ça en plus, en ce moment, Kate, désolée. Je suis tellement stressée, je n'ai tout simplement pas le temps, soupire Sam.

– COMME D'HAB ! je crie.

Mais alors que je tourne les talons pour partir, Millie reprend :

– AU MOINS CLAUDIA EST UNE ADULTE ! PAS UNE GAMINE QUI BOUDE PARCE QU'ON A DES MECS ET PAS ELLE ! OU PARCE QU'ON A PLUS IMPORTANT À FAIRE QUE DE L'ÉCOUTER PLEURNICHER À PROPOS D'UN TYPE AVEC QUI ELLE EST MÊME PAS SORTIE !

Quelle violence. C'est comme si elle m'avait giflée. Le pire, c'est qu'elle continue :

– ET PEUT-ÊTRE QUE T'EN AURAIS UN DE MEC, SI TU FAISAIS PAS TA GAMINE EN PERMANENCE !

D'habitude, Millie ne lève jamais la voix.

Je reste pétrifiée sur place un instant, sous le choc.

Puis je crie :

– JE VOUS EMMERDE !

J'attrape le premier pinceau qui me tombe sous la main et je le lance à travers la pièce juste au moment où Dave arrive. Il se retrouve aspergé de vert sapin de la tête aux pieds.

Je détale en pleurant comme un bébé. Pour la maturité, c'est raté.

15 h 50

J'essaie de rentrer chez moi sans croiser personne. J'ai l'impression d'avoir un truc coincé dans la gorge, et je vois flou. Peut-être que j'ai un gros problème de santé, vu que ça m'arrive tout le temps en ce moment.

J'ai la tête qui tourne et la nausée. Un goût métallique dans la bouche… mon estomac se soulève. En fait, je crois que je vais être malade. Je m'arrête et me penche pour cracher un jet de bile acide au milieu du trottoir. Je n'ai rien à vomir parce que je n'ai pas pu avaler quoi que ce soit aujourd'hui. Je suis complètement vide. Je m'essuie la bouche avec la manche de mon pull et m'assieds sur le trottoir, en attendant que le vertige s'arrête.

J'ai tout perdu, et c'est bien fait pour moi parce que je ne suis qu'une gamine égoïste.

15 h 55

Arrivée à la maison, je fonce au premier. Il faut que je me change et que je me nettoie le visage avant que mon père me voie. Sinon il va me bombarder de questions.

16 h 00

– Ça va, ma chérie ? Tu as monté ces escaliers à une vitesse ! s'étonne-t-il.

– J'ai une tonne de boulot, je réponds en croisant les doigts pour qu'il me laisse tranquille.

– Ah oui, encore ? Bon, je suis en bas si tu as besoin de quoi que ce soit.

J'enlève mes vêtements dégoûtants et j'attends que ses pas s'éloignent pour me faufiler dans la salle de bains et me laver le visage.

16 h 15

On ne s'était jamais disputées comme ça. Ça arrive qu'on s'embrouille un peu, mais on se réconcilie aussitôt. Ça ne dure pas, ce n'est jamais violent à ce point. Et les filles n'ont jamais été en colère après moi toutes les deux en même temps. Je n'arrive pas à me sortir de la tête leur air furieux. En plus, elles n'ont même pas nié. Au fond de moi, j'espérais que Claudia avait tout inventé pour me torturer. Mais maintenant je sais que c'est vrai.

16 h 20

Claudiabolique avait raison. Je suis une loseuse. Et une loseuse sans amis, en plus. Ils sont probablement tous ensemble en ce moment, en triple date, en train de se moquer de moi, le gros bébé tout seul dans son coin. Claudia est avec Josh, et elle a pris ma place auprès de mes amies, elle s'est parfaitement intégrée.

Ça doit bien les faire rire de m'imiter en train de réclamer une surprise pour mon anniv'. Comme si c'était plus important que la pièce, que leurs mecs...

Et s'ils étaient tous dans le coup depuis le début ? Et si l'invitation de Josh et tout ça, c'était un plan échafaudé pour se débarrasser de cette gamine de Kate ? Si ça se trouve Sam et Millie ne veulent plus être amies avec moi depuis des lustres et moi, je refusais de le voir...

16 h 30

Je me retrouve à nouveau à scroller sur Instagram sans savoir depuis quand ni pourquoi. Je n'arrête pas de voir cette citation « *You are enough* ». La plupart des gens se suffisent à eux-mêmes, ils sont complets, y a rien à ajouter. Ce n'est pas mon cas. Je ne suis pas assez douée, pas assez belle, pas assez forte, certainement pas assez féminine, pas assez féministe, pas assez maline. Je ne suis pas assez. Je pourrais poster ça en énorme sur mon *grid*, dans une jolie police, entourée de cœurs et de fleurs :

I am not enough

17 h 00

Je ne serai jamais une journaliste glamour qui a son propre appart à Londres et retrouve ses copines pour boire un verre après le travail. Je n'ai plus de copines et je ne suis même pas capable de rédiger un devoir potable, sans parler d'un véritable article.

J'ai toujours pensé que Claudia était horrible… mais peut-être qu'en fait, c'est moi ? Après tout, c'est moi qui n'ai plus d'amis. Ma vie est un désastre.

18 h 30

– Tu viens dîner, ma chérie ? crie papa dans les escaliers.

– Une minute, je coasse, comme une misérable grenouille.

Je voudrais arrêter de pleurer avant de descendre dîner, mais je crois que je ne vais pas y arriver.

– Kate ? Tu as l'air bizarre. Je monte, annonce papa.

Il entrouvre la porte et jette un coup d'œil à l'intérieur. Dès qu'il me voit en larmes sur mon lit, la patte de Béa sur les genoux, il s'approche.

– Oooh, Kit Kat. Qu'est-ce qui ne va pas ?

Je suis épuisée. Je n'ai même plus la force de parler, et en plus, je sanglote tellement que ce sera inintelligible. Je ne sais pas par où commencer et je doute que mon père comprenne de toute façon.

Je réussis à articuler :

– Je me sens pas bien. Je peux rester dans ma chambre ?

Papa s'assied sur le lit. Comme il la pousse légèrement, Béa grogne, l'air de dire : « On n'a pas besoin de toi. Je m'en occupe ! »

Il me prend dans ses bras au lieu de la caresser, ce qui est bien évidemment sa deuxième erreur. Fort contrariée, Béa pose la tête sur le lit avec un petit *grumpf.*

– Qu'est-ce qui se passe, ma chérie ?

– Rien, dis-je d'une voix étouffée.

– Je vois bien que quelque chose ne va pas. Tu ne pleures pas comme ça sans raison. Tu n'as pas envie d'en parler ?

– Pas vraiment.

– OK. Bon, je peux t'apporter ton dîner sur un plateau, si tu veux.

J'acquiesce.

– On pourrait en discuter plus tard, non ? Ou tu préfères peut-être en parler à maman ? Ou nous envoyer un texto, si c'est plus facile ? propose-t-il gentiment.

Je le dévisage parce que j'aimerais bien, mais j'ai absolument aucune idée de ce qui ne va pas. Pourquoi, depuis un moment, je n'arrive plus à respirer ? Pourquoi je me suis mise à hurler sur mes amies, à leur en vouloir au lieu de me réjouir pour elles, et à me comporter comme une folle furieuse ? Aucune idée.

– Merci, papa.

– Et ne va pas refourguer ton dîner à Béa en pensant que je ne le remarquerai pas.

Bien vu. C'est exactement ce que j'allais faire.

Béa soupire.

18 h 40

J'aimerais raconter ce qui s'est passé à papa, mais je ne sais pas par où commencer. Je ne sais même pas vraiment quand ça a commencé, et j'ai honte. Je ne veux pas que mes parents sachent que j'ai tout gâché, de mes notes à mon amitié avec les filles et Matt.

Je ne sais pas depuis combien de temps je suis comme ça... Je ne me souviens pas de la première fois où j'ai dû toucher l'interrupteur avant de m'endormir. Ni de la première fois où j'ai eu l'impression que le monde entier avançait à un rythme différent du mien. Avoir en permanence le pressentiment qu'un truc affreux va arriver, ça me paralyse. Du coup, je reste là, à regarder les gens mener leur vie, comme derrière une vitre floue. Mais en fait, j'avais raison, parce que maintenant un truc affreux est vraiment arrivé. Tout le monde m'a laissée tomber.

Au moins en restant ici toute seule, je ne risque pas d'aggraver encore la situation.

19h00

Quand je pense à mon avenir, j'ai vraiment du mal à imaginer quoi que ce soit de positif. Mes rêves d'appart rien qu'à moi et de journalisme ont été remplacés par des visions de plus en plus sombres.

Cette angoisse stupide revient sans cesse : je suis envoyée en prison, arrêtée pour un crime que je n'ai pas commis. Sans amis, sans famille pour s'occuper de moi ou me rendre visite, et c'est la vie que je mérite parce que je suis horrible. Maintenant que la première prédiction s'est réalisée – je n'ai plus aucun ami –, le reste semble inévitable. Millie et Sam m'ont vraiment regardée comme si j'étais une criminelle. Mais je ne peux pas le dire à papa. Il se moquerait de moi ou penserait que j'ai complètement perdu les pédales.

21h00

Je continue de surveiller les réseaux sociaux, guettant une photo de Claudia avec Millie et Sam avec en légende « BFF ». Ou peut-être un post de Josh, genre mon portrait avec écrit « LOL » et un emoji qui pleure dessous. Je suis soulagée quand je vérifie et qu'il n'y en a pas mais deux secondes plus tard, la peur revient. J'ai l'impression que si je quitte mon portable des yeux une seconde, ça va se produire.

21 h 10

Dans mon lit

Mais pourquoi j'ai autant de mal à respirer ? Et si j'avais un cancer ou un truc du genre ? Et si ce truc coincé dans ma gorge était une tumeur ? Ou s'il y avait une boule qui pousse dans mes poumons et qui les empêche de fonctionner ? Et si mes poumons étaient déformés ?

Symptômes du cancer de la gorge

Peut-on avoir les poumons déformés ?

Dr Google ne m'aide pas beaucoup. Je devrais vraiment aller chez le médecin avant de ne plus pouvoir respirer du tout en pleine nuit et de me retrouver sans personne pour m'aider et de mourir bêtement. Et si ça m'arrivait ce soir ?

Je devrais peut-être rester éveillée pour éviter que ça ne se produise ? J'ai déjà l'impression que ma gorge est fermée ou d'avoir quelque chose qui obstrue mes voies respiratoires. Et si c'était comme ça que je mourais ? Et on se souviendra de moi pour #Tim et pour mes apparitions dans les sketches de mon père.

21 h 30

– TOC TOC ! crie papa à travers la porte.

Si je ne réponds pas, il pensera peut-être que je dors et il repartira ? J'ai pas envie de lui parler – surtout pas pour lui avouer que ma vie est horrible et que j'ai tout raté et qu'il s'en serve pour ses sketches.

– Salut, ma puce, dit-il en passant la tête dans l'entrebâillement de la porte.

Sérieux, à quoi bon frapper si on n'attend pas la réponse ?

– Ça va mieux ?

– Ouais ! J'essaie juste de faire mes devoirs ! dis-je, avec un enthousiasme forcé.

– Oh, super. Ne te couche pas trop tard, quand même. Ton cerveau a besoin de repos ! affirme-t-il en m'ébouriffant les cheveux.

Comme si j'étais une gamine.

1 h du mat'

Quand j'étais petite, je n'arrivais pas à fermer l'œil parce que j'avais peur qu'il y ait des monstres sous mon lit. Là, c'est un peu pareil. Je me sens complètement seule, à guetter le prochain monstre qui va me dévorer.

2 h du mat'

Je suis pathétique. Des femmes consacrent leur vie à batailler pour que les filles puissent aller à l'école, et moi, je ne veux pas y retourner parce que j'ai trop honte de ne pas avoir d'amis.

2 heures et demie du mat'

Le truc, c'est que je n'ai aucun souvenir de l'époque où je n'étais pas encore amie avec Sam et Millie. Je ne sais déjà pas où j'en suis en ce moment, mais je suis encore plus perdue sans elles.

3 h du mat'

Je veux juste que tout revienne à la normale.
Je veux redevenir Kat.
Mais je ne sais pas comment.

3 heures et demie du mat'

J'essaie de trouver ce que je pourrais dire à mon père demain matin pour ne pas aller en cours. Sérieux, je ne peux pas me pointer au lycée. Je vais lui envoyer un texto, comme il me l'a proposé. Voilà ce que j'ai rédigé :

> **Moi :** Je ne suis pas quelqu'un de bien et tout le monde me déteste. J'ai un truc qui cloche, je n'arrive plus à respirer, je crois que je vais mourir alors je ne peux pas aller en cours.

Non, je ne peux pas lui dire ça, il va penser que j'ai complètement craqué. Mais c'est peut-être le cas ?

Je l'ai envoyé. J'espère qu'il ne va pas se moquer de moi.

J'éteins mon portable et je le range dans mon tiroir. Pas besoin de téléphone puisque plus personne ne me parle.

Pensées pas très féministes :
Je n'ai plus rien de féministe.

Vendredi 19 octobre

I_weigh : J'arrête. À quoi bon tenter d'affirmer mon poids sur cette terre, tant que je ne suis pas une vraie adulte.

7h00

J'entends mes parents discuter à voix basse devant la porte de ma chambre. Le texto bizarre que j'ai envoyé à mon père cette nuit me revient alors en mémoire. Raison de plus pour rester cachée sous ma couette.

– Kate, ma chérie ? fait mon père en frappant.

Sa voix trahit son inquiétude. Mes parents passent la tête à l'intérieur. Ils ne viennent peut-être pas me dire de me prendre en main et de me lever, finalement.

Ils s'asseyent tous les deux au bout de mon lit, forçant encore cette pauvre Béa à se pousser.

– J'ai bien reçu ton message, ma chérie. Désolé de ne pas avoir pu te répondre ou venir te voir tout de suite, je dormais. Comment tu te sens ce matin ? me demande mon père.

Je ne veux pas qu'ils se fassent du souci pour moi, pas du tout, mais je ne sais pas comment exprimer ce que je ressens. Plus j'essaie de comprendre, de mettre en forme mes pensées, plus ça s'embrouille dans ma tête. Je ne vois pas comment j'espère devenir écrivain ou journaliste si j'ai tant de mal à trouver mes mots. Du coup, j'ai dû me remettre à pleurer, à un moment ou à un autre, je ne sais pas trop quand. Ou si ça se trouve, je n'ai pas arrêté depuis hier soir.

– J'arrive pas à respirer, dis-je entre deux gros sanglots.

Ma mère me prend dans ses bras. Ça recommence comme hier, sauf que là, je ne suis plus seule, alors il faut que ça s'arrête, vite.

– OK, ma puce, on va inspirer sur trois temps, ensemble, puis souffler sur trois temps, dit mon père. Allez... Inspire... Un, deux, trois...

Au début, j'ai l'impression que c'est encore plus dur, mais, finalement, je me concentre sur les chiffres plutôt que sur ma respiration, et ça va un peu mieux.

– Ça t'est déjà arrivé ? me demande-t-il alors.

– De temps en temps.

Les mots sortent de ma bouche, pourtant j'ai l'impression de ne pas être là. D'être dédoublée, hors de mon corps. De ne plus avoir aucune consistance.

Ma mère s'approche pour me caresser les cheveux, mais je suis tellement détachée de tout que je le sens à peine.

– Moi, ça m'est arrivé à une époque, avoue mon père. Quand j'étais très angoissé. Tu es stressée pour les examens ? Il s'est passé quelque chose au lycée ?

Je suis surprise que mon père prenne les choses aussi sérieusement et calmement. Et qu'il ne se moque pas de moi.

Je les regarde.

Il s'est passé *tellement de choses* au lycée que je ne sais pas par où commencer. Alors au lieu d'essayer d'expliquer, je me remets à pleurer.

Ma mère me serre fort contre elle et mon père m'embrasse le front. Elle a toujours la même odeur que quand j'étais petite. Et elle me serre pareil. Ça me rappelle lorsqu'elle m'aidait à me relever parce que j'étais tombée de vélo ou que je m'étais écorchée les genoux. Sauf que là, c'est différent, je suis tombée de ma vie. Le vélo, c'était beaucoup plus facile.

Je m'écarte un peu pour pouvoir parler.

– J'angoisse pour tout. J'ai peur qu'il nous arrive un truc affreux. Genre vous pourriez tous mourir et je serai toute seule, ou alors on serait tous morts. Et je n'arrive pas à dormir parce que ça tourne en boucle dans ma tête. Je n'arrive pas à me concentrer en cours, je vais tout rater. Qu'est-ce qui cloche chez moi ?

Je les regarde et ils me serrent à nouveau dans leurs bras.

– On va sortir discuter deux minutes, ton père et moi, dit maman. On revient tout de suite. Ne t'en fais pas. On va trouver une solution.

7 h 15

Papa rentre le premier, maman le suit. Ils s'asseyent sur mon lit.

– Qu'est-ce que tu dirais d'aller en parler à quelqu'un ? Quelqu'un qui pourrait t'aider ? propose mon père.

– Mais qui ?

À force de pleurer, j'ai la voix chevrotante comme si j'avais trop bu.

– Un médecin, précise-t-il. J'ai l'impression que tu es trop anxieuse et que tu as besoin d'aide. Le docteur pourra nous indiquer un contact.

– OK.

Ma voix est étouffée parce que j'ai enfoui mon visage dans le cou de ma mère et que je suis en train de couvrir sa robe de morve.

– C'est une très bonne idée, dit-elle en me prenant la main. J'aimerais pouvoir vous accompagner, mais j'ai appelé au travail et il n'y a personne pour me remplacer. Je suis désolée, ma chérie. Je t'appellerai, je t'enverrai des messages pour voir comment ça va. Tu es très courageuse de nous en avoir parlé, on va tout expliquer au médecin et arranger ça. Essaie de ne pas trop t'en faire.

Je me sens mieux de savoir que mes parents ont pris les commandes. Mais c'est bien ce que me reprochent les filles, et Claudia. Je suis trop grande pour pleurnicher dans les jupes de mes parents. Je devrais me débrouiller seule.

– Pourquoi tu n'irais pas te prendre une bonne douche ? Je vais préparer le petit-déjeuner, comme ça, on pourra manger dans le jardin en discutant. Ça te va ? me propose papa d'un ton encourageant.

J'acquiesce, mais je me sens pitoyable et angoissée.

8h00

Je descends en bas de jogging et sweat à capuche – tentative désespérée pour me sentir « à l'aise ».

Papa m'a préparé un thé et des toasts. Il est assis sur le banc, dans notre petit jardin que j'adore. Il est minuscule, clos de murs et un peu désordonné, mais mignon. Et quand papa et maman allument des bougies, le soir, c'est féerique.

– Tiens, mon chaton.

Il me tend mes tartines en m'ébouriffant les cheveux. Je me retiens de hurler que je m'appelle Kate et que je ne suis plus une gamine.

– On a rendez-vous chez le médecin à dix heures, dit-il. Comment tu te sens ?

– Je ne sais pas… Mal.

– Je sais mais tu as fait le plus dur, tu en as parlé à quelqu'un. On va t'aider et ça va s'arranger. Tu ne te sentiras pas éternellement comme ça.

Je ne vois pas par quel miracle ça pourrait s'arranger. Je n'ai plus d'amis. Je n'arrive toujours pas à respirer normalement et je vais rater mes exams. Je grignote mon pain, mais le morceau me semble trop gros à avaler.

– Tu en as parlé à Sam et à Millie ? Je parie qu'elles voudront t'aider.

Ma gorge se serre.

– On s'est disputées. Elles ne veulent plus me voir parce que je suis une grosse nulle puérile.

Oh non, voilà que je recommence à pleurer.

Papa hausse les sourcils.

– Je ne te trouve pas puérile du tout. Et je pense qu'elles non plus. Pourquoi tu dis ça ?

– Elles ont des copains maintenant. Et elles traînent avec Claudia, qui sort avec Josh, dont je suis amoureuse. Enfin, j'étais. Mais je ne devrais plus. C'est Claudia qui m'a raconté ce que les filles pensaient de moi.

– Oh, je me souviens d'elle, fait mon père d'un air entendu. Mais ça me semble bizarre. Tu es sûre qu'elles ont vraiment dit ça ?

– J'ai vu des photos où ils étaient tous ensemble...

– Ça ne prouve rien. Et je ne crois pas que Claudia soit digne de confiance.

Je sais qu'il a raison, et effectivement, ça me fait douter. Mais comment pourrait-elle être au courant de cette histoire d'anniversaire si elles ne lui en avaient pas parlé ?

– Et qu'est-ce qui s'est passé alors, avec Josh ?

– C'est un nouveau. Il est arrivé à la fin de l'année dernière. Toutes les filles crushent sur lui. Il m'a demandé de sortir avec lui. Mais il m'a posé un lapin. Claudia s'est pointée à sa place en me disant qu'il avait fait ça juste pour la rendre jalouse et qu'ils étaient ensemble, maintenant. Donc voilà tout le monde a un copain, sauf moi, parce que je suis trop moche et trop nulle.

Je reprends ma respiration avant de poursuivre :

– Je ne devrais même pas me soucier de mon apparence vu que je suis censée être féministe, mais je suis trop nulle là-dessus. Et je n'ai pas vu Matt depuis une éternité parce qu'il a grandi et qu'il m'a laissée tomber aussi.

Mes larmes tombent sur ma tartine qui devient toute spongieuse. Papa me prend à nouveau dans ses bras.

– C'est pas vrai, Kit Kat. Tu n'as rien de nul. Alors un, Josh et Claudia ont l'air faits l'un pour l'autre – le couple parfait. Deux, tu es belle. Trois, je ne vois pas en quoi tu ne serais pas féministe. Pour moi, être féministe, c'est se soutenir, se tirer vers le haut et vers l'égalité. Quatre, tu es très intelligente – tu tiens ça de ta mère –, et très forte. Et enfin, on t'aime. Nous, tes amis, même Fred. Et il y aura encore plus de gens qui t'aimeront au fil de ta vie. Tu as du mal à t'en rendre compte pour le moment, mais ça va aller mieux. Ne sois pas si dure avec toi-même.

– Mais j'ai l'impression d'être vaseuse, dans le brouillard. Idiote.

– Eh bien, non. C'est l'angoisse, le stress qui te jouent des tours. Qui te donnent l'impression que tu pédales dans la semoule. Qui t'embrouillent l'esprit. On va en parler au docteur et on va t'aider.

10 h 00

Cabinet du médecin

La salle d'attente est bondée et j'ai un peu l'impression de prendre la place de quelqu'un de vraiment malade.

– Papa, tu es sûr qu'on a bien fait de venir ? Tous ces gens n'ont pas l'air bien.

– Kate, ce n'est pas parce que ta maladie ne se voit pas qu'elle n'existe pas et que tu n'as pas besoin d'aide, répond-il en me posant la main sur l'épaule.

Je ne sais pas trop si c'est censé me rassurer. Je n'ai qu'une envie : faire comme si ça allait mieux et filer à la maison. J'hésite à me tourner vers mon père en disant :

– Finalement, je me sens bien, t'en fais pas !

Mais je doute qu'il me croie.

Avec un petit bip, le panneau électronique affiche mon nom et un numéro. Bon, ben voilà faut y aller. Je ne peux plus faire marche arrière maintenant.

10 h 05

– Bonjour, Kate, fait la docteure, assieds-toi.

Elle a l'air gentille, au moins. Elle a un carré court, gris, et de super lunettes à monture épaisse. Souriante. Pas le genre à me juger ni à me dire qu'il faut que j'arrête mon cinéma.

Papa me fait asseoir.

– Alors… comment puis-je t'aider ? demande-t-elle.

– Elle a du mal à respirer, je crois qu'elle fait une crise d'angoisse, s'empresse d'expliquer mon père.

Ça prouve bien que je suis une gamine. Mes parents parlent toujours à ma place.

– OK. Bon, Kate, peux-tu m'expliquer avec tes mots ce qui t'arrive ?

Non, justement. Ça me met tellement mal à l'aise. Je crois que je préférerais encore avoir des hémorroïdes. Ou une IST. Un truc plus simple à expliquer. Un truc de fille normale qui a une vie sexuelle. Pas de grosse nulle.

– Euh… j'ai un poids sur la poitrine, des vertiges, la nausée… Je vois tout flou. Les bruits me semblent trop forts, ça résonne dans ma tête…

Au moins, j'ai réussi à dire quelque chose.

– D'accord. Et tu as des soucis, en ce moment? Les exams?

Comme je hoche la tête, elle me pose d'autres questions – est-ce que ça m'arrive souvent? (TOUT LE TEMPS.) Est-ce que je mange bien? (PAS VRAIMENT) – en notant les réponses sur son ordi.

Je commence à fatiguer quand elle se tait, tape encore quelques mots, puis me regarde.

– Tout ce que tu m'as décrit ressemble à de l'anxiété. Effectivement, on dirait bien que tu as fait une crise d'angoisse. Ça peut être très violent et effrayant, mais ça se gère.

Une crise d'angoisse? Vraiment? Mais comment faire pour que ça s'arrête? Pour redevenir comme avant?

– Il faut qu'on trouve ce qui te rend anxieuse, ce qui provoque les crises. Tu vas remplir ce formulaire pour qu'on en sache un peu plus. Ne t'inquiète pas, c'est absolument confidentiel. Je veux juste que tu lises les affirmations et que tu me dises à quel point elles te correspondent, aussi honnêtement que possible.

Elle me tend un crayon et un papier que je remplis en m'efforçant de ne pas le montrer à mon père.

C'est des phrases du genre: «Je me sens nulle, j'ai l'impression de décevoir ma famille et mes amis.» Exactement! On dirait qu'ils lisent dans mes pensées. Je suis surprise qu'il n'y ait pas: «Je me sens à la ramasse parce que tous mes amis ont grandi, ont des copains et que moi, je porte toujours les culottes en coton que ma mère m'achète au supermarché.»

Je rends la fiche à la médecin sans la regarder dans les yeux. J'ai l'impression de lui confier mes plus sombres secrets. Elle parcourt la page en prenant des notes.

– OK, Kate. Tes réponses indiquent que tu souffres d'une grande anxiété et d'une légère dépression.

J'entends ce qu'elle me dit, mais je n'ai pas l'impression que ça me concerne. Je souris et je ris. En classe, je fais blague sur blague. Je ne suis pas déprimée. Pourtant mon père n'a pas l'air surpris.

– Donc il faut qu'on discute du traitement. Il existe des médicaments, mais je préfère ne pas y avoir recours tout de suite. Je pense qu'une thérapie serait plus adaptée.

OK, une thérapie, ça me fait moins peur que des médocs.

– Je te conseille d'aller voir un psychothérapeute au centre de santé. Pour lui parler de manière complètement confidentielle. Qu'est-ce que tu en penses ?

– OK, je réponds sans trop savoir.

Je suis un peu dépassée par les évènements.

– Il y a une liste d'attente, ça risque de prendre quelques mois. Mais je vais t'adresser à un confrère, ça te va ?

– Ça me va, dis-je alors que ça ne me va pas du tout.

– Il n'y a pas moyen d'avoir un rendez-vous plus tôt ? insiste mon père.

– Si, mais en payant un thérapeute privé, j'en ai bien peur. Est-ce envisageable pour vous ?

Mon père acquiesce en serrant ma main dans la sienne.

– D'accord. Alors je vous recommande la première thérapeute de la liste que je vais vous donner. Elle reçoit beaucoup de jeunes patients, elle est très bien.

Elle imprime une liste qu'elle tend à mon père.

– En général, on commence par une dizaine de séances. Mais j'aimerais te revoir dans trois semaines pour faire le point. OK, Kate ?

Je hoche la tête.

– Je t'ai aussi imprimé quelques exercices de respiration qui peuvent t'être utiles. Tu pourras essayer à la maison.

– Merci, dis-je d'une petite voix en prenant la feuille.

Je n'ai pas pleuré depuis qu'on a quitté la maison, mais en sortant du cabinet médical, je suis au bord des larmes. J'ai l'impression de regarder un film, d'être complètement détachée de la situation, comme si ça arrivait à quelqu'un d'autre. J'ai déjà entendu parler des troubles anxieux, mais je n'y connais pas grand-chose. Sur Insta, les gens parlent pas mal de santé mentale. J'ai vu beaucoup de posts à ce sujet sur @I_weigh.

Mais je ne pensais pas que ça pouvait m'arriver à moi.

Est-ce que je vais être malade toute ma vie ?

Midi

Dans ma chambre, avec Béa

Je ne sais pas si je me sens mieux ou pire. J'ai dit à mon père que je voulais être un peu seule mais je l'entends passer et coller son oreille à ma porte de temps en temps.

Les mots de la médecin tournent en boucle dans ma tête si bien que je les cherche sur Google.

« Crise d'angoisse ». « Dépression ». « Anxiété ».

OK. En fait, c'est intéressant. Je tombe sur une liste de stars qui souffrent d'anxiété. Emma Stone ? Je l'ai toujours trouvée vraiment cool, et je n'aurais jamais pensé qu'elle avait ce genre de problème. Il y a aussi :

Ariana Grande
David Beckham
Oprah Winfrey
Zayn Malik
Kim Kardashian

La liste est LOOONGUE. Une fois n'est pas coutume, grâce à Google, je me sens mieux. Ça me rassure de savoir que tous ces gens, jeunes ou moins jeunes, ont réussi alors qu'ils souffrent du même problème que moi.

Jennifer Lawrence aussi. Elle qui a l'air si badass. Je ne m'en serais jamais doutée.

Peut-être que je ne suis pas si bizarre, en fin de compte. Je veux dire, ces stars ne sont pas nulles du tout. Elles n'ont pas l'air d'avoir honte d'être anxieuses. Et c'est courageux de leur part d'en parler. Peut-être que je suis comme ça aussi, en fait ?

12 h 30

Mon père me tire de ma lecture en frappant à ma porte – pour une fois que j'arrive à me concentrer sur quelque chose. J'ai trouvé un autre article, sur la façon dont les stars gèrent leur anxiété.

– Salut ! fait-il en passant la tête par la porte. Tu veux manger, pupuce ?

– Ouaip, dis-je.

Je vais laisser le « pupuce » passer pour aujourd'hui.

– Des raviolis en boîte ? propose-t-il.

Sérieux ? C'est un plat pour un ENFANT DE CINQ ANS !

Bon, en fait, ça me tente bien...

– Merci, papa. Je descends dans une minute.

12 h 45

– J'ai eu ta mère, m'apprend papa alors que nous dégustons les raviolis. On va chercher dans le privé pour que tu aies rendez-vous plus vite, comme l'a proposé la médecin. Tu vois, avant d'avoir des enfants, je n'allais pas très fort...

Il prend une profonde inspiration.

– Ce que tu as décrit ce matin, je l'ai ressenti, et je me rappelle comme c'était dur. La thérapie m'a vraiment aidé à me remettre sur pied et ça m'a donné des stratégies d'adaptation que j'utilise encore.

– Mais... je veux dire... Je ne veux pas vous faire dépenser autant d'argent si on n'a pas les moyens...

– On se débrouillera, ma puce. C'est important. Ne t'inquiète pas pour ça.

– OK.

Comme si c'était mon genre d'angoisser pour tout et n'importe quoi.

15 h 00

Sur le canapé

Papa et moi, on a pas mal regardé Netflix pour essayer de me changer les idées. Sauf que je n'arrive pas à me débarrasser de cette angoisse. Ça tourne en boucle, sans arrêt.

De quoi discutent les filles au lycée ? Que s'est-il passé pendant que je n'étais pas là ? Si je regardais sur mon portable ? La journée est presque finie, et c'est les vacances la semaine prochaine. Je ne vais voir personne pendant des lustres. Qu'est-ce que maman et papa ont dit à mon frère pour expliquer mon absence ? Et s'il raconte à tout le monde que je suis folle et que j'ai passé toute la nuit à pleurer ?

Je décide de monter dans ma chambre rallumer mon téléphone. De toute façon, je vais devoir y faire face à un moment ou à un autre, et il vaut mieux savoir ce qui se passe.

Je regarde l'écran s'allumer, spectacle qui me remplit instantanément d'effroi. Je commence à compter mes inspirations et expirations comme conseillé sur la feuille d'exercices de la médecin. Ça ne marche pas vraiment.

Je n'ai aucun message. Je consulte également les réseaux sociaux pour m'assurer que personne n'a rien posté de méchant sur moi.

Non, ça a l'air d'aller. Je souffle, soulagée... mais mon portable s'est enfin mis à jour et, en fait, j'ai quarante-six messages de Millie et Sam et trois de Matt. Merde.

J'ai presque trop peur pour les lire.

La bande d'Emmeline Pankhurst
Sam, Millie, Vous

Millie : Ça va, Kate ? Je sais qu'on est fâchées, mais Mme Mills a dit que t'étais malade.

Sam : Ouais, tu vas bien ? Donne-nous des nouvelles.

Millie : Je suis désolée pour tout ce que je t'ai dit hier, je ne le pensais pas. C'est juste que… je ne vois pas de quoi tu parlais. Tu peux m'expliquer ? On aimerait comprendre.

Sam : On a tiré les vers du nez à Tia (elle ne sait pas tenir sa langue). Elle nous a dit que Claudia et toi, vous aviez eu une grande conversation. Qu'est-ce qui s'est passé ? C'était ça, l'histoire de l'anniversaire ? Qu'est-ce qu'elle t'a raconté ?

Millie : Quoi qu'elle dise, on est de ton côté, Kate. xxx

Sam : On t'aime, Kate. Réponds-nous, STP. Qu'on sache ce qui se passe. xxx

Le dernier message date d'il y a dix minutes. Je suis à la fois soulagée qu'elles me parlent à nouveau et perplexe pour cette histoire avec Claudia. Je vais devoir leur raconter. Je rédige une réponse, ce n'est pas facile.

MOI : Salut. Ça va. Selon Claudia, vous en avez assez de me traîner alors que je tiens la chandelle et ça vous gonfle que je veuille gâcher la soirée après la pièce en réclamant une fête d'anniversaire comme une gamine.

MILLIE : Mais on n'a JAMAIS dit ça. JAMAIS.

SAM : BIEN SÛR QUE NON !

SAM : On ne lui a pas adressé la parole, sérieux. Sur les photos on a l'impression qu'on a passé la soirée ensemble, mais c'est faux. Et puis, on ne lui aurait jamais confié ce genre de choses. On a parlé de ton anniv, mais pas à elle et pas en ces termes. On a dit qu'on voulait te faire une surprise malgré la soirée de la pièce.

MILLIE : On a expliqué notre rituel des surprises aux garçons. Ils ont trouvé ça hyper sympa. Ça nous a surprises parce qu'on pensait qu'ils trouveraient ça nul. Elle a dû nous entendre à ce moment-là.

Sam : Sérieux, on ne lui parle pas et on lui confierait jamais quoi que ce soit, surtout de ce genre. Et on ne pense absolument pas que tu tiens la chandelle ! On t'aime ! xxxx

Millie : ON T'ADORE ! xxx

Je suis soulagée et, en même temps, je me sens un peu bête. Claudia me harcèle et me torture depuis des années, pourtant je ne me suis pas doutée que c'était encore un de ses coups bas. Je leur dois des excuses.

Moi : Je suis désolée. Je ne sais pas pourquoi je l'ai crue ni pourquoi je n'ai pas réalisé que c'était juste pour me faire du mal. Pardon de vous avoir crié dessus. Je vous aime aussi.

Sam : Non, on est désolées. On était tellement prises par la pièce et tout le reste qu'on n'a pas été là pour toi.

Millie : Oui. On est tes amies, c'est notre job de te protéger de Claudiabolique.

Moi : Vous n'avez rien à vous reprocher. J'aurais dû vous aider pour la pièce au lieu de ruminer dans mon coin.

Sam : On se disputera plus jamais.

Millie : JAMAIS.

Moi : JAMAIS.

Je suis tellement soulagée que j'ai failli oublier de lire les messages de Matt.

Matt : Ça va ? Fred a dit que t'étais malade.

Matt : Et c'est vrai que tu t'es disputée avec les filles ?!?

Matt : Je me fais du souci pour toi. Réponds-moi ou je passe te voir après les cours.

Moi : Salut. Non, non, c'est bon. Je ne suis pas très en forme, c'est tout. Avec les filles, on s'est réconciliées, t'inquiète.

Matt : Ah ouf ! J'allais envoyer une patrouille de recherche. Je n'ai pas été très dispo ces derniers temps. Je peux passer te voir ce soir ?

Je ne sais pas si je suis en état de voir du monde. Je vais réfléchir un peu avant de répondre.

15 h 30

Dans ma chambre

Mon père frappe et passe la tête dans l'entrebâillement de la porte.

– Ah, tu as meilleure mine, dit-il en me voyant avec mon portable à la main. Tu as eu les filles ?

– Ouais, on s'est réconciliées.

– Tant mieux. Je suis content. Vous ne pouviez pas rester fâchées longtemps, de toute façon. Rappelle-toi qu'il y a un mauvais génie dans ta tête qui te joue des tours.

– Matt m'a envoyé aussi un message. Il veut passer ce soir. Mais je ne sais pas si j'ai envie de voir du monde.

– Ça pourrait te faire du bien. Il n'est pas obligé de rester longtemps.

– Je sais. Mais qu'est-ce que je lui dis ? Tu sais, pour la docteure et tout ça ?

– Dis-lui ce que tu as envie de lui dire. C'est ton ami. Il ne veut que ton bien, donc c'est toi qui vois.

Mon père me tapote le dos.

– Je te laisse, je suis en bas si tu as besoin.

MOI : Ouais, passe. Ça me fait plaisir. x

16 h 00

Sur le canapé

Matt s'affale dans les coussins avec sa tasse de thé et me dévisage pensivement. Il essaie de comprendre ce qui ne va pas.

Je prends une profonde inspiration et ferme les yeux. Si je veux me confier à quelqu'un, Matt est la meilleure personne.

– Alors, qu'est-ce qui se passe ? demande-t-il.

– Eh ben… je ne suis pas très en forme. J'ai eu des sortes de crises… et mon père se doutait d'un truc donc il m'a emmenée chez la médecin. Elle a dit que c'étaient des crises d'angoisse. Que j'étais anxieuse et déprimée.

Maintenant que c'est dit, je me sens mieux. Sur le coup, j'avais peur de trop me livrer, j'avais envie de faire l'andouille, pour que ça ait l'air moins sérieux.

– Oh, Kate ! s'exclame Matt en posant son thé comme s'il n'avait pas le droit d'en profiter après ma révélation. Pourquoi tu ne m'as rien dit ? Je suis désolé. Je n'ai pas été présent, auprès de toi, je m'en veux ! Qu'est-ce que te propose la médecin pour te soigner ?

– Une thérapie au centre de santé, mais il y a une longue liste d'attente, donc mes parents veulent chercher un psy dans le privé, sauf que je ne veux pas qu'ils dépensent de l'argent qu'ils n'ont pas et qu'ils s'endettent parce que je suis trop nulle.

Au bord des larmes, j'avale péniblement ma salive.

– Mais tu n'es pas nulle, enfin, Kate ! Ils veulent t'aider au plus vite. Ils ne l'auraient pas proposé s'ils n'avaient pas les moyens. Occupe-toi d'aller mieux, c'est tout. Je peux faire quelque chose pour toi ?

– Non, merci. Tu es la première personne à qui j'en parle, je n'ai pas encore vraiment digéré la nouvelle. Mais merci, Matt.

Il sourit et me serre fort dans ses bras.

– Tu veux qu'on regarde un épisode de *Drag Race* ? Celui de cette semaine doit être en replay, non ?

Et voilà, d'un claquement de doigts, je ne suis plus la freak toute seule dans son coin. Incroyable.

17 h 30

Plusieurs épisodes de* Drag Race *plus tard

La bande d'Emmeline Pankhurst
Sam, Millie, Vous

Sam : Je suis tellement contente que ça s'arrange et qu'on soit de nouveau toutes amies ! Bisous !

Millie : KAAAAAATE ! Tu nous as tellement manqué aujourd'hui ! Plus jamais on se dispute, hein ? BISOUS

Sam : Quand on lui a demandé ce que t'avais, Fred a répondu « ses règles ». Pourquoi les garçons s'imaginent-ils que c'est toujours le truc qui cloche chez nous.

Moi : NON, MAIS N'IMPORTE QUOI ! J'ai pas du tout mes règles.

Moi : Pas avant encore deux semaines ! Je vais lui montrer la semaine prochaine ce que c'est, le syndrome prémenstruel. Il va comprendre.

Millie : LOL. On devrait le dire à Issy.
Ils passent tout leur temps ensemble, ces deux-là.
Imagine si ma sœur et ton frère se marient avant nous ?

Moi : M'en parle pas ! Comment ça se fait que mon sale morveux de petit frère soit en couple alors que je galère à attirer l'attention du moindre mec ?

Sam : T'as pas encore rencontré de mec assez bien pour toi, c'est tout. Je te promets qu'on va faire un effort pour ne pas traîner Dave et Nick partout avec nous. Désolées.

Millie : Ouais, c'est vrai. C'est pas parce qu'on a des copains qu'on va laisser tomber notre amie.
Dans une vieille série, j'ai entendu la phrase « Les potes avant les putes », c'est hyper sexiste et vulgaire mais on va en faire une version fille : toujours faire passer ses amies avant son mec alors LES PUTES AVANT LES POTES !

Je leur envoie un gif de gros cœur. Je les aime trop. Je ne comprends même pas qu'on se soit disputées. Cerveau idiot. Mais bon, j'ai quand même peur de leur répéter le diagnostic. J'ai peur que ça change leur regard sur moi.

18 h 30

Matt reste dîner à la maison ce soir, c'est cool, ça faisait si longtemps. Maman vient de rentrer et elle m'a serrée fort contre elle. Fred nous raconte ses histoires du collège comme s'il revenait du front. On mange des spaghettis à la sauce tomate – la spécialité de mon père – et c'est trop bon. Le monde qui m'entoure reprend un peu des couleurs. J'arrive même à faire de l'humour :

– T'as eu une rude journée, on dirait, Fred, mais t'as quand même trouvé le temps de raconter à tout le monde que je n'étais pas venue en cours parce que j'avais mes RÈGLES !

Papa laisse tomber sa fourchette. Maman a l'air affreusement déçue de Fred. Matt a l'air affreusement déçu qu'on parle de menstruation à table.

– FREDDRICK !

Elle n'emploie son nom complet que lorsqu'il met plein de boue dans la maison ou est surpris en train de jouer aux jeux vidéo à trois heures du matin. C'est la première fois qu'il est pris en flagrant délit de règles-shaming. Papa glousse, manquant s'étrangler avec ses pâtes. Je ne vois pas ce qu'il y a de drôle.

– Je ne vois pas ce qu'il y a de drôle, John ! tonne ma mère.

– Je... je... ne sais pas si c'est l'idéal de parler des règles quand on mange des spaghettis à la tomate, c'est tout.

Oh, tuez-moi !

19 h 00

Dans ma chambre avec ma mère

– Alors... papa m'a dit que tu avais discuté avec Sam et Millie ? fait-elle en me caressant les cheveux.

On s'est assises sur mon lit pour bavarder pendant que papa et Fred débarrassent la table (punition pour leurs blagues sur les règles) et que Matt choisit un film qui nous convient à tous (ou pas).

– Oui, on s'est réconciliées. Mais je ne leur ai pas tout dit, je n'ai pas mentionné la médecin, ni la thérapie.

– Tu le feras quand tu seras prête. Tu t'es confiée à Matt, c'est déjà bien. Il faut du courage pour parler aux autres de ce genre de problèmes. Ton père et moi, nous sommes très fiers de toi.

Je pose la tête sur son épaule.

– Maman ?

– Oui, ma puce ?

– Est-ce que parfois tu te demandes si ce que tu fais est bien ou mal ? Par exemple, je passe des heures à penser à mon look, et je sais que ce n'est pas féministe. Ou je me compare à d'autres femmes alors que je ne devrais pas. Est-ce que ça fait de moi une mauvaise personne ?

– Oh, Kate. Mais bien sûr que non ! s'écrie ma mère. On se compare tous les uns aux autres, parfois. Tu ne peux pas changer ce que tu as dans la tête simplement parce qu'on te dit que c'est mal. Ce n'est pas comme ça que ça marche. Le féminisme, ce n'est pas ça ! Ça ne rime à rien de se culpabiliser.

Quelle sagesse !

– Oui, tu as raison, mais parfois j'ai l'impression qu'il y a des tas de règles pour nous dire quoi faire et comment agir, et que moi, je ne fais jamais ce qu'il faut.

Papa arrive avec un bol de pop-corn, comme s'il venait assister au Teenage Horror Show.

– Bah, il faut avouer qu'aujourd'hui, avec les réseaux sociaux, vous êtes constamment sous les feux de la rampe, les filles. Tous ces maudits filtres Insta-snap qui vous bouffent la vie ! s'exclame-t-il.

Je n'ai pas le cœur de lui dire qu'Insta-snap n'existe pas.

– On ne devrait pas se laisser influencer par les médias, surtout en ce qui concerne notre corps, mais n'aie pas honte de ce que tu ressens, m'encourage maman. Ce n'est pas comme si tu pouvais simplement décider d'avoir confiance en toi et hop, ça marche.

– Et puis, intervient papa, la bouche pleine de pop-corn, n'oublie pas que personne ne peut être cent pour cent parfait tout le temps. À part un robot. Parfois il suffit de suivre son instinct en espérant qu'on fera le bon choix.

Je réfléchis un instant. Le pire, c'est qu'ils ont raison. Je vois au moins trois posts par jour qui me dictent comment être une bonne féministe, ou une femme moderne, qui me disent de ne pas faire ceci ou cela. Et c'est vraiment lourd.

22 h 30

Dans ma chambre avec ma meilleure amie canine

Comme prévu, le film choisi par Matt était naze. Une comédie romantique gnangnan sur des amis qui tombent amoureux. Il a dû se dire que j'avais besoin de voir un truc de léger. C'était affreux. L'un des pires navets de l'histoire du cinéma. Et qui ne passait pas le test de Bechdel[1], c'est clair. Mais je l'aime quand même, mon Matt.

On frappe à ma porte. C'est bien, je me sens un peu plus respectée. Mais je suis surprise que ce soit mon frère qui passe la tête dans ma chambre.

– Euh... salut...

Il a l'air un peu penaud et bizarre.

– Salut.

– Euh... ça va, Kate ?

Oooh, ça alors. Il s'inquiète pour moi !

– Oui, ça va.

– D'après papa, t'as un problème d'anxiété... j'ai regardé sur Google et ça a pas l'air cool. Du coup, bon, je me suis dit que j'allais passer te voir, quoi...

Trop chou. Je vois qu'il ne sait pas trop comment s'y prendre, mais il a fait l'effort, et c'est le principal.

---

1. Mis au point par l'autrice de BD américaine Alison Bechdel, pour évaluer la qualité de la représentation féminine dans un film à partir de trois questions.

– Merci, Fred. C'est vraiment gentil de ta part. Ça va, c'est juste que… je me suis un peu laissé dépasser par les évènements, mais ça va s'arranger.

– Je voulais aussi te dire que… euh… Josh est un connard. Vraiment un sale con. Tant mieux que ça n'ait pas marché entre vous deux. Il raconte des trucs franchement pas cool sur Claudia aux autres mecs et je suis bien content que ce ne soit pas de toi dont il parle.

– Waouh… Je veux dire, merci, Fred.

Mon petit morveux de frère est devenu si mature. Il se penche sur mon lit pour me faire un câlin maladroit. Peut-être plus une tape dans le dos, pour être honnête. Je ne me souviens même pas de la dernière fois où on s'est pris dans les bras. Probablement pour une photo quand on était petits et encore, maman avait dû nous forcer pour faire mignon. Mignon, peut-être, mais absolument pas naturel.

– Bonne nuit, Fred, dis-je alors qu'il sort en traînant les pieds, toujours un peu rouge.

– Bonne nuit, Kate.

Eh bien, ça, je ne m'y attendais pas.

23 h 00

Dans mon lit

Maintenant que je sais qu'une grande partie de mes pensées de ces derniers jours venaient de mon anxiété, je reste à fixer mon interrupteur en me demandant : est-ce que je dois arrêter ce rituel pour aller mieux ?

J'ai lu des trucs sur les symptômes de l'anxiété et ça ressemble à un toc. Si je ne le fais pas, je me sens mal. Mais ce n'est pas parce que je sais ce que ça signifie que je n'ai pas envie de le faire.

Bon. Je vais éteindre, m'allonger et dormir. J'ai eu une journée épuisante.

23 h 05

Je n'arrive pas à éteindre mon cerveau. Les questions tournent en boucle dans ma tête : « Et si je parle aux filles et qu'elles me tournent le dos ? »

Je vais essayer de lire et de me concentrer sur un truc distrayant.

23 h 10

Dans la bibliothèque de maman, j'ai trouvé un vieux bouquin intitulé *Les chroniques de San Francisco*. C'est l'histoire d'une jeune femme célibataire qui s'installe là-bas, dans les années 1970. Ça va me changer les idées.

23 h 30

Je commençais à piquer du nez alors j'ai éteint, mais brusquement, j'ai eu une sorte de crampe à la main. Et si ce n'était pas un symptôme d'anxiété ? Et si c'était justement ce soir que quelque chose de terrible se produisait ? Justement parce que je n'ai pas touché l'interrupteur, parce que j'ai changé le rituel, j'ai perturbé l'équilibre et, maintenant, à cause de mon besoin égoïste d'aller mieux, des trucs affreux vont arriver à tout le monde ?

Je rallume et je m'assieds. C'est idiot. Je suis idiote. Il faut que j'arrête. Que ça cesse.

Je me rallonge et j'éteins la lumière. Cette fois, je vais m'endormir.

23 h 31

Je touche trois fois l'interrupteur. J'ai confié à des gens la plupart de mes secrets aujourd'hui – ça suffit comme changement, non ? Je dis « la plupart de mes secrets », parce que je n'ai pas pu parler de l'interrupteur. Trop dur.

Ce serait comme trahir un ami imaginaire.

Samedi 20 octobre

7 h 30

J'entends mon téléphone vibrer. Millie et Sam sont clairement en train de discuter d'un truc. Je ne sais pas si j'ai le courage de jeter un œil à leur conversation.

Les questions tournent encore en boucle dans ma tête :

• Comment leur parler de mes angoisses ?

• Mes parents ont-ils les moyens de me payer une psy ?

• Et si, quand je la vois, elle décide de me faire enfermer parce que je suis complètement cinglée ?

• Comment trouver la force de retourner au lycée ? Je sais que ça fait plus d'une semaine, maintenant, mais si quelqu'un a surpris ma dispute avec Sam et Millie ?

• Comment devenir une bonne féministe et une bonne journaliste si je n'arrive pas à parler à mes amies ni à aller en cours ?

J'entends papa monter les escaliers et Fred qui râle sur le palier.

– Pourquoi tu lui apportes le petit-déj au lit alors que moi, je dois descendre le prendre en bas ?

– Parce qu'elle ne va pas bien alors que toi, tu es en pleine forme. Debout !

Papa rit tandis que mon frère proteste que ce n'est pas juste. Retour à la normale, donc. Tant mieux.

Mon père frappe à la porte et entre avec une grande tasse de thé. Il me la tend en s'installant sur le lit.

– Tu as bien dormi, ma puce ?

– Mouais. Je n'ai pas arrêté de me réveiller et de penser à des trucs… Mais je me sens mieux qu'hier matin, quand même.

– Bien. Tu as prévu quelque chose aujourd'hui ? C'est important de se lever, de bouger.

– Oui. Je crois que Sam et Millie m'ont textotée, dis-je, en tendant la main vers mon portable.

– Bon sang, il vibre tellement qu'il va finir par tomber de la table de nuit. Qu'est-ce qui se passe ?

– Je ne sais pas, elles ont envoyé des messages toute la matinée. Je dois en avoir dix mille !

Effectivement, et la plupart me concernent. Je leur manque. Elles ont hâte de me voir. Qu'est-ce que je fais aujourd'hui ? Est-ce qu'elles peuvent passer dans la journée ?

Je pense qu'il est temps de me jeter à l'eau.

9h00

J'ai lu sur un site de soutien psychologique que lorsqu'on est anxieux ou déprimé, les choses les plus simples peuvent sembler impossibles. Ils conseillent donc de les décomposer en objectifs plus faciles à atteindre.

Voici ma liste pour aujourd'hui :
- inviter les filles à la maison ;
- écrire ce que je veux leur dire ;
- le leur dire.

Je me demande si elles me parleront toujours quand elles sauront que je suis folle.

10 h 30

Dans la cuisine

– Elles viennent à quelle heure ? demande ma mère en levant les yeux de son article.

– Dans l'après-midi. Je ne sais toujours pas ce que je vais leur dire, j'avoue.

Mon père a préparé mes crêpes préférées. Bon, j'ai l'impression d'avoir cinq ans, mais c'était bon quand même.

– Pourquoi tu ne leur envoies pas un texto avant qu'elles arrivent ? me suggère maman en posant complètement son journal. Ce sera peut-être plus facile pour toi d'exprimer exactement ce que tu souhaites par écrit, et puis comme ça, elles seront au courant et tu seras plus sereine quand elles arriveront.

En fait, ce n'est pas bête.

11 h 00

Dans ma chambre

J'ai un peu rangé ma chambre et mis toutes les culottes que m'avait piquées Béa dans le panier à linge, à son grand désespoir. Dieu sait ce qu'elle va prendre pour parader dans toute la maison à la place. Je note qu'elle est assez futée pour ne jamais s'approcher des caleçons de Fred.

Bon, j'ai écrit et réécrit mon message aux filles tellement de fois que ça commence à devenir un peu ridicule. Mais je sens que j'y suis presque.

La bande d'Emmeline Pankhurst
Sam, Millie, Vous

MOI : Je n'ai pas été complètement honnête avec vous. Je suis allée consulter hier parce que je ne me sens vraiment pas bien en ce moment. Je n'arrive pas à dormir et parfois je suis tellement stressée que je n'arrive plus à respirer. D'après la médecin, je souffre d'anxiété et de dépression et je dois voir un psy. J'avais peur de vous l'annoncer au cas où vous ne voudriez plus de moi parce que je suis trop bizarre. Je comprendrais si vous ne voulez plus venir. Je suis désolée de ne pas vous l'avoir dit hier. xx

Je prends une profonde inspiration et j'appuie sur envoyer. Je vois le petit symbole devenir bleu indiquant qu'elles ont toutes les deux lu le message. Mon cœur cogne si fort que j'ai l'impression qu'il va sortir de ma cage thoracique. Elles se mettent à écrire instantanément. Et puis elles s'arrêtent. Puis elles recommencent. Et elles s'arrêtent. Ma gorge se serre. J'ai l'impression que je suis sous l'eau.

Je suis au bord de l'implosion quand je sens mon portable vibrer.

La bande d'Emmeline Pankhurst
Sam, Millie, Vous

SAM : Mais enfin, Kate ! Bien sûr qu'on est toujours amies et bien sûr qu'on va passer te voir. Je suis juste désolée qu'on ne s'en soit pas aperçues. Qu'on ait été trop prises par nos propres vies pour voir que tu avais besoin d'aide.

MILLIE : Je suis trop triste pour toi. Mais évidemment qu'on va passer, mon petit beignet. Je n'y connais pas grand-chose mais il y a une fille de la téléréalité qui souffre d'un trouble anxieux. Je suis en train de me renseigner sur Google. AMIES POUR LA VIE XXXX

SAM : T'en fais pas. On va t'aider ! 💪🖤

MILLIE : J'ai hâte de pouvoir en parler en vrai.

MOI : Moi aussi, j'ai hâte de vous voir. 🖤

OUF ! Je me rappelle les exercices de respiration que la médecin m'a donnés hier. C'est le moment d'essayer, je pense.

12 h 00

On sonne à la porte. J'ai les mains moites. Trop bizarre, alors qu'elles ont bien réagi. Quand même, j'ai peur qu'on soit mal à l'aise en se retrouvant face à face.

J'ai à peine ouvert la porte qu'elles me sautent au cou et me serrent à m'étouffer.

– On est désolées ! s'écrie Millie.

– On regrette, on était énervées, complètement stressées… Faut plus jamais qu'on se dispute ! enchaîne Sam.

En fait, je n'entends pas tout parce que je suis prise en sandwich entre les deux et que leurs voix me parviennent étouffées.

Mais je me sens déjà mieux.

12 h 10

Dans ma chambre

Sam et Millie squattent par terre, comme d'hab. Je suis tellement contente de leur avoir tout raconté et qu'on soit de nouveau amies.

Béa pose sa tête sur mes genoux, dépitée sans ses (mes) culottes.

– Pardon de vous avoir fait autant de reproches, je commence. D'après Claudia, vous en aviez assez de devoir me traîner alors que vous avez vos copains. Je ne sais pas ce qui m'a prise de l'écouter.

– On n'aurait JAMAIS dit ça. JAMAIS. Et on devrait ignorer TOUT ce qui sort de la bouche de Claudiabolique, affirme Sam, tandis que Millie acquiesce vigoureusement.

– Je sais. C'est juste... un tel chaos dans ma tête. Je m'inquiète sans arrêt pour tellement de choses... et si je l'ai crue, c'est parce que je me sens vraiment nulle. J'ai l'impression que tout le monde avance plus vite que moi. J'ai l'impression de décevoir tous ceux qui m'entourent. Je ne suis pas super intelligente comme ma mère et je ne suis pas jolie comme vous deux, je n'ai pas de petit ami, je n'ai même pas réussi à être une bonne féministe.

Tout à coup, ça me submerge et je fonds en larmes.

– Oh, Kate, fait Millie alors qu'elles m'entourent toutes les deux. Si seulement tu nous avais confié tout ça plus tôt. Tu ES jolie, et Josh est juste un sale con, voilà pourquoi il sort avec Claudia. Ils sont faits l'un pour l'autre. Il n'est franchement pas assez bien pour toi.

– Et tu ES super intelligente. Je parie que ta mère est méga fière de toi.

Sam baisse les yeux et inspire profondément avant de reprendre :

– Si ça peut te rassurer, j'ai piqué une crise avec ma mère hier soir parce qu'elle me compare sans arrêt à Jasmine, je dois constamment lui prouver que je suis aussi douée qu'elle. Et j'en ai marre.

– C'est vrai ? Je ne savais pas ! dis-je, choquée.

Pour moi, c'était pourtant la famille parfaite.

– Moi non plus, renchérit Millie en dévisageant Sam.

– Je crois qu'elle ne s'en rend même pas compte, reprend-elle, en se mettant à pleurer à son tour. Le point positif, c'est qu'elle a été mortifiée quand je lui ai fait remarquer. Elle m'a avoué que sa mère faisait pareil quand elle était petite. Elle a promis d'arrêter. Sauf qu'il n'y a pas qu'elle… Tout le lycée aussi, tout le monde connaît le talent de Jas ! Je dois prendre du recul, pour que ça ne m'affecte pas à ce point…

– Je suis désolée pour toi. Ça doit être terrible, dis-je. Moi, je suis toujours tellement impressionnée par tout ce que tu fais !

– Ouais, si les gens te comparent à ta sœur, c'est vraiment leur problème. Tu es unique, tu as tes propres talents, affirme Millie.

Bien vu, Camilla !

– Bon… on était censées parler de toi ! reprend Sam qui s'essuie les yeux, étalant un peu de mascara sur ses joues.

– Non. Assez parlé de moi, dis-je. Et toi, Millie ? Comment ça avance, la pièce ?

– Ça va.

Elle tripote les franges de mon tapis.

– Je suis juste inquiète parce que j'ai cette opportunité avec la mère de Sophie et je ne veux pas la gâcher. J'ai peur qu'elle ne me trouve pas assez belle pour être actrice.

– QUOI ?! crions-nous d'une seule voix.

– Millie ! Qu'est-ce que tu racontes ? dis-je. D'abord, les actrices jouent, elles ne sont pas là pour le plaisir des yeux, et en plus, tu es super belle !

– Je ne suis pas assez belle pour Insta, murmure Millie. Toutes les filles qui ont beaucoup de followers et qui marquent « actrice » dans leur bio sont superbes. Je ne peux pas rivaliser.

– Arrête, elles mettent des MILLIONS de filtres ! Leurs visages sont complètement photoshopés ! je m'écrie. Mais je comprends. Je passe tellement de temps à me comparer à des personnes qui n'ont pas de boutons, pas le moindre point noir ni même un pore dilaté alors que dans la réalité, c'est impossible, elles en ont forcément ! C'est juste qu'on ne peut pas les voir avec le maquillage et les filtres...

– En fait, ça nous mine toutes, cette pression, hein ? conclut Sam.

– Ouais.

Millie et moi, nous acquiesçons toutes les deux.

– Eh bien, vous savez ce qu'on doit faire ? dis-je, prise d'une soudaine inspiration. On doit se ressaisir. On doit se répéter les unes aux autres qu'on est intelligentes et qu'on a du talent. Il n'y a aucune honte à cela. Et il faut arrêter de se comparer aux autres et apprendre à se connaître SOI-MÊME. Ce qui, mes amies, fera de nous de vraies féministes.

– YESSS ! hurlons-nous en chœur.

– Oh, tant que j'y pense..., dit Sam, en fourrant un biscuit dans sa bouche. On a commencé à te faire une liste en venant ici, Kate : des conseils qu'on a trouvés sur Internet pour savoir comment gérer l'anxiété. Peut-être que ça nous serait utile à toutes les trois ? suggère-t-elle.

Elle pianote sur son téléphone et me montre l'écran.

Liste pour une Kate plus zen

• Réduire sa consommation de caféine (à remplacer par le latte au curcuma, apparemment)

• Méditer chaque jour à l'aide d'une application, par exemple

• Prendre de longs bains chauds (Ha ha, Fred ! C'est thérapeutique donc tu ne peux rien dire !)

• Faire de l'exercice (non merci !)

• Faire du yoga (encore du sport... Je finis toujours par écarquiller les yeux devant la vidéo, complètement paniquée, parce que PERSONNE ne peut faire ce genre de choses, hein ? Ce n'est pas possible ! Il paraît que si on fait les postures correctement, on pète FORCÉMENT du vagin. À moins que ce ne soit une légende urbaine.)

• Aller promener Béa (sport déguisé en sortie)

– Oh ! C'est adorable d'avoir fait ça ! je m'exclame, sincèrement touchée.

– Qu'est-ce que tu crois ! On a dit qu'on allait t'aider, alors on t'aide ! réplique Millie.

– Et on a pensé que ça ne nous ferait pas de mal de le faire aussi ! ajoute Sam.

– Donc, comme on est en vacances la semaine prochaine, on s'est inscrites à un cours de yoga mardi ! dit Millie.

Ouah. Alors je vais devoir péter du vagin en public pour mon propre bien-être, mais c'est tellement gentil de leur part que je m'abstiens de protester.

22 h 00

Dans mon lit

Les filles sont restées manger une pizza. On a regardé *Lady Bird* pour la millième fois entassées sur le canapé. Fred était chez Issy, papa à un concert et maman nous a fait du chocolat chaud et du pop-corn au beurre salé. C'était parfait.

On s'est préparé un petit planning pour les vacances, et j'ai accepté de sortir avec Dave et Nick au moins une fois. Je suis soulagée d'avoir une semaine devant moi pour me remettre avant de devoir retourner au lycée. Je ne me vois pas encore passer toute la journée en cours pour le moment.

Ils vont tous à une fête avec les premières demain soir et je suis invitée, mais je ne suis pas sûre d'être prête pour ça non plus. Du coup les filles m'ont dit qu'elles me raconteraient tout par texto, et Sam a dit qu'elle posterait aussi sur Instagram pour que j'ai l'impression d'être là IRL.

Je me sens mal de refuser, parce que j'ai peur qu'on arrête de m'inviter... Mais je n'ai pas le courage d'affronter Claudiabolique et JGM, et ils seront forcément là. Ils sont toujours là.

22 h 15

Je vais lire un peu *Les chroniques de San Francisco*. C'est plutôt pas mal, même si c'est un vieux bouquin de ma mère. C'est cool, l'héroïne a un meilleur ami gay. Comme moi ! Matt m'a envoyé beaucoup de textos aujourd'hui.

Il est chez son père aujourd'hui et demain, ce qui, selon lui, me permet de me réconcilier avec Sam et Millie et de rester « entre filles ».

23 h 00

Je n'ai toujours pas parlé à qui que ce soit de mon rituel avec l'interrupteur. Ma petite manie secrète. Malgré tout ce que j'ai fait aujourd'hui, le doute s'insinue en moi : ça veut dire que je suis nulle ?

Mardi 23 octobre

I_weigh : Mes incroyables amis. Besoin de rien d'autre.

9h00

Dans mon boudoir. Le soleil brille

Ça va être une BONNE JOURNÉE. J'ai des amis, j'ai du soutien et je vais faire des exercices de yoga. En silence, j'espère.

Quand je me suis réveillée, Béa me regardait fixement, assise au pied de mon lit. Elle me faisait ses yeux genre « j'ai pas eu à manger ». Elle espère me faire croire qu'elle meurt de faim alors que je sais pertinemment que papa et maman l'ont déjà nourrie. Il y a eu tant de bouleversements autour de moi cette semaine… Au moins, Béa ne change pas.

Je descends me préparer une tasse de thé et quelques toasts avant de m'installer à la table de la cuisine avec mon ordinateur portable. On a fait des tas de trucs cool ces deux derniers jours. Dimanche, nous nous sommes retrouvées chez Sam et on a peint des arbres pour le décor, et hier, comme il pleuvait, Matt et moi, on s'est fait un marathon de comédies. Une sélection parfaite : les films qu'on avait choisis passaient le test de Bechdel. Papa travaille sur un scénario, maman fait les courses et Fred dort encore, j'ai donc la maison pour moi jusqu'à ce que les filles arrivent. J'essaie de me rappeler comment je m'occupais avant de passer tout mon temps à me comparer à des gens que je ne connais même pas sur Insta.

Je n'ai rien à faire de spécial, à part empêcher mon cerveau de partir en vrille et me rappeler de rester moi-même.

J'ai lu un article intitulé « La vérité sur les influenceurs d'Instagram ». La plupart ont des tas de problèmes, en fait. On croit connaître toute leur vie grâce à Instagram, mais en réalité, on n'en voit qu'une petite partie. Un tout petit morceau de l'image. Filtré et léché. Et tout ce qui sort de cette zone est, si ça se trouve, complètement en bordel, chaotique, terrible. Ce sont des gens comme tout le monde et ils ont des problèmes comme tout le monde. Je m'en veux presque d'avoir pensé qu'ils étaient parfaits. Comme si, moi aussi, j'étais responsable. Leurs contenus impeccables me mettent la pression, mais je les like quand même et, finalement, ça leur met la pression. Quel horrible cercle vicieux.

On devrait être plus sincères dans nos feed et nos photos. Relâcher la pression qu'on se met les uns les autres. Ça ne pourrait pas faire de mal, hein ? Je vais sur Instagram pour poster une photo de Béa et moi. Pas maquillée, les cheveux en bataille, en pyjama. Et je mets en légende :

« Ma pote et moi » #reallife #imperfect #feminist #dogsofinstagram. C'est courageux de ma part de le poster, et de ne pas mettre de filtre, juste mon visage RÉEL.

Au moins, je ne fais pas semblant d'être ce que je ne suis pas. Si quelqu'un regarde mon profil, il verra la vraie « moi ». Pores, boutons et cernes compris.

13 h 00

Dans le salon

Nous sommes toutes les trois assises à la table, à regarder Issy et Fred qui se tiennent la main sur le canapé.

– C'est dégoûtant. Ils se touchent !

Millie recule. On dirait qu'elle vient de marcher dans une crotte de chien.

– Répugnant ! renchérit Sam.

– Ils ne peuvent pas faire ça ailleurs que sous notre nez ? Pas besoin d'étaler votre amour en public.

Ouais, elle a raison, ça craint, surtout quand on est la grande sœur célibataire et mal aimée.

– FRED ! Tu ne peux pas aller ailleurs ?

– Pourquoi ? On était là D'ABORD ! rétorque-t-il.

Ah. Ça faisait longtemps que je ne m'étais pas disputée avec mon frère. Je me retrouve. Même si je culpabilise un peu parce qu'il a été trop mignon, l'autre soir.

– Bon, on s'en va, de toute façon. Mais ne fais rien de sale, hein ? Toute la famille s'assied sur ce canapé !

– J'Y CROIS PAS, KATE ! ARRÊTE ! C'EST MA PETITE SŒUR ! proteste Millie en se cachant les yeux.

– J'Y CROIS PAS, LES FILLES ! VA FALLOIR SE CALMER ! ON SE TIENT JUSTE LA MAIN ! réplique Issy.

– J'Y CROIS PAS, LES GARS ! ARRÊTEZ DE CRIER ! ordonne papa depuis son bureau où il est censé écrire les dernières aventures de Katy.

La semaine dernière, elle avait décidé qu'elle voulait être féministe… original, papa. Je devrais vraiment toucher un pourcentage des droits sur ses sketches. Bon, enfin vu les derniers évènements, je suppose que je lui dois bien ça.

– ON S'EN VA ! je hurle.

– JE SUIS SOURD ! crie-t-il après nous, avant de rire tout seul.

C'est marrant comme les parents s'amusent d'un rien parfois. Marrant, mais triste.

13 h 15

Dans ma chambre

On se met en tenue – pour moi, une version améliorée de ma tenue de sport, mais Millie est en Lycra des pieds à la tête. Sam a opté pour un jogging large et un débardeur, parce que, comme moi, elle ne se la joue pas star d'Hollywood qui fait la belle à la gym avant d'être poursuivie par des paparazzi, un smoothie au kale à la main. Mais bon… Millie veut être actrice, après tout.

Je me sens beaucoup mieux mais je n'arrive toujours pas à chasser cette sensation de catastrophe imminente, tapie au creux de mon ventre. J'angoisse à l'idée d'affronter le vaste monde (enfin notre toute petite ville), pourtant je sais qu'il le faut.

13 h 45

Au studio de yoga

Je viens de découvrir un nouveau mensonge d'Instagram : je pensais que le yoga était réservé à des quarantenaires élégantes et à des jeunes aux abdos bien dessinés. Mais autour de moi, je vois surtout des vieux. Beaucoup, beaucoup de vieux. En fait, je me demande même si les filles ne se sont pas trompées en réservant dans un club du troisième âge.

– MESDAMES ! crie une femme qui a aussi l'air vieille (plus vieille que ma mère, en tout cas), tout en tapant dans ses mains.

Elle a un bandeau autour du front, un justaucorps sur un legging, et des jambières. Le genre de tenue que portent les acteurs de *Fame*, un vieux film que j'ai regardé avec maman. Elle fantasmait sur l'un des acteurs et murmurait « Il est trop beau » toutes les cinq secondes. Il était pas mal. Mais pas de quoi tomber raide non plus.

– Prenez un tapis, et on y va !

– D'accord, chameau impatient ! nous chuchote Millie.

La prof a effectivement un magnifique (monstrueux) *camel toe*.

En tant que féministes, on ne devrait pas juger, peut-être juste lui signaler, seulement elle me fait un peu peur.

13 h 55

C'est le problème avec le yoga, ça détend VRAIMENT les gens. Sam, Millie et moi, on a mis nos matelas côte à côte et j'ai réussi à ne pas laisser échapper de pet vaginal jusque-là. Mais on est entourées de vieilles, et il ne se passe pas une seule seconde sans que l'une d'elles lâche un vent.

Je le dis poliment parce que ce sont de vieilles dames. Elles lâchent un vent élégant. Délicat. Bruyant également. Et odorant.

Au début, c'était drôle. On essayait de se retenir de rire sans perdre l'équilibre. Mais maintenant il y a carrément un risque d'asphyxie, surtout que la prof n'arrête pas de nous répéter d'inspirer profondément.

J'ai lu que, absorbés en grande quantité, les gaz intestinaux pouvaient être mortels. On ferait peut-être bien d'entrouvrir la fenêtre.

14 h 00

Je suppose qu'elles se sont toutes soulagées parce que je n'ai entendu personne se lâcher depuis au moins cinq minutes.

Maintenant, c'est Millie qui se tortille bizarrement.

Un pet monstrueux lui échappe. Encore plus fort que tous ceux des vieilles dames. Tellement puissant qu'on s'écroule de rire sur nos tapis.

– Désolée, hoquette-t-elle.

La prof nous lance un regard assassin. Mais je comprends, je serais de mauvaise humeur aussi si mon justaucorps me rentrait à ce point dans les fesses.

14 h 30

Droguées au pet de vieux

– Eeeeet quand vous serez prêtes, vous pourrez rouvrir les yeux et revenir dans la pièce.

Ça n'a aucun sens vu qu'à aucun moment on en est sorties, mais j'imagine qu'elle veut dire spirituellement. Mais difficile de se concentrer sur la spiritualité dans une pièce qui pue autant.

15 h 00

Balade au parc pour déguster une glace post-yoga

Je me sens beaucoup plus calme et détendue après le yoga même si on a ricané chaque fois qu'on devait changer de position. Ça fait du bien de sortir de la maison, de prendre l'air, de voir le soleil.

– Vous savez ce qu'on a laissé tomber depuis pas mal de temps ? lance Millie. Le féminisme ! Faut qu'on relance la machine. Tu ne devais pas poster des articles sur le blog du lycée, Kate ?

Mon cœur s'emballe un peu.

– Si, mais... je ne sais pas. J'ai le cerveau trop embrumé pour écrire quoi que ce soit.

Soudain, je panique à l'idée de publier un truc trop nul et qu'on se moque de moi.

– Je suis sûre que tu t'en sortirais bien. Pourquoi tu ne ferais pas une bio sur une féministe que tu admires vraiment, par exemple ? Ou une brève histoire du mouvement ? Un truc informatif que tu pourrais rédiger pas à pas, suggère Sam. J'ai lu sur un site qu'en cas d'anxiété ou de dépression, il fallait se donner des objectifs faciles à atteindre, décomposer un projet en petites étapes aisément réalisables. Tu pourrais peut-être procéder comme ça pour ton Feminist Friday, non ?

Bien vu, Sam.

Je suis touchée qu'elle ait fait des recherches pour trouver comment m'aider. Je ne peux pas lui avouer que je suis paralysée par la peur.

– Tu as raison. J'en parlerai peut-être à Mme Mills à la rentrée.

– Je peux t'accompagner pour te soutenir moralement, propose Millie comme si elle avait lu dans mes pensées.

– Oui, une pour toutes, toutes pour une, comme les Trois Foufsquetaires ! s'enthousiasme Sam.

– Les trois Foufsquetaires !!!

On éclate de rire.

– Ça fait film porno, dis-je.

– BEURK !

Bon, on oublie les Foufsquetaires alors.

15 h 10

Je l'entends avant de la voir. C'est ma faute, je me suis détendue, j'ai baissé la garde et voilà Claudiabolique qui se dirige droit sur nous avec ses bitches. Je me demande si parfois elles se séparent. Ça doit être l'enfer d'être coincée dans cette bande de pestes même pendant les vacances. Millie et Sam me prennent la main.

– T'inquiète, on va passer sans s'arrêter, me glisse Millie.

Sauf que Claudia ne l'entend pas de cette oreille, évidemment.

– Oh, REGARDEZ QUI VOILÀ ! s'écrie-t-elle en jubilant.

– En fait, on est pressées, Claudia, dit Sam.

– Je ne t'ai pas vue au lycée, les derniers jours avant les vacances, Kate. J'espère que tu n'étais pas malade ? fait Claudia sans une once de sincérité. Ou alors tu évitais quelqu'un ?

– La ferme, Claudia, intervient Millie. On n'a pas de temps à perdre avec toi aujourd'hui.

– Je me fais du souci pour elle, c'est tout. Je n'ai pas le droit de m'inquiéter ? Alors, qu'est-ce qui s'est passé ? insiste-t-elle.

– Ça ne te regarde pas, je réplique.

– Pourquoi tu n'irais pas harceler quelqu'un d'autre, Claudia ? suggère Sam. T'es pas la bienvenue parmi nous.

– À moins bien sûr que personne ne veuille te parler réellement, à part tes minables groupies ?

Millie est vraiment lancée, maintenant.

– Mais j'ai entendu dire que tu devais les PAYER pour qu'elles traînent avec toi.

– C'est pas vrai ! proteste Amélie.

– Ouais, on traîne avec elle parce qu'elle nous obtient des tas de trucs cool, dit Tia.

Prends ça dans ta face, Claudia.

Brusquement, j'en ai assez. Je passe une bonne journée, et elle m'a tellement pourri la vie ces derniers temps, que je ne peux pas supporter de la voir une seconde de plus. Je suis entre Sam et Millie, qu'est-ce qu'elle peut me faire concrètement ?

– Enfin bref, on adorerait rester à te regarder faire ta sale garce, mais on te l'a dit, on est attendues, et par des gens sympas, contrairement à toi, dis-je en la contournant pour m'éloigner. Au fait, Claudia ? Si ton petit ami est si génial que ça, pourquoi tu ne passes pas plus de temps avec lui au lieu de me harceler ?

– Bye, Claudia !

Millie et Sam lui font un petit signe ironique de la main et nous partons toutes les trois sous le ciel bleu, loin de ce sombre nuage de méchanceté.

15 h 30

Chez le glacier

J'adore les glaces. J'adore mes amies. Nous avons exorcisé le terrible démon claudiabolique. Elle n'a pas réussi à gâcher cette belle journée.

– Quand tu lui as dit ses quatre vérités, on aurait dit qu'elle avait avalé une crotte poilue ! s'esclaffe Millie.

Elles sont toutes les deux TELLEMENT FIÈRES que je me sois défendue. Et moi aussi.

– Il va falloir qu'elle s'y habitue, je ne supporte plus ses saloperies. Elle ne peut pas continuer à se défouler sur les gens qu'elle estime en-dessous d'elle dans la chaîne alimentaire pour se sentir mieux. Il faut qu'elle trouve un autre passe-temps.

Pensée pas très féministe : 1 ?

Ce n'était probablement pas franchement féministe de ma part de me moquer du *camel toe* de la prof de yoga. Oups !

Jeudi 25 octobre

I_weigh : Le cran de sortir avec deux couples même si ça me plombe.

13 h 00

On va retrouver les garçons chez Cindy, un café à la mode. J'avoue que je redoute d'être celle qui tient la chandelle. Le boulet de service.

J'aurais dû proposer à Matt de venir.

13 h 30

Chez Cindy

À notre arrivée, les garçons sont en train de regarder un truc sur le portable de Nick. Quand il nous repère, il se lève d'un bond pour dire bonjour à Millie, lâchant son téléphone, l'air penaud.

Malheureusement pour lui, la vidéo continue sous nos yeux : c'est un tournoi de beach-volley féminin. Nick se jette sur son portable. Non, mais sérieux ? Va falloir qu'on monte d'un cran au niveau du féminisme, on dirait.

– Salut !

Ils embrassent leurs petites amies et me donnent une petite tape gênée sur l'épaule.

C'est exactement ce que je craignais. Le gros boulet. Je ne vois pas en quoi ça va m'aider à aller mieux.

– Vous voulez boire quoi, les filles ? demande Nick en se dirigeant vers le bar.

Sam et Millie passent leur commande et il se tourne vers moi.

– Et toi, Kate tu prends quoi ?

Je ne m'y attendais pas.

– Oh... euh... c'est sympa mais t'es pas obligé, je marmonne.

– Sois pas bête, on prend tous un truc. Tu veux quoi ?

Il demande vraiment gentiment. Finalement, il n'est peut-être pas si naze que ça.

– Oh... euh... Bon, ben, un thé vert, alors. Merci.

Millie serre ma main dans la sienne.

Voilà pourquoi on ne sort jamais tous les cinq. Parce que je suis de trop. Je savais que ça n'irait pas. Je ne vois pas pourquoi les filles ont pensé que ça me ferait du bien. Je ne me sens pas à ma place.

– On pourrait aller se balader dans le parc, propose Dave. Il fait beau, c'est sympa, une belle journée d'automne. Et on va pouvoir faire une BATAILLE DE FEUILLES !

– Cool ! approuve Millie.

– Mais on vérifiera d'abord qu'il n'y a pas de crottes de chien dessous, hein ? suggère Sam.

Bonne idée.

16 h 00

Au parc

C'est bizarre, je suis plutôt détendue. À l'aise. On a traversé le parc et je n'ai même pas eu peur de croiser Claudia, parce que je m'en moque, maintenant.

Il se pourrait même que je m'amuse bien. Dave et Nick sont vraiment marrants. Ils ont imité des gens du lycée – génial. Et Matt est même venu nous rejoindre.

On lui raconte que #Tim a failli sortir avec une fille à la dernière soirée… sauf qu'elle a cherché sur Google si le pelotage intensif augmentait la taille des seins. Selon moi, le fait qu'elle ait eu besoin de vérifier indique qu'ils sont faits l'un pour l'autre. Trop cool.

16 h 30

Allongés dans l'herbe (Sam s'est assurée de l'absence de crottes de chien.)

– Argh, le nouveau copain de ma mère vient ce soir et elle veut que je sois là, soupire Dave en consultant son portable.

– Il est comment ? demande Sam.

– Elle l'a rencontré dans la banque où elle travaille, j'imagine que c'est encore un connard. En général, elle découvre rapidement qu'ils ont omis de dire qu'ils étaient mariés.

– Ma mère a tendance à attirer ce genre de mecs aussi, affirme Matt en hochant la tête.

– Terry et son gros truc, je renchéris.

On se cache les yeux rien que d'y repenser.

– Ma sœur aînée pareil, ajoute Nick.

Ils échangent tous les trois un regard complice avant de se tourner vers nous en soupirant :

– Ah, les femmes !

Et ils se trouvent drôles. Nous les toisons de la tête aux pieds, consternées. Millie intervient :

– Euh... vous n'avez jamais envisagé que ce serait peut-être aux gars mariés de se remettre en question ?

– Hé! proteste Dave en esquivant une brosse à cheveux volante. On plaisantait. Ma mère trouve que c'est cool ce que vous avez fait au lycée. Elle doit supporter pas mal de sexisme à la banque : on lui coupe la parole, on lui demande à voir « LE responsable ». Sans parler des hommes qui sont promus avant elle...

– Et d'après ma sœur, c'est pas rigolo tous les jours d'être une femme, entre les règles et les cystites..., enchaîne Nick. Un cycle hormonal infernal, en plus du patriarcat qui vous écrase. On sait tout ça.

Vraiment ? Ils ont conscience de tout ce que ça implique pour nous ?

– Euh, c'est quoi une cystite ? demande Sam.

– Un truc qui touche surtout les femmes... Tu as sans arrêt envie de faire pipi et ça te brûle euh... par là... quand tu y vas... hum..., explique Nick maladroitement.

– QUOI ? on s'exclame en chœur.

– C'est pas possible. Jamais entendu parler. On aurait dû voir ça quelque part, non ?

Millie panique complètement.

Je dégaine mon téléphone.

Qu'est-ce qu'une cystite ?

Pourquoi ça me brûle quand je fais pipi ?

Peut-on mourir d'une cystite ?

Quand cessent les brûlures ?

Pourquoi je pisse des lames de rasoir ?

Matt lit par-dessus mon épaule. Il étouffe un petit cri.

– Comment ça se fait que tu sois au courant de ce truc et pas nous, Nick ? Encore un coup du patriarcat ? s'étonne Sam.

– Euh non... c'est juste que j'écoute mes sœurs. Ça a l'air horrible.

– J'imagine ! je souffle, les yeux écarquillés.

– Et comment faire pour éviter ce supplice ? veut savoir Millie.

– Je commence à comprendre pourquoi ma mère a repeint la maison en rouge, déclare sentencieusement Matt.

23h00

Dans mon lit, en train de me battre avec Béa pour la couette

Aussi bizarre que cela puisse paraître, j'ai passé une super journée. J'ai envie de noter mes progrès pour m'en rappeler quand l'angoisse me prendra à la gorge. Ne pas oublier que :

1) Ce n'est pas parce que je n'ai pas de copain et elles oui que Sam et Millie ne veulent plus traîner avec moi.

2) Ça peut être sympa de passer du temps avec leurs copains.

3) C'est cool de faire connaissance avec de nouvelles personnes, tant qu'elles sont sympas.

4) Tout le monde peut être féministe, ce n'est pas réservé aux femmes.

5) La cystite ? C'est quoi, cette horreur ?

Pour en revenir au numéro 4, Dave, Nick et Matt sont sensibilisés à un tas de trucs, grâce à leurs mères et à leurs sœurs. Et ils sont convaincus que les filles et les garçons devraient être traités pareil. On peut donc dire qu'ils sont féministes. Dingue. Et ils trouvent qu'une colonne Feminist Friday sur le blog du lycée, c'est une super idée. Donc je n'ai plus qu'à m'y mettre.

Dave nous a avoué que, comme il vivait seul avec sa mère, et qu'elle parlait sans arrêt de ses règles, quand il avait dix ans, il s'attendait à les avoir… avant de finalement comprendre qu'il n'avait pas d'utérus. Et il trouve que les hommes abusent vraiment de nous laisser tout le boulot à la maison alors qu'ils ne saignent même pas une fois par mois.

Ça a l'air d'être un gars bien.

Mais je n'en reviens pas que ce soit Nick qui nous ait parlé des cystites ! Il faut que je dise à maman qu'elle a raté un truc, là. Ça devrait être l'un des premiers trucs qu'on explique aux filles. Non, mais sérieux ? Comme si les mycoses et les règles ne suffisaient pas. Il paraît que, pour éviter ça, il faut porter des culottes en coton. Ça tombe bien parce que je me dis que les gens qui fabriquent les autres – les trucs en tissu non respirant, synthétique, brillant et qui grattent – sont de mèche avec les labos qui produisent les crèmes anti-irritations OU le genre d'hommes aigris qui veulent pourrir la vie des femmes. Non, mais je rêve ! Des champignons dans mon vagin ? Des lames de rasoir dans mon urètre ? Non, merci. Allez vous faire voir.

Il faudrait nommer une responsable féministe de la communication aux femmes. Pourquoi pas Caitlin Moran[1] ? Ou alors une des suffragettes qui veillent sur nous du ciel pourrait peut-être nous aider ? Oh là là, et comment faisaient les femmes avant, sans médicaments ?

23 h 15

Chère Emmeline Pankhurst,

J'espère que tu m'entends de là-haut, je viens de racheter une cup pour réessayer. Si tu pouvais me donner un petit

1. Caitlin Moran est une journaliste et autrice britannique féministe.

coup de pouce magique pour que ça se passe mieux, ce serait cool.

Salutations féministes,

Kate

23 h 15

Si Dieu existe, c'est un homme, sans aucun doute. Une femme n'aurait jamais inventé un truc comme la cystite.

Je suis tellement stressée de commencer ma thérapie demain que penser à la cystite me change les idées, finalement. Je n'ai franchement pas envie de laisser encore une inconnue farfouiller dans ma tête, mais cette fois mes parents paient un MAX donc j'ai intérêt à ne pas me rater.

23 h 45

J'éteins la lumière et me surprends à garder la main sur l'interrupteur. Et si, pour une fois, je ne le faisais pas ? Juste ce soir ?

Je ne le toucherai pas.

J'ai l'impression que, poussées par la mémoire kinésique, mes mains vont se tendre et le toucher malgré moi. Je me couche dessus pour les empêcher de pratiquer le rituel contre mon gré.

Béa laisse échapper un profond soupir pour me signaler qu'elle n'apprécie pas que je m'agite autant alors qu'elle essaie de dormir.

Non, mais des fois, elle est vraiment pénible.

Je vais finir par avoir une cystite si je ne touche pas cet interrupteur.

Bon, je vais le toucher pour arrêter d'embêter Béa en gigotant.

Pensée pas très féministe : 1

Suis-je une mauvaise féministe parce que je ne savais pas que plein de femmes ont des cystites ? Non mais sérieux.

Vendredi 26 octobre

I_weigh : L'angoisse de rencontrer ma psy.

15 h 50

Dans la voiture de mon père

Je suis tellement stressée. J'ai passé la journée à faire comme si de rien n'était en espérant que, si je me plongeais à fond dans mon bouquin, l'heure passerait sans que je m'en rende compte. Finalement, peut-être que je vais mieux et que je n'ai pas besoin de thérapie ni d'obliger mes parents à faire des dépenses inconsidérées pour voir une psy plus tôt ?

Ça m'angoisse vraiment. J'ai du mal à respirer. Tout devient flou. Bon, OK, j'ai besoin de cette thérapie, en fin de compte.

16 h 00

Le cabinet de la psy est agréable ; il y a des plantes partout. De vraies plantes vertes et vivantes, pas comme celles de l'administration du lycée qui sont mortes.

La salle d'attente est tout en rose et alu, avec des coussins en velours. Une bougie parfumée dégage une bonne odeur qui va avec les citations ornant les murs :

Tu vas y arriver.

Relax.

Tout va bien.

Voilà ce que c'est de ruiner ses parents en consultant dans le privé.

Je ne sais toujours pas ce que je vais lui dire. Je suis censée me lancer direct et lui raconter ma vie ? Et si elle me trouve bizarre ? Et si elle décide de m'enfermer pour le bien du reste de l'univers ? Et si elle est méchante et qu'elle me dit d'arrêter de faire la comédie ?

Une femme ouvre la porte face à moi. Je me demande si c'est elle. Elle a l'air sympa. Pas méchante du tout. J'espère que c'est elle.

– Kate ? fait-elle.

Ce doit être elle.

Mon père me pousse légèrement. Je m'aperçois que je n'ai pas bougé d'un pouce.

– Vas-y, ma puce. Bonne chance.

Je ne suis pas sûre que ce soit vraiment de chance dont j'ai besoin pour cette première séance, mais bon.

– Bonjour, dis-je, un peu au ralenti, comme si je n'étais pas encore vraiment décidée.

– Bonjour, Kate. Je suis Sarah, enchantée.

Elle me tend la main, très pro.

– Entre.

Elle a à peu près l'âge de ma mère, de longs cheveux bruns, de grands yeux marron et une jolie robe vaporeuse. Elle a l'air bien dans ses baskets, sûre d'elle. J'imagine qu'il faut être bien dans ses baskets pour aider les autres à être mieux dans les leurs.

Je la suis dans une pièce douillette qui sent très bon également. Je suis sûre que je ne pourrai plus jamais sentir une bougie parfumée sans penser à ma psy. Dommage.

Je m'installe dans un beau fauteuil rose. L'endroit est hyper instagrammable.

Bon, on n'est sûrement pas censé poster le cabinet de sa psy sur Insta. Surtout avec les panneaux « éteignez votre portable » et « vivez l'instant présent » un peu partout.

Nous sommes assises face à face et elle me regarde, ce qui me met très mal à l'aise. Ça a commencé ? Comment on sait quand ça commence ? C'est à moi de prendre la parole ? Si ça se trouve, ça a déjà commencé. Est-ce que je m'y prends mal ? T'imagines, si j'ai déjà raté ma thérapie.

– Alors, Kate…

Je laisse échapper un soupir. Ouf, visiblement, je ne suis pas obligée de remplir le silence en disant tout ce qui me passe par la tête comme si je déballais ma petite valise personnelle.

– Pour la première séance, j'aimerais connaître un peu le contexte, noter les infos de base. Si j'ai bien compris, tu n'as encore jamais fait de thérapie ?

J'acquiesce.

– Je vais te donner un formulaire à remplir et te poser des questions simples, ça te va ?

Je hoche à nouveau la tête.

– OK, alors d'abord quelques règles.

Il y a des règles ? De quel genre ? Va-t-elle me dire qu'elle ne prend pas en charge certains problèmes ? Du type rituel de l'interrupteur.

Je ne suis pas sûre que ces règles vont m'aider à me détendre. Le cadre a beau être cosy, je suis vraiment mal à l'aise. Comme un oursin hérissé au milieu de tout ce rose et ce velours.

– D'abord, tout ce que tu vas me dire est absolument confidentiel. Rien ne sort de ces murs. À moins que ce que tu me confies ne me laisse penser que tu risques de faire du mal aux autres ou à toi-même, auquel cas je dois prévenir quelqu'un. Tu comprends ?

– Mes parents ne seront pas au courant ?

– Sauf si tu leur en parles ou que tu me demandes de leur en parler à ta place, non.

Je suis immensément soulagée. Même si j'ai déjà presque tout dit à mon père et ma mère, il y a certains détails que j'ai omis, parce que je ne peux pas les leur confier. Ça me rassure : ils ne recevront pas un compte-rendu après chaque séance, comme au lycée : « Félicitations ! Votre fille a un excellent niveau en folie ! »

– Bien, et si tu commençais par me dire ce qui t'amène ?

Super. Je suis instantanément mal à l'aise à nouveau.

– Euh... je pensais que mon père vous avait expliqué quand il a pris rendez-vous...

– Oui, bien sûr. Mais je préfère l'entendre de la bouche de mes patients. Avec tes propres mots. Ici, c'est ton espace de parole, Kate. Tu peux expliquer ce que tu ressens, ce que tu vis, à quelqu'un en qui tu peux avoir confiance et qui est en mesure de t'aider. Mais pour ce faire, je dois savoir précisément ce qui se passe. Ça te paraît peut-être trop dur, alors on va y aller à petits pas. Qu'est-ce qui t'est arrivé ces dernières semaines ? J'ai cru comprendre que tu traversais une période difficile…

Je prends une profonde inspiration. Et je me lance.

17 h 00

De retour dans la salle d'attente

La séance a passé à toute allure. Après avoir parlé de ma famille à la psy, je lui ai confié que, parfois, j'ai l'impression que tout le monde me déteste. Que je ne me trouve pas assez féminine, que j'ai peur de ne jamais être une vraie femme. Je lui ai raconté que les autres filles se faisaient épiler, avaient un copain et tout, tandis que moi, je restais dans mon coin, comme un vrai boulet. Que j'avais l'impression d'être trop nulle, et que c'était sûrement pour ça que personne ne voulait traîner avec moi.

Je suis surprise d'avoir eu le courage de lui confier autant de choses. Je lui ai même parlé de l'interrupteur. Je me dis que puisque mes parents paient une fortune, autant que ça serve.

Le truc, c'est qu'elle n'a pas paru surprise. Je n'avais pas l'impression d'être cinglée en lui racontant tout ça. Elle m'a donné d'autres exercices de respiration en cas de stress ou de panique. Elle m'a suggéré de m'exercer soir et matin. Je me sens un peu bête de devoir m'entraîner à respirer alors que la plupart des gens y arrivent naturellement, mais bon...

À la fin, elle m'a dit qu'on allait d'abord apprendre comment maîtriser mes pensées intrusives (quand je me sens obligée de toucher l'interrupteur, par exemple). C'est un tel soulagement que quelqu'un connaisse mon secret !

Papa s'est levé lorsque nous sommes rentrées dans la salle d'attente, un journal est tombé à ses pieds. C'était rassurant parce que je l'imaginais avec l'oreille collée à la porte pendant que je parlais. J'avais presque envie d'aller l'ouvrir soudainement pour voir s'il tombait à l'intérieur comme dans les films.

– OK, Kate, donc si ton père et toi êtes d'accord, j'aimerais te voir une fois par semaine durant six séances dans un premier temps, propose Sarah.

Je regarde mon père qui acquiesce.

– Oui, merci, dis-je.

Je me sens tellement coupable qu'il doive payer.

J'ai la bouche sèche, je suis épuisée, mais je me sens... un peu libérée.

17 h 10

Je vois bien que papa a envie de me demander de quoi on a parlé mais il sait qu'il ne faut pas. Alors à la place, il me pose d'autres questions, du genre :

– Elle t'a plu ? Tu t'es sentie en confiance avec elle ? Sinon, on peut chercher quelqu'un d'autre.

– Non, elle est super. Elle me plaît.

– OK, c'est bien. Et tu te sens comment ?

– Fatiguée. Très très fatiguée.

Mais je me sens aussi plus légère. Un peu plus légère. Je ne porte plus ce poids toute seule.

Selon Sarah, environ six millions de personnes en Grande-Bretagne souffrent de troubles de la santé mentale. Je me suis tout de suite sentie moins seule. Si on est si nombreux, j'en connais forcément. Je dois même croiser dans la rue des passants qui ont les mêmes angoisses que moi (enfin pas exactement les mêmes, mais bon) sauf qu'on ne le sait pas parce que l'anxiété et la dépression, c'est à l'intérieur.

– C'est normal, je pense, affirme mon père.

J'entends dans ma tête Sarah me dire qu'il n'y a pas de normalité, qu'on est tous différents.

– On rentre à la maison ? Je préparerais le dîner pendant que tu te reposes.

Je m'appuie sur lui, rassurée, pour une fois.

17 h 30

Sarah m'a donné des devoirs à faire. Je dois lister toutes mes pensées négatives et, la semaine prochaine, elle m'aidera à les « recadrer », c'est-à-dire à les aborder sous un angle plus positif. Donc si je pense « je n'aurai jamais de petit ami », il faut que je le note.

Je me sens moins désespérée cette semaine. Je ne pensais pas arriver à confier tout ça à quelqu'un, pourtant, j'ai réussi. J'arrive à régler les problèmes étape par étape.

Je n'ai pas besoin de tout faire d'un coup. Il n'y a pas de recette miracle pour guérir en un clin d'œil. J'ai encore du mal à imaginer que je pourrais me sentir mieux. Mais désormais, j'ai espoir.

Pensées pas très féministes :

Je ne vais plus remplir cette rubrique systématiquement, seulement pour les trucs vraiment importants. Il faut que j'arrête d'être trop sévère avec moi-même, je crois que c'est ce qui m'a plombée.

Dimanche 28 octobre

I_weigh : L'angoisse de retourner au lycée demain et de revoir tout le monde maintenant que je sais que je suis déprimée et anxieuse.

21 h 15

J'ai passé une journée tranquille, peut-être même trop, vu ce qui m'attend demain. Mes parents ont voulu aller se promener, on s'est donc retrouvés perdus au milieu des champs – trop nul –, puis papa est tombé à plat ventre dans la bouse de vache – trop drôle.

Ce soir, on a regardé une émission de téléréalité sur les antiquités avec Matt. Papa avait l'impression de toujours sentir la bouse. Et quand il a éternué, il y en a un petit bout qui est sorti de son nez. Un éternuement de merde, c'est le cas de le dire.

Là, je suis couchée à me ronger les sangs pour demain. Et si les gens disent que je suis folle ? Hein ?

Lundi 29 octobre

I_weigh : Le poids de la peur. Je ne suis pas sûre d'être prête à retourner en cours. J'ai l'impression d'avoir un éléphant sur la poitrine qui m'empêche de respirer. J'ai la gorge serrée. Putain !

7 h 30

Dans ma chambre en train de me préparer

Chaque fois que je pense à la journée qui m'attend, je panique et je retourne sous la couette. Béa est trop contente, elle se blottit contre moi, sauf que je me relève cinq minutes plus tard. Heureusement qu'elle m'adore quoi que je fasse.

Je lis quelques posts de @I_weigh. Des photos de femmes avec les mots « autodestruction », « agression », « harcèlement », « chagrin » et surtout « anxiété ». Bon, faut que j'aille en cours. J'imagine le post que je pourrais faire :

- anxiété
- dépression

- solitude
- cinglée
- loseuse
- mocheté
- boulet

Ça suffit. Je tourne en boucle, là. En plus, ce n'est pas vrai. J'ai des amis, des parents qui m'aiment. Et même Fred. Il faut juste que je survive à cette journée.

8h00

Mon père a envoyé un e-mail au lycée pour leur expliquer pourquoi j'avais été absente et ce qui se passait. Résultat, on a tous les deux rendez-vous avec la CPE avant le début des cours. Pas cool. Je voulais faire le trajet avec les filles pour me sentir protégée entre mes deux gardes du corps. Du coup, j'espère que personne ne remarquera que :

1) je suis venue avec mon père ;

2) je suis arrivée super à l'avance comme une grosse cas soc'.

8h30

Devant le bureau de l'infirmière

– Chaque fois que je viens ici, j'ai l'impression que je vais me faire disputer par le proviseur, me confie mon père alors que nous attendons, tout stressés.

J'ai carrément mal au cœur. J'ai peur que des gens écoutent à travers la porte. Que quelqu'un me voie avec mon père et commence à poser des questions ou, pire, le répète à Claudiabolique ou à ses bitches – même si je ne la crains plus autant qu'avant.

– Monsieur Evans ? Kate ? Entrez, dit Mme Furmore d'une voix douce.

Comme les voix super agaçantes des vidéos de yoga. En plus, je sais que c'est forcé parce que je l'ai déjà entendue brailler dans la cour.

– Asseyez-vous, dit-elle en désignant les chaises face à elle.

Il y a des tas d'affiches de gamins souriants sur les murs et un diffuseur d'encens au parfum écœurant. Franchement de quoi vous donner la migraine.

Je laisse mon père parler pendant que Mme Furmore fait de petits bruits compatissants à mon égard et me dit que je peux venir lui parler n'importe quand si besoin. C'est très gentil, mais non merci. Elle en fait trop.

8 h 50

Je me sens soulagée de sortir de là. Voilà une bonne chose de faite ! Ouf, je peux enfin respirer loin de cette atmosphère faussement cool. Bon, maintenant, je n'ai plus qu'à survivre à cette journée, du mieux que je peux, sans crise d'angoisse si possible.

Les filles viennent me chercher devant le bureau, ce qui m'évite l'épreuve de traverser la cour toute seule, et papa s'éclipse discrètement, sans attirer l'attention. Putain, je les adore.

J'ai à peine fait deux pas dans la cour que j'aperçois Claudia sur les genoux de Josh, entourée de sa bande.

– Oh regardez, y a le chienchien à sa Claudia, remarque Sam.

Ça me fait toujours un coup au cœur quand je les vois ensemble, un pincement de jalousie du genre « je devrais être à sa place ».

– Hé ! Vous avez vu, ils ont une drôle de tête.

– Putain, t'as raison. Rouges comme des tomates, confirme Millie.

– Ma parole, ils ont fait une douche autobronzante en couple, ou quoi ? s'esclaffe Sam.

– Ils ont eu un tarif de groupe ! je pouffe.

Et nous explosons de rire.

Bon, d'accord, c'est pas très féministe et même un peu méchant, mais sérieux, après tout ce que Claudia m'a balancé et tout le mal qu'elle m'a fait, je m'en moque. Elle est bien plus antiféministe que moi (mais faut pas se comparer aux autres, c'est pas féministe !).

Je sens que ça va être une bonne journée.

9 h 00

Dans notre salle de classe

Il n'y a pas d'assemblée du matin cette semaine et tant mieux. Je n'ai franchement aucune envie de me retrouver dans la mêlée dès le premier jour. Je m'approche de ma place avec précaution. Pas de cadeau de #Tim en vue, mais en général il fait plutôt ça en cours de littérature pour pouvoir me fixer pendant deux heures d'affilée. Bon, la voie est libre – pas de petit mot, ni rien... jusqu'à ce que je tire ma chaise et qu'un énorme ballon à l'hélium « Bon rétablissement » bondisse vers le plafond.

Putain, c'est TROP GÊNANT. Je le cache sous la table avec ma veste par-dessous avant que quiconque puisse le voir et j'arrache le petit mot.

Chère Kate,

j'ai remarqué ton absence.

Mon coeur est si vide sans toi, tu me manques.

Guéris vite, je t'en prie.

À toi pour toujours

#Tim (ton héros)

Je le fourre au fond de mon sac en me promettant de le brûler plus tard.

Il faut que ça s'arrête. C'est du harcèlement, là.

9h10

Je sens le ballon cogner contre ma jambe, mais tant qu'il ne va nulle part et que personne ne le voit, ça me va. J'essaie de le percer discrètement pour qu'il se dégonfle, mais ça ne marche pas.

#Tim a les yeux rivés sur moi. Il doit se demander où est passé son maudit ballon.

C'est alors que je m'aperçois qu'il m'a échappé. Il s'est envolé. Il flotte jusqu'au plafond, emportant ma veste avec lui. On dirait un fantôme...

Et voilà Stacey qui se met à hurler derrière moi.

Tandis que #Tim se lève, je soupire :

– Putain !

– Ton ballon, Kate ! s'écrie-t-il en l'attrapant pour me le rapporter.

Toute la classe me regarde. Ils ne rigolent même pas, c'est trop bizarre. Mme Mills a interrompu son cours sur Shakespeare. Millie et Sam ont la tête dans les mains.

OMG.

– Bien... Poursuivons...

Mme Mills reprend sa leçon sur les soliloques en m'adressant un petit clin d'œil. Les élèves se retournent vers elle tandis que j'essaie de disparaître sous la table.

21 h 00

Je n'ai pas eu le temps de remplir la grille de Sarah au lycée, alors j'essaie de me rappeler ma journée. Sérieux, ça fait un peu loto des cinglés.

Tristesse	Anxiété	Vertige
Pleurs	Crise d'angoisse	Malaise

Mardi 30 octobre

I_weigh : Le poids de toute ma crasse alors que j'attends une fois de plus que mon relou de frère sorte de la salle de bains. J'espère qu'il n'est pas en train de faire un truc dégueu sous la douche…

7 h 30

– FRED ! FREDDIIIIIIEEEEEE ! je hurle en tambourinant contre la porte.

J'entends mon père dire à ma mère :

– Au moins, tout est rentré dans l'ordre.

Ils sont plantés là, leur tasse de thé à la main, à me regarder en faisant leurs petits commentaires au lieu d'intervenir ! Je dois partir au lycée dans une demi-heure et je ne me suis même pas encore lavé les cheveux et après je dois encore les sécher, les lisser, puis me maquiller pour cacher tous mes boutons.

– FREEDDIIE, JE VAIS TE TUER ! je menace à travers la porte. Je vais remplir ton lit de tampons bien sanguinolents et coller des serviettes usagées sur ton oreiller !

– Elle a une sacrée imagination, faut le reconnaître, commente mon père dans mon dos.

– Elle tient ça de toi, John, affirme ma mère.

8 h 45

Cour de récréation

Claudia et Josh sont assis à leur spot habituel, entourés par la Bande de Bitches. Et soudain, ça me frappe : en fait, ils ne font jamais rien. Ils prennent des selfies, ils traînent sur ce putain de banc, ils se donnent la becquée mutuellement (je sais manger toute seule, merci), et c'est tout. Quel ennui.

Josh se la joue vraiment trop, en plus. Il a des lunettes noires alors qu'il n'y a pas le moindre rayon de soleil – en fait, il pleut carrément. Et par-dessus son blazer d'uniforme, il a un blouson en cuir avec un écusson Harley Davidson (t'as même pas un scooter, mec, alors la moto, c'est pas pour aujourd'hui), bref, c'est un gros naze. Je ne sais vraiment pas pourquoi je crushais sur lui.

Nous rejoignons Dave et Krish au fond de la cour. Krish mijote quelque chose, je le sens. J'ai hâte de savoir ce que c'est.

10 h 30

Cours de littérature

À la fin de l'heure, une fois tout le monde parti, je vais voir la prof. Je ne voulais pas l'aborder devant témoins au cas où elle se moquerait de moi. Mais il faut que je le fasse. J'ai trop attendu et Sarah m'a dit que c'était une bonne idée. Et puis qu'est-ce que je risque ?

– Madame Mills ?

– Alors Kate, ça va ? me demande-t-elle.

– Oui, super, merci.

– Si jamais tu as besoin de parler de quoi que ce soit, je suis toujours là, me dit-elle gentiment.

Comment se fait-il qu'elle soit au courant ? C'est écrit sur mon front ou quoi ?

– Euh… merci… C'est très gentil.

Du coup, ça m'a déconcentrée. Avant de me dégonfler, je poursuis :

– En fait, je me demandais juste si on pourrait parler du blog du lycée ?

– Bien sûr !

– Parce que j'ai pensé, euh, enfin j'aimerais faire un post régulier, par exemple tous les vendredis… comme ça on pourrait l'appeler « Feminist Friday ». Pour parler d'une femme ou d'un fait historique méconnus. Qu'est-ce que vous en pensez ?

Je me sens bête.

– C'est une excellente idée, Kate ! J'adore !

Elle est vraiment très enthousiaste ce qui me surprend un peu, pour être honnête.

– OK, cool ! dis-je.

– Ça t'irait de commencer vendredi de la semaine prochaine ? Pour te laisser le temps de le rédiger ?

– Parfait ! dis-je, comme si je n'allais pas rentrer à la maison pour m'y mettre immédiatement.

– Génial ! dit-elle. Au fait, Kate, je voulais te parler de ta note de commentaire composé. J'ai l'impression que tu as été un peu déçue. Mais je tenais à te rassurer : tu as eu la meilleure note de tous les élèves de seconde. C'est un exercice nouveau, qu'on doit encore travailler en classe, c'est tout.

– OK ! dis-je d'un ton détaché, comme si je ne m'étais pas torturé le cerveau à ce propos.

En fait, je suis SUPER SOULAGÉE, mais pourquoi elle ne me l'a pas dit sur le coup ?

16 h 00

– Et ton premier post, ce sera sur quoi ? me demande Sam en plongeant la main dans un paquet de chips.

– Je pensais à Mary Beatrice Davidson Kenner, peut-être.

Mes deux copines me regardent, les yeux ronds. Je m'y attendais. Ce qui confirme mon choix : à quoi bon écrire sur un sujet que tout le monde connaît déjà.

– C'est une Américaine qui a inventé la ceinture hygiénique en 1957, mais elle ne l'a pas fait breveter. Les investisseurs étaient intéressés jusqu'à ce qu'ils découvrent qu'elle était noire, du coup, ils n'ont pas voulu lui acheter et elle n'a jamais rien touché sur son invention.

Sam hoche la tête.

– Classique. C'est dingue, on entend tellement d'histoires de ce genre que ça ne nous surprend même plus. Comme quand ma mère me raconte son enfance, comment elle était traitée à l'époque, et même maintenant... alors que ça devrait toujours nous choquer. Excellent choix pour commencer ta rubrique.

– Je valide ! s'écrie Millie.

17 h 00

À mon bureau

J'ai préféré m'avancer et écrire direct mon post sur Mary. Je me suis efforcée de m'en tenir aux faits – du coup, c'est plus facile. J'ai commencé par faire une liste que j'ai utilisée pour rédiger mon article.

C'est la première fois que j'ai l'esprit aussi clair depuis des semaines. Je ne me souviens même pas quand j'ai été capable d'écrire un texte complet pour la dernière fois. Ça me rassure pour les exams, j'avoue. Je m'y remettrai peut-être après ça.

J'ai conclu le post sur la précarité menstruelle et les associations qui luttent contre, en sensibilisant les élèves à ce problème et en récoltant des fonds pour celles qui en ont besoin. Il y a tellement de filles qui ratent les cours parce qu'elles n'ont pas de quoi se payer des protections ! Je me dis qu'il y en a peut-être même dans notre lycée. Et du coup, ça pourrait les aider.

18 h 00

Je suis vraiment fière d'avoir terminé mon post, je l'ai imprimé et je le donnerai à Mme Mills demain matin. Pour qu'elle ait le temps de le relire et de me dire si ça va avant qu'on le mette en ligne vendredi prochain.

En fait, pendant que j'écrivais, je n'ai pas eu une seule pensée négative. Je ne me suis sentie ni nulle, ni inutile, parce que, au contraire, avec mes moyens, j'ai le sentiment de faire quelque chose d'utile.

Plus je me renseigne sur les femmes et le féminisme, plus je prends conscience que nous sommes incroyables, nous, les femmes – tout ce que nous avons enduré, tout ce que nous supportons.

Mais ce n'est pas parce que tu PEUX supporter quelque chose que tu DOIS le supporter.

18 h 30

Au dîner

– Alors, comment s'est passée ta journée, ma puce ? me demande mon père.

– Ça a été, merci. Mme Mills a accepté que je fasse un post Feminist Friday pour le blog du lycée. J'ai déjà écrit celui de vendredi prochain ! dis-je, tout excitée.

Fred lève les yeux au ciel en grognant.

– Encore des trucs féministes ! ARGH !

Il sait comment me faire partir au quart de tour.

Mais ma mère l'ignore.

– Super ! Je peux le lire ?

– OK, je te le montre après le dîner.

– Et moi ? Je suis féministe, je veux bien lire l'article, intervient mon père.

Le pire, c'est que c'est vrai. Mon père est féministe, je trouve.

19 h 00

J'aurais préféré que ma mère ne lise pas l'article devant moi parce que je vois la moindre de ses réactions. Elle laisse échapper un petit rire, c'est bon signe. J'ai fait un peu d'humour, pour rallier le lecteur à ma cause.

– Aaah ! Kate ! s'exclame-t-elle en le reposant. C'est génial. Vraiment ! Je suis tellement fière de toi.

Elle me serre dans ses bras. Ouf ! Je m'aperçois que j'ai retenu mon souffle pendant qu'elle lisait, craignant qu'elle ne me trouve nulle ou idiote.

– Tu sais..., commence-t-elle. Je pensais que tu savais à quel point je suis fière de toi et comme je te trouve intelligente... mais peut-être que je ne te l'ai pas assez dit.

Je ne sais pas quoi répondre.

– J'avais toujours espéré que quand tu serais ado, la vie serait plus facile pour les filles. Mais finalement, vous avez d'autres problèmes que les nôtres. Les filles doivent toujours être fortes, avoir les pieds sur terre. Quand je vois comment tu t'en sors, je suis impressionnée. Tu es beaucoup plus forte que moi à ton âge. Je suis si fière de la femme que tu es devenue, Kate !

Oh, c'est pas vrai, je vais me remettre à pleurer.

22 h 30

Dans mon lit

Je me sens vraiment adulte, ce soir. J'ai surmonté mes peurs en retournant au lycée. J'ai affronté Claudia et Josh dans la cour. J'ai eu le courage de demander à Mme Mills pour le blog, et elle ne m'a pas ri au nez. J'ai écrit mon premier article féministe !

Mais maintenant, dans le noir, je ne peux pas m'empêcher de toucher mon interrupteur, sinon je n'arriverai pas à dormir. Je sais que je ne peux pas tout régler d'un coup. Je dois prendre mon temps, être patiente. Pourtant j'aimerais bien être guérie comme par magie.

Et si je n'arrive pas à m'arrêter ? Genre je me retrouve au lit avec mon copain pour la première fois, et je suis obligée de faire genre « Désolée, chéri, je dois toucher l'interrupteur trois fois avant de dormir pour éviter qu'on ne se fasse tuer par un serial killer ou dévorer par un ours dans notre sommeil » ?

Je me sens tellement ridicule. J'essaie de me rappeler tous les compliments que ma mère m'a faits. De les garder en tête.

23 h 00

Je viens d'avoir une idée. Et si au lieu de Feminist Friday, j'appelais mon post « Les monoblogs du vagin » ? Parce que c'est un blog, et qu'il parle des femmes.

Ha ha ha ! J'imagine la tête de M. Clarke.

HA HA HA HA HA !

Mercredi 31 octobre

I_weigh : L'angoisse. Un jour où tout le monde est déguisé pour Halloween sous un ciel sombre et déprimant, c'est absolument terrifiant. Surtout pour quelqu'un qui est déjà anxieux d'habitude.

9 h 15

J'ai donné mon article pour le blog à Mme Mills à la fin du cours. Je suis stressée parce que j'ai vraiment envie que ça lui plaise. Je ne me sens pas prête à encaisser la critique.

12 h 30

À la cafét'

– Franchement, tu l'as échappé belle, commente Millie en regardant Josh et Claudia se donner à manger.

Bizarrement, je n'ai aucune envie de poster sur Insta mes boulettes de viande caoutchouteuses et mes frites.

C'est tellement immonde que ça a à peine l'air comestible. Sérieux, faut faire quelque chose, en cuisine.

– Selon Nick, Josh n'a même pas posé pour ASOS, lance Dave d'un ton détaché.

– Quoi ?

Nous le regardons toutes les trois, sous le choc.

– Comment ça ? s'étonne Sam. Tu ne peux pas lâcher une bombe pareille sans nous donner un peu plus de détails.

– Eh bien, vous avez la preuve qu'il a fait des photos pour ASOS ou bien c'est juste lui qui vous l'a dit ? On ne connaît personne de son ancien collège, pas vrai ?

– Non, parce que c'était à Londres. Et il a posté la photo d'un de ses shootings pour ASOS sur son Insta, non ?

Je pose la question parce que je ne suis pas sûre de l'avoir réellement vue.

Millie a déjà dégainé son portable pour googliser tout ça.

– Je suis sur le coup, les gars, dit-elle en levant la main. Mais, sérieux, pourquoi Nick ne m'en a jamais parlé ?

– Je ne sais pas... L'autre jour, on se disait que toutes les filles du lycée fantasment sur lui alors qu'on n'a aucune preuve, en fait, argumente Dave.

– Toutes les filles ?

Je sens un petit pincement de jalousie. Ai-je saboté ma seule chance de sortir avec un mec trop beau gosse et méga populaire ? NON ! N'oublie pas que tu t'ennuierais à mourir si t'étais avec lui, tu l'as échappé belle !

– Bah, les filles de première ont l'air de crusher sur lui aussi. D'après ce que m'ont dit Nick et Matt, il flirte avec certaines sur Insta.

– NON MAIS C'EST PAS VRAI ! Pourquoi mon mec ne me donne jamais ce genre d'infos ?

Millie bout de rage.

– C'est des discussions entre hommes, affirme Dave comme si c'était une raison suffisante.

– Et il flirte avec qui ? demande Sam.

– Une fille de la classe de Nick et Matt, j'ai oublié son nom. Enfin, il essayait de la brancher mais, finalement, elle a laissé tomber, je ne sais plus pourquoi. Demandeleur.

– Évidemment ! T'es trop NUL ! s'emporte Sam.

– Désolé, je ne savais pas que c'était tellement IMPORTANT, réplique Dave, boudeur.

– Tu as encore beaucoup à apprendre, Dave. Beaucoup, conclut Millie en lui tapotant la main.

14 h 00

Cours de chimie

Il flirte avec toutes les filles, autant dire avec n'importe qui – moi ou une autre. Je ne sais pas si c'est une bonne nouvelle. Je n'arrive pas à décider si ça fait de moi une super loseuse, ou si au contraire je devrais me réjouir parce que, au moins, je ne suis pas avec lui alors qu'il sort avec n'importe qui. Pauvre Claudia, en tout cas.

Je ne crois pas m'être déjà apitoyée sur le sort de Claudia. Je ne suis pas sûre que je devrais, d'ailleurs.

Pensée pas très féministe : 1 (j'ai dit que j'arrêtais, je sais, mais là, c'est du lourd)

Écouter les ragots sur les relations compliquées d'une autre femme avec un homme (par exemple Josh qui trompe Claudia à tour de bras, visiblement).

Jeudi 1er novembre

I_weigh : Quel soulagement ! Personne n'est habillé comme dans un film d'horreur aujourd'hui.

16 h 30

Sur le canapé

Aujourd'hui, il ne s'est rien produit de génial, mais rien de négatif non plus, et après ces dernières semaines, j'apprécie assez cet entre-deux.

Les filles révisent avec leurs copains. Fred est sorti avec Issy faire je ne sais quelle activité de jeunes losers tandis que, Matt et moi, nous regardons *RuPaul's Drag Race* avec un énorme sachet de bonbons.

– Ça va, t'appréhendes pas ta deuxième séance demain ?

– Non, le courant passe bien avec ma psy. Et bizarrement, après la dernière fois, j'ai dormi comme un bébé.

– Je peux passer après si tu veux. On se fait une soirée Netflix ?

– OK!

Matt hésite, je sens qu'il a envie de me confier quelque chose.

– J'ai un scoop, mais c'est top secret...

Ouf! Changement de sujet, ça m'arrange. Mais c'est quoi, ce scoop? Je n'aime pas beaucoup la nouveauté, ça m'angoisse toujours un peu.

– Vas-y...

– J'ai rencontré quelqu'un.

– C'est pas vrai! C'est qui? Je le connais?

– Il... hum... il est à Saint-Augustin.

Un autre lycée de la ville, plus strict.

Je me suis redressée comme un ressort, un scoubidou à la fraise pendouillant de la bouche. Je dois avoir l'air d'un oisillon avec un ver dans le bec.

– Raconte!

– Eh bien... il s'appelle Simon, il est en première aussi. Il est doué en dessin et je l'ai rencontré à mon cours de modèle vivant.

– Homme nu ou femme nue?

– Un vieux, tout ridé. Pas facile à dessiner, c'est ça qui nous a rapprochés.

Je me demande si c'est le même qui était au stage de Sam. Si ça se trouve il n'y a qu'un seul modèle nu dans cette ville.

– On en est encore au tout début. On aime la même musique, les mêmes films. Je l'ai présenté à ma mère hier soir. C'était pas prévu, elle est rentrée plus tôt du boulot. Je crois qu'il te plaira, j'aimerais que tu le rencontres.

– AAAAH ! Je suis tellement contente pour toi, dis-je en le serrant dans mes bras.

Je suis sincère. Pour la première fois depuis une éternité, quelqu'un me confie ses histoires de cœur et je ne suis ni jalouse ni consternée de ne pas en avoir. Simplement ravie pour lui. Y a du progrès. Je m'améliore, on dirait.

– J'ai hâte de faire sa connaissance. Il faut qu'il passe le test, voir s'il est assez bien pour toi, dis-je alors que Matt se cache la tête dans les mains.

– En parlant de garçons… j'ai une question à te poser. Il paraît que Nick et toi, vous pensez que Josh n'a pas vraiment posé pour ASOS et qu'en plus il drague des filles de première sur Insta ? C'est vrai ?

Je suis beaucoup plus détachée depuis que j'ai compris à quoi j'avais échappé. Josh est un sale type et je ne veux rien avoir à faire avec lui.

– Je voulais te le dire depuis un moment, mais je ne savais pas si tu étais prête. Pour commencer, je pense qu'il n'est pas mannequin pour ASOS, parce qu'il faudrait déjà qu'il soit mannequin. Il aurait fait des photos pour d'autres marques. Or il n'a pas d'agence, aucun cliché de lui ne sort quand tu tapes son nom sur Google. La photo sur Insta, ça peut être un montage, il suffit d'avoir Photoshop.

C'est clair, je hoche la tête. Je suis tellement bête d'y avoir cru.

– Ensuite, il a dragué Tracey, une fille de ma classe. Elle m'a dit que ses histoires, ça ne collait pas. Genre, il lui racontait qu'il avait un shooting et elle le croisait dans la rue avec Claudia. C'est un menteur et, en plus, il n'est même pas doué.

– Quel loser. Pourquoi s'inventer une vie comme ça, alors que n'importe qui peut vérifier en deux clics ?

Matt hausse les épaules.

– Aucune idée, Kit Kat. Mais c'est pas un type bien. Il me fait penser à Terry. Alors bon débarras.

Oui, maintenant, j'en suis convaincue.

Vendredi 2 novembre

I_weigh : Toute une semaine au lycée sans incident méga gênant ni crise d'angoisse. HOURRA !

15 h 50

Cabinet de Sarah

Je pensais que ça me ferait drôle de venir ici toute seule, mais en fait, ça va. J'avais peur de me perdre, de rater mon rendez-vous. Finalement, je suis arrivée dix minutes en avance. Du coup, je contemple les citations au mur en me demandant de quoi on va parler aujourd'hui.

16 h 00

– Alors, comment s'est passée ta semaine ? me demande Sarah.

– Plutôt… bien, dis-je, surprise de pouvoir répondre sincèrement.

– Tu as eu des crises d'angoisse ?

– J'ai senti ma gorge se serrer, oui, mais quand je fais mes exercices de respiration, ça m'aide.

– Parfait ! s'exclame Sarah. Seulement, n'oublie pas que c'est tout un processus. Même si tu as une crise de panique assez forte, ça ne veut pas dire que tu régresses.

– OK.

– J'aimerais qu'on revienne plus en détail sur certains points qu'on a abordés la semaine dernière.

– OK.

– On a parlé de féminisme, tu veux qu'on creuse le sujet ?

– Euh… oui, bien sûr. Maman et Sandra – la mère de mon copain Matt – m'en ont parlé cet été… Du coup, je me suis dit que le féminisme m'aiderait peut-être à me sentir plus femme, mais je suis un peu perdue, en fait.

– Parce qu'à ton avis, c'est quoi, se sentir femme ?

17 h 00

Je viens de passer une heure dans une bulle à partager mes secrets avec quelqu'un, à analyser ma grille de loto des angoisses et à penser à des trucs que je préférerais oublier… ça fait bizarre de me retrouver tout à coup dans le monde réel. Je suis épuisée, et un peu mélancolique, même si globalement, c'était très positif. Mais parler autant de moi m'a fait prendre conscience que je n'avais pas une très bonne opinion de moi-même.

20 h 00

Sur le canapé avec Matt

– Je me demandais si tu voudrais venir manger une glace avec Simon et moi, demain ?

– OMG ! C'est le grand jour de la présentation aux parents ! dis-je en portant la main à mon cœur.

– J'annule mon invitation si tu ne sais pas te tenir.

– Désolée. Je serai sage. Ne fais pas ça ! Je veux venir !

Je suis tellement surexcitée et flattée. Je crois qu'aucun des amis de Matt n'a encore rencontré Simon. Je serai la première. J'ai trop hâte.

Samedi 3 novembre

I_weigh : Argh. Je n'ai pas bien dormi et je ne suis pas très en forme. Je me sens plus anxieuse que d'habitude et au bord des larmes.

14h00

En chemin

On a prévu de se retrouver devant le glacier, je dois donc aller seule au centre-ville. Le début du trajet dans mon quartier est plutôt calme et relaxant, mais plus j'approche de la ville, plus je stresse car je risque de croiser Claudia. Je suis en alerte maximale, hérissée comme un chat, mais heureusement, je suis bientôt arrivée.

14h05

Pourquoi le monde extérieur est-il aussi angoissant ? Bon, je n'ai plus que la rue à traverser, j'aperçois le glacier d'où je suis. J'y suis presque. J'attends juste que le feu change. Sauf que ma vision se brouille, il va falloir que je fasse un petit exercice de respiration.

Un... Deux... Trois...

Le feu est vert pour les piétons. J'y vais. Un pied devant l'autre, en continuant à respirer...

En fait, j'ai un peu peur du jugement de Simon. Et s'il ne m'aime pas ? Que Matt doit choisir entre nous deux ? Que Simon lui montre que je ne suis qu'un boulet ?

Putain, je ne l'ai même pas encore rencontré et j'envisage déjà le pire. *Chill*, Kate.

J'y suis. Je vais respirer un bon coup avant d'entrer pour ne pas faire sa connaissance en pleine crise d'angoisse.

14 h 08

Chez Scoops, le glacier

– Salut ! me lance Matt, un peu trop fort.

J'imagine que je ne suis pas la seule à être stressée.

Simon se lève.

– Tu dois être la fameuse Kate.

Il est plus grand que Matt, très brun. Bon, je ne veux pas que Matt prenne la grosse tête, alors je vais garder ça pour moi, mais il est canon.

– Et tu dois être le fameux Simon, je réponds.

Un peu bateau, mais ça passe.

– Ravi de te rencontrer. Selon Matt, tu es comme sa sœur.

Ça me touche tellement que j'ai envie de pleurer, mais je me retiens. Reprends-toi, Kate !

15 h 00

L'heure est passée en un clin d'œil. Simon est vraiment drôle et sympa. Je suis contente de voir Matt heureux, et avec quelqu'un qui a l'air de tenir à lui.

On lui a parlé de Claudiabolique et Josh la Grosse Merde – il a validé les surnoms. Du coup, il est en train de regarder le profil Insta de Josh.

– Il n'est pas mannequin ! décrète-t-il. Pas moyen. C'est un montage d'une photo de lui sur une page du site ASOS.

Je me sens tellement bête de ne pas l'avoir remarqué plus tôt.

– C'est vraiment idiot comme mensonge, je soupire.

– J'imagine qu'il voulait faire bonne impression dans son nouveau lycée, c'est pas évident d'arriver à la fin de l'année.

L'espace d'un instant, j'ai presque pitié de Josh. Il faut vraiment avoir une mauvaise image de soi pour se sentir obligé de s'inventer une vie dans l'espoir de se faire apprécier.

N'empêche, ça ne justifie pas de m'avoir traitée comme une moins que rien.

23 h 00

Dans mon lit

Je touche l'interrupteur trois fois.
Je me demande quand je n'en aurai plus besoin.

Pensée pas très féministe : 1
Me réjouir que Claudia ait gobé elle aussi l'histoire de mannequinat pour ASOS. Oups !

Lundi 5 novembre

I_weigh : Ma capacité à rire même dans les moments difficiles.

9 h 00

Assemblée

C'est l'horreur de se retrouver enfermée dans une pièce avec tous les élèves de seconde. Je n'étais pourtant pas claustrophobe, avant. Heureusement, je suis entre Sam et Millie. Je n'ai qu'à baisser les yeux et me concentrer sur ma respiration si je commence à paniquer.

– Bonjour, commence M. Clarke.

Je me demande quel thème il a choisi cette semaine. Ça ne sera jamais au niveau des dick pics.

– LE RECYCLAGE ! tonne-t-il.

Tous les élèves décrochent instantanément.

Je me sens beaucoup mieux, cependant. Alors que chacun fixe ses chaussures, prêt à endurer dix minutes d'ennui total, un bruit résonne au fond de la salle.

– PHOTOS DE PÉNIS !

C'est la voix du proviseur remixée.

Tout le monde explose de rire tandis que la voix poursuit avec :

– PA-PA-PARTIES INTIMES !

En fait, je commence à m'amuser.

Même Mme Mills porte la main à sa bouche pour s'empêcher de pouffer.

– ARRÊTEZ ÇA TOUT DE SUITE !

Écarlate, Clarke lève le poing, ce qui ajoute à l'hilarité générale.

– PHO-PHO-PHOTOS DE PÉ-PÉ-PÉÉNIS

Je reconnais le style de Krish. C'est un génie. Mais je remarque tout de même qu'une fois de plus, le patriarcat prend le dessus. Pourquoi faut-il que tout tourne toujours autour du pénis ?

Pensée pas très féministe : 1

Les blagues de bite, c'est drôle, mais les blagues de schneck, ça change un peu.

Mardi 6 novembre

I_weigh : Les inégalités salariales. Je suis sûre que mon petit frère Fred a plus d'argent de poche que moi, et en plus, il n'a pas à payer la taxe tampon. Le poids du patriarcat est réel, et pèse dans cette maison même.

17 h 00

Dans la salle de bains

Pourquoi ? Pourquoi pourquoi POURQUOI ? J'ai mes règles en avance. J'espérais pouvoir essayer ma nouvelle cup, plus petite, mais je ne l'ai pas encore reçue. C'est le problème, avec les règles. Dans les pubs, on a toujours l'impression que c'est un phénomène hautement prévisible et qu'on sait quand on va les avoir. Mais vous savez quoi ? C'EST FAUX ! ON NE SAIT JAMAIS. La menace pèse sur nous en permanence.

SURPRISE ! Ce n'était pas le jour à mettre une jupe blanche.

SURPRISE ! Tu te réveilles au milieu d'un bain de sang.
SURPRISE ! Tu aurais dû mettre une alèse en plastique !
MERCI, MÈRE NATURE.
Je me répète : Dieu n'est clairement pas une femme.

Pensée pas très féministe : 1
Je déteste avoir mes règles.

Mercredi 7 novembre

I_weigh : Le poids du mystère. Comment est-ce possible ? Ce n'est quand même pas si grand que ça là-dedans.

7 h 45

Dans la salle de bains

Où est passé le foutu cordon de ce foutu tampon ? Comme si ça ne suffisait pas que mes foutues règles se soient pointées avec une semaine d'avance, je n'arrive pas à retrouver le tampon que j'ai mis hier soir.

C'est arrivé à Sam et elle a failli devoir aller chez le médecin pour le faire retirer. Je me rappelle que sa sœur lui avait dit qu'il n'avait pas pu partir bien loin, que ce n'était pas la peine de paniquer. Effectivement, il ne peut pas remonter et ressortir par la bouche ou l'oreille en pleine conversation.

Mais… et si je n'étais pas comme les autres ? Personne n'a encore été vérifier tout ça. Est-ce que tous mes organes sont bien en place ? Qui sait, je pourrais être la seule fille au monde dont le tampon va se balader et ressort par le nez une semaine plus tard... avec un petit choc toxique en prime.

Bon, il faut que je garde mon calme, en me rappelant que c'est juste un tampon. Ce serait encore pire si j'avais égaré ma cup. Non en fait, il n'y a pas pire que faire rouler sa cup aux pieds du beau gosse du lycée. Donc j'ai déjà vécu le pire.

Bien, il faut que j'aille fouiller un peu plus en profondeur. Ça va, je suis une femme moderne. Mon vagin fait partie de moi, pas la peine d'avoir peur. Je vais me débrouiller.

Mon vagin sanguinolent ne me fait pas peur.

Mon vagin sanguinolent ne me fait pas peur.

Mon vagin sanguinolent ne me fait pas peur.

OMG. C'est poisseux, là-dedans. Bon. Je vais le trouver vite fait et le ressortir.

Bon sang (quelle blague), mais il est où ??? C'est pas vrai !

JE L'AI ! VICTOIRE !

Ouf, quel soulagement.

Je brandis la chose dans les airs comme un trophée. Genre chasseur et sa proie. Une petite souris sanglante.

Et dire qu'il va falloir en remettre un là-dedans.

Pensée pas très féministe : 1

Pourquoi mon vagin est-il si contrariant ?

Jeudi 8 novembre

8 h 00

J'attrape les dix mille tampons dont j'ai besoin pour endiguer mon flux torrentiel durant une journée de lycée. Heureusement que papa refait le stock chaque semaine quand il va au supermarché. Du coup, j'ai la chance de ne jamais être en rupture. En plus, je reçois ma nouvelle cup demain. Seconde tentative de passage à une protection plus éco-friendly. J'ai digéré la honte de la dernière fois, je suis prête à réessayer…

C'est alors que j'ai une idée de génie… pour une nouvelle action militante.

12 h 45

À la cafét'

– Je me demandais si vous seriez partantes pour une petite activité féministe après les cours demain ?

– OOOOH ! s'écrie Millie. Ça fait des siècles qu'on n'a pas fait de truc féministe ! Ce serait quoi ?

– Vous avez entendu parler de Free Periods ?

– Argh. C'est quand tu décides de ne pas mettre de tampon ni de serviette pour saigner librement partout ? panique Sam. Parce que je ne crois pas que je sois prête à faire ça au lycée.

– Moi non plus, murmure Millie en me fixant avec des yeux ronds comme un lapin pris dans les phares.

– Mais non ! je m'esclaffe. C'est une association qui fournit des protections à celles qui n'ont pas les moyens d'en acheter[1]. Pas seulement à l'étranger, ici aussi.

– Bah… comment elles font sans tampon, alors ? s'étonne Sam. Je ne comprends pas.

– Il y a plein de filles, peut-être même autour de nous, qui ne peuvent pas aller en cours une fois par mois et qui ratent leurs études à cause de ça. C'est affreux.

– C'est VRAIMENT terrible ! s'exclame Millie, stupéfaite par ces révélations.

– Et en plus, on paie des taxes sur les protections dans ce pays, car c'est apparemment considéré comme un produit de luxe.

– QUOI ? COMMENT ÇA UN PRODUIT DE LUXE ? s'égosille Millie.

– Bon, alors qu'est-ce qu'on va faire ?

Sam est toujours prête à passer à l'action. J'adore.

1. En France, l'association Règles Élémentaires lutte contre la précarité menstruelle (note de l'éditeur).

– J'ai eu une idée..., je commence, avec mon petit sourire machiavélique.

Sam pose son sandwich.

– Je viens de penser. Pourquoi on parle de règles en mangeant, sérieux ?

16 h 00

Dans ma chambre

On a disposé tout le matériel nécessaire par terre. Millie, Sam, Matt, Dave et Nick sont venus m'aider à faire un coup de pub pour la publication de mon premier article sur le blog du lycée.

– OK, alors voilà : sur les affiches, on va dessiner des serviettes ou des tampons ensanglantés. Vous pouvez chercher des modèles sur Google ou faire appel à votre imagination.

J'ignore la grimace dégoûtée des trois garçons.

– Puis en haut, on mettra « Feminist Friday soutient Freeperiods.org » et on punaisera les petits sacs en toile avec des protections hygiéniques dessus. Il nous en faut à peu près vingt pour couvrir tout le lycée. Alors au boulot ! Ça va saigner !

Alors que je tape dans mes mains, Matt, Nick et Dave me dévisagent comme si j'étais la chose la plus répugnante de la terre.

– Voilà pourquoi je ne traîne plus avec elle, explique Matt aux deux autres.

Le traître. Alors que vu que sa mère a peint leur façade en rouge, il devrait se sentir comme chez lui.

C'est trop drôle de voir les garçons manipuler les protections hygiéniques. Ils ne s'y prennent pas tous de la même manière. Dave les saisit entre le pouce et l'index comme des objets fragiles. Nick est plus à l'aise, il y va franchement. Sûrement parce qu'il a trois sœurs aînées et qu'il a dû en voir beaucoup dans sa vie. Ses dessins sont assez réalistes, d'ailleurs.

C'est Matt le pire. On dirait que les serviettes vont le mordre. À un moment, il laisse échapper un petit cri en lançant un tampon à l'autre bout de la pièce. La pauvre Béa le toise d'un regard navré.

Pendant ce temps, Sam, Millie et moi, on s'amuse beaucoup.

16 h 30

Atelier tampons suite

– On n'a plus de peinture rouge ! braille Millie. Et on a encore dix affiches à faire !

– Je m'en occupe ! J'ai une idée.

Je file dans la cuisine.

18 h 00

À table avec mes parents et mon frère

– Mais où est passé le ketchup ? Fred ! C'est toi qui l'as fini ?

Maman ne retrouvera hélas jamais son ketchup.

Car il est étalé sur nos affiches, sous mon lit.

Désolée.

18 h 15

Fred se doute que j'y suis pour quelque chose dans cette soudaine rupture de ketchup.

Je ne sais pas comment il a deviné parce qu'il n'était pas là.

Il me fixe en avalant ses frites nature, vidant de grands verres d'eau pour faire passer. S'il ne m'a pas dénoncée, c'est uniquement parce qu'il a la bouche pleine et qu'il a du mal à avaler. Je le sais, c'est pareil pour nous tous.

Pour être honnête, c'est aussi parce que papa a acheté des frites bio. Donc c'est en partie sa faute. Sans sel, sans huile, sans gras, juste des patates toutes sèches cuites au four. Je crois que même le ketchup n'y aurait pas changé grand-chose.

23 h 00

Dans mon lit

Je suis à la fois excitée et angoissée pour demain. Je n'en reviens pas d'avoir enfin lancé Feminist Friday. Il y a encore deux semaines, ça me semblait complètement impossible. Maintenant, je suis un peu stressée, certes, mais je l'ai fait et je suis fière d'avoir été au bout malgré mes peurs.

Je touche mon interrupteur trois fois, mais je sais que, vu les progrès que j'ai faits, un jour, je pourrai arrêter.

Vendredi 9 novembre

Feminist Friday n° 1

I_weigh : Le poids de la peur. Comment va être accueilli mon post sur le blog ? Va-t-on réussir à coller toutes les affiches avant le début des cours ? Et quels ennuis on va s'attirer cette fois ? Bon, on ne vandalise rien, ce n'est pas permanent. Je ne pense pas qu'on puisse être punis pour ça, si ?

7 h 30

– Je pars au lycée, saluuut ! je crie en filant retrouver les filles, mes affiches sous le bras, cachées dans un sac-poubelle.

J'entends mes parents émettre de petits bruits surpris dans mon dos, mais je détale si vite qu'ils n'ont pas le temps de me rattraper.

7h45

– Prêtes, les filles ?

– Allons repeindre ce lycée en rouge ! hurle Sam.

8h45

Quand les élèves sont arrivés, tout était en place :

1) article posté sur le blog, prêt à être lu ;

2) affiches accrochées partout dans le lycée.

Les gens les regardent, sortent leur téléphone. Surtout des filles. Les garçons ont plutôt tendance à se moquer. Fallait s'y attendre.

Claudia fait la grimace. Mais si ça la dégoûte, ça veut dire qu'elle se dégoûte elle-même. La pauvre.

11h00

Beaucoup de réactions sur le blog. Quelques garçons ont commenté, surtout pour demander : « À quand un article sur la masculinité ? C'est quand le jour des HOMMES ? »

C'est un peu triste parce que ça signifie qu'ils n'ont pas encore conscience du pouvoir et des avantages que les hommes ont depuis toujours. Que les femmes sont tenues à l'écart, rabaissées alors que le patriarcat contrôle tout. Ils n'ont pas besoin qu'on leur dédie un jour spécial, vu que toutes nos journées leur sont consacrées. Ou alors ils ont compris, mais ils estiment que c'est bien comme ça et dans ce cas, ils devraient retourner au XIXe siècle.

Mais la plupart des réactions ont été positives. Enfin jusqu'à ce qu'en plein cours de SVT, on me demande de passer voir M. Clarke à l'heure du déjeuner.

Putain !

La dernière fois que j'ai mené une action féministe, il n'était pas franchement enchanté. Mais cette fois, je n'ai rien endommagé, rien vandalisé. J'ai juste exposé des protections hygiéniques garnies de ketchup. S'il trouve ça choquant, faut qu'il grandisse un peu !

12 h 15

Devant le bureau du proviseur. Encore

J'attends que M. Clarke me fasse entrer. J'en appelle aux suffragettes pour me soutenir. Je prévois ce que je vais répondre : que les règles sont un phénomène naturel, un sujet important à aborder. Bref, qu'il aille se faire voir.

– KATERINA EVANS ! hurle-t-il derrière la porte.

Je me lève, prends une profonde inspiration et j'entre, d'un pas plus assuré que je ne le suis vraiment.

– Assieds-toi, Katerina.

Je m'installe sur la petite chaise face au bureau – cette chaise minuscule qui est sûrement conçue pour nous faire sentir encore plus minuscules face à lui.

– Bien, Kate... J'ai lu ton article sur le blog et je dois avouer que je suis très impressionné.

Alors là, je ne m'attendais pas à ça.

Enfin, il fait quand même une tête bizarre.

– Oh, merci, dis-je, méfiante.

Il doit y avoir un piège.

– Et j'ai vu tes affiches dans tout le lycée...

Il me toise d'un regard sévère (je crois ?), je vais donc sûrement avoir des ennuis. Sérieux ?

– Euh... oui, je marmonne en fixant le sol.

J'aimerais tellement que les filles soient avec moi pour ne pas être toute seule face à lui. D'ailleurs, pourquoi elles n'ont pas été convoquées aussi ?

– Bon, évidemment, il aurait mieux valu que tu demandes la permission avant d'accrocher... hum... ces essentiels...

Il est écarlate et là, je comprends que, s'il a ce drôle d'air, c'est parce qu'il est trop MAL À L'AISE.

– C'est... une communication... hum... incroyablement efficace, et qui a fait réagir de nombreux enseignants ce matin. Je n'avais certes pas conscience de l'étendue du problème. Comme tu le sais, dans cet établissement, nous tenons beaucoup à l'égalité des chances et... ça m'a fait un choc. Mme Mills a donc suggéré qu'on installe des boîtes de dons dans les toilettes afin que les filles qui le souhaitent puissent laisser... hum... des protections pour celles qui sont moins fortunées.

Je n'y crois pas. Super idée ! Quel dommage que M. Clarke ait l'air de vouloir disparaître sous terre.

– Si tu pouvais l'annoncer dans ton... euh... blog vendredi prochain et en expliquer le fonctionnement, je t'en serais reconnaissant. Merci.

Je souris comme une malade.

– Je vais également installer une boîte à l'accueil afin

de récolter les dons financiers du personnel et des visiteurs pour l'association Free Periods.

Je suis sous le choc, je ne pensais pas que mes actions pouvaient avoir un effet aussi rapide et direct. Ce n'est qu'à l'échelle d'un seul lycée, bien sûr, mais j'ai fait quelque chose de bien. Qui sait ce dont je suis capable ?

– Merci, monsieur, dis-je, extatique.

– Non, merci à toi d'avoir attiré mon attention sur ce sujet capital. Peut-être qu'on aura un peu moins d'absentéisme, désormais, hein ?

Il laisse échapper un petit rire gêné.

Les filles ne vont pas y croire quand je vais leur dire !

12 h 30

À la cafét'

Je picore mes spaghettis, bien trop excitée pour avaler quoi que ce soit. Je viens de raconter aux filles la conversation la plus embarrassante de l'histoire.

– OMG ! TU AS CHANGÉ LE MONDE ! s'exclame Sam. Tu as fait ce dont on rêve tous : tu as repéré une injustice et tu l'as réparée !

– Je suis content que nos œuvres d'art aient eu une telle portée, commente Nick, qui vient de nous rejoindre avec Dave et Matt pour fêter ça.

Ils sont désormais féministes et fiers de l'être. Et je suis assez fière d'eux, moi aussi. Il faut que je trouve comment les remercier d'avoir mis les mains dans le ketchup.

– Mais j'espère que c'était la première et la dernière fois que je dessinais un tampon, précise Matt.

Peut-être pas Matt, tout compte fait.

J'ai envoyé un message à ma mère pour lui dire que mon article avait atteint son but. Je n'ai pas parlé des affiches, je me sens un peu coupable, mais on a bien le droit de mentir par omission, parfois, hein ? De toute façon, je ne pense pas qu'elle m'en veuille d'avoir sacrifié le ketchup à une si grande cause.

J'ai hâte de raconter tout ça à mon père, aussi.

Même Fred vient de m'adresser un petit signe de tête, alors qu'en général, au lycée, il fait comme s'il ne me connaissait pas.

– Si on allait manger une glace avant la soirée de Salma, demain, pour fêter ça ? propose Millie.

– S'il y a du coulis de fraise, je suis partant, répond Matt en souriant.

Ce qui me surprend parce que je pensais qu'il préférerait rester avec Simon.

– Je peux ramener Simon ?

Aaah. Ça me fait chaud au cœur de le voir aussi heureux.

16 h 00

3e séance de thérapie

Je commence à prendre l'habitude. Ça me semble normal de venir ici. Du coup, ça ne me tracasse plus toute la journée. Un progrès ?

16 h 15

Sarah rit parce que je viens de lui raconter pour le blog et les affiches.

– Plus sérieusement, Kate, ce que tu as fait est extraordinaire. Non seulement, tu as écrit ton premier article, mais ça a été efficace, ça va aider d'autres personnes. Alors tu as l'impression d'être une vraie femme, maintenant ?

Je ne l'avais pas vue venir. Bon sang. Elle est douée.

17 h 15

Sur le chemin du retour

Le temps tourne enfin à l'hiver et je remarque que, bizarrement, j'ai toujours un peu froid après ma séance. Comme si mes angoisses me tenaient chaud ou bien que je m'étais tellement exposée que j'avais besoin d'une couche de protection supplémentaire pour revenir dans le monde réel.

La séance a été un peu plus dure après la question de Sarah. C'était chouette de raconter mes exploits, mais elle m'a coincée en me demandant ça. On est parties sur le regard que je porte sur moi-même, ma peur de ne pas être quelqu'un de bien, l'impression que je suis horrible dans le fond. Et je me suis mise à pleurer. Maintenant je me sens bizarre, j'avais passé une super journée, tout allait bien, mais ça m'a complètement retournée et je suis en larmes. J'imagine qu'on ne peut pas toujours aller de l'avant, qu'il faut accepter de faire parfois quelques pas en arrière. Et continuer.

ARGH.

19 h 00

Dans la cuisine

Papa est tellement fier de moi (pour mon action féministe et parce que je suis allée à ma séance toute seule) qu'il m'a fait mon plat préféré (spaghettis bolognaise) et maintenant on regarde *Bienvenue à Schitt's Creek* – c'est drôle et ça change les idées. Fred est chez Issy, je suis toute seule à la maison avec mes parents.

C'est plutôt cool et rassurant d'être entre ces deux zinzins, même si c'est vendredi et que je devrais passer la soirée dehors à faire la fête au lieu de regarder la télé.

Je suis sûrement la seule vieille fille de quinze ans au monde.

22 h 15

Avant de toucher mon interrupteur, je me fige. Avec Sarah, on en a parlé aujourd'hui.

Qu'est-ce qui se passerait si je ne le touchais pas ?

Toutes les horreurs qui pourraient arriver défilent dans mon esprit. J'ai accompli tant de choses aujourd'hui. Mon premier boulot de journaliste, l'installation de boîtes de collecte de protections périodiques, ma troisième séance de thérapie.

Peut-être que ce n'est pas pour aujourd'hui. Mais bientôt. Ce n'est pas un échec, j'y travaille. Je fais de mon mieux et c'est ce qui compte.

Samedi 10 novembre

I_weigh : Je suis angoissée pour la soirée, mais je vais être avec les autres et qui sait, je pourrais peut-être même m'amuser.

10 h 00

Je n'ai pas fermé l'œil de la nuit parce que je pensais à cette fête. J'ai très envie de me simplifier la vie et de ne pas y aller, mais je sais qu'IL FAUT que j'y aille. Ça fait partie de la thérapie. Je serai avec mes amis, ça va bien se passer.

14 h 00

Chez Scoops

Les garçons avaient l'air de croire qu'on allait partager nos glaces avec eux. On a dissipé ce malentendu tout de suite. Non, mais qu'est-ce qu'ils s'imaginent, sérieux ?

– Je porte un toast à KATE, LA REINE DES TAMPONS ! braille Sam en levant sa grosse coupe de sundae.

Je me cache la tête dans les mains alors qu'ils répètent tous en chœur ENCORE PLUS FORT, brandissant leurs cuillères.

Tout le monde se retourne pour nous regarder, même une table de personnes âgées, qui ont l'air un peu choquées. Elles feraient un malaise si on leur parlait de cups et de culottes de règles !

Simon participe gaiement à la conversation sur les règles – ça devient une sorte de rituel initiatique pour entrer dans la bande.

On est toujours en train de faire les andouilles quand on voit Josh passer devant la vitrine avec Tiffany (troisième dans la hiérarchie de la Bande de Bitches)... mais pas Claudia.

On se regarde, bouche bée.

– Qu'est-ce qu'il fabrique tout seul avec Tiffany ? s'étonne Matt.

On sait tous que Claudia n'approuverait pas.

D'un ton désinvolte, je lance :

– Ils couchent ensemble, sûrement !

– Mais non ! s'exclame Matt. Et s'il se tapait toute la bande... genre chacune son tour ?

On le regarde, bouche bée (encore).

– OK, je ne l'ai pas vu passer, mais sur les photos, il n'a pas l'air si beau que ça, affirme Simon. Il est pas mal, d'accord, mais pas assez bien pour toi, Kate. Trop banal. Il n'a pas l'air de faire quoi que ce soit à part prendre des selfies. Ennui mortel.

Waouh. Simon vient de régler son compte à l'homme qui m'a brisé le cœur devant tout le monde. Je lui en serai éternellement reconnaissante. J'ai presque envie de l'embrasser.

– Je crois que je t'aime, je lui susurre, radieuse.

– Bas les pattes ! C'est mon mec ! proteste Matt. Mais tu as raison… Il est tellement intelligent, dit-il avant de l'embrasser.

– Il va à la soirée avec Crottia ? demande Simon.

– Hélas, oui, je soupire, un peu vexée de ne pas avoir eu l'idée de la surnommer Crottia (Alerte ! Pensée pas très féministe).

– Génial. Je meurs d'envie de rencontrer ce couple de monstres en chair et en os ! se réjouit Simon.

18 h 00

Dans la chambre de Millie, sans les tourtereaux

On est tous allés chez Millie se préparer pour la soirée, ou pour ma part, m'efforcer de dompter mon angoisse. Fred et Issy étaient en train de se donner la becquée (du pop-corn) sur le canapé, alors on a fait mine de vomir, ce qui les a énervés. Je comprends. Mais pourquoi pensent-ils tous qu'il faut se faire manger l'un l'autre quand on est en couple ? Je parie qu'ils ont été influencés par Claudia et Josh – preuve que leurs répugnantes démonstrations d'affection en public pervertissent notre jeunesse.

On est presque prêtes. J'ai fait simple : minijupe, top noir, blouson en cuir, bottes en daim. Sam a un combishort et Millie une combinaison. On a vraiment l'air cool.

Bon, je n'ai pas fait trop d'efforts, j'avoue, mais j'adore cette tenue. En plus, je suis éco-friendly, il n'y a pas de honte à recycler des tenues quand on sait le mal que fait la *fast fashion* à l'environnement. Et puis, quand je suis stressée, je préfère me sentir à l'aise dans mes vêtements.

19 h 30

Chez Salma

Salma habite une sorte de palais de banlieue. Comment c'est possible d'être aussi riche ? Mieux, comment se fait-il que les parents possédant ce genre de propriété osent s'en aller en laissant les clés à leur progéniture ? Ils n'ont jamais vu un *teen movie* ou quoi ? En arrivant, nous trouvons Matt, Simon, Dave et Nick dans la cuisine, en train de regarder un crétin absolu essayer de boire un mètre de punch bleu dans un verre ridiculement haut. Du liquide coule sur son menton comme un bébé.

– Il va être malade, commente sagement Matt, en reculant. Et à ce moment-là, je préfère ne pas être dans les parages.

– Pourquoi les garçons hétéros font-ils systématiquement ce genre de trucs ? soupire Simon. S'il s'imagine impressionner les femmes, je peux vous certifier qu'aucune ne va craquer pour lui ce soir.

C'est vrai, toutes les filles présentes ont l'air plus horrifiées qu'autre chose. Il y en a même une qui se demande si on ne devrait pas appeler une ambulance dès maintenant parce que c'est super dangereux de boire autant, surtout qu'il ne sait même pas ce qu'il y a dedans.

– Bon, visiblement, on n'a rien raté, constate Sam.

– Rien, confirme Dave. Juste les mêmes bêtises puériles que d'habitude.

– Si on allait dans le jardin avant la débâcle ? je propose.

19 h 40

Dans le jardin, il y a des sculptures... intéressantes (comprendre : immondes). J'avais entendu dire que certaines personnes avaient plus d'argent que de goût, maintenant je le constate de mes propres yeux.

On est à cette fête depuis, genre, dix minutes, et je sens déjà que ça va être mouvementé. Comme ma psy m'a dit que l'alcool avait un effet dépresseur, je ne bois pas. Et bizarrement, je trouve que je m'amuse plus, en fait, sauf que je vois tout le monde se lâcher. Je dois quand même être un peu défoncée sans avoir touché à rien, vu le nuage de fumée qui flotte au-dessus du jardin.

Claudia et Josh viennent d'arriver avec la Bande de Bitches sur les talons, y compris Tiffany, la traîtresse. Claudia est presque habillée comme moi. Étant donné que j'ai déjà porté cette tenue souvent, je me dis que l'imitation est vraiment la forme de compliment la plus sincère.

L'une des « œuvres d'art » du jardin est un bassin avec un nu en pierre au milieu. Un homme très gâté par la nature. Je suis plus fascinée par son engin que par l'entrée remarquée que tente de faire Claudia, pour être honnête.

Je veux dire... c'est pas si gros, quand même ? Simon me rejoint et suit mon regard. Il passe son bras autour de mes épaules, et nous contemplons la fontaine ensemble.

– Jamais vu un truc de cette taille, soupire-t-il.

20 h 00

De retour dans la cuisine, intimidés par la longueur de l'engin

Voilà qu'un troisième crétin de première tente de boire un mètre de la concoction bleue mortelle – finalement on va avoir besoin d'un peloton complet d'ambulances. Il s'avère que ce n'est pas très palpitant de regarder les autres boire quand on est complètement sobre et en pleine possession de tous ses moyens. Au moins, je n'ai plus à m'inquiéter de ce que les gens pensent de moi, vu qu'ils se comportent de manière bien plus idiote que je n'en suis capable. Bon, je vais aller faire un tour aux toilettes. Faut bien s'occuper.

20 h 05

Devant la salle de bains

La porte est un peu dure à ouvrir, et j'ignore s'il y a quelqu'un à l'intérieur. J'ai frappé mais personne n'a répondu donc j'insiste. Je pousse sans doute un peu plus fort que nécessaire, mais j'ai vraiment envie et je me passerais bien d'ajouter « pisseuse » à ma liste d'humiliations du trimestre.

Au moment où je m'appuie de tout mon poids, forcément, la porte s'ouvre – et ma mâchoire se décroche. Devant moi, Josh se tortille sur le carrelage, tout nu. Mais il n'est pas avec Claudia, comme on aurait pu s'y attendre, ni même avec Tiffany. Sa partenaire n'est autre que la seconde en chef de la Bande de Bitches, Amélie.

– OH. MY. GOD, dis-je.

D'autres personnes ont aperçu la scène. Médusés, nous regardons Josh remonter son caleçon.

Je m'en veux un peu car, sous le choc, je n'ai pas pensé à jeter un coup d'œil à son engin.

ARGH, non, mais qu'est-ce que je raconte ? Je ne suis pas une #Tim version femme. C'est juste que je n'en ai jamais vu un en vrai d'aussi près. Je suis curieuse, pas creepy.

– CLAUDIAAAAAAAA !

Une autre bitche pousse un cri qu'on entend sans doute sur la lune.

– CLAUDIAAAAAAAA !

Elle va continuer comme ça jusqu'à ce que Claudia se ramène et constate de ses propres yeux, je suppose. Tout le monde se bouche les oreilles pour se protéger les tympans.

Je vois Claudia monter les escaliers.

Elle n'est pas contente.

– C'est quoi ton problème ? Pourquoi tu hurles mon nom comme un singe maniaque en plein accouplement... Oh... My... God..., fait-elle en ralentissant, fixant Josh et Amélie, qui s'efforcent encore de retrouver une allure décente.

Ils étaient vraiment dans leur truc, visiblement. Josh vient juste de retrouver son pantalon au fond de la baignoire. Même dans la panique, ils ont du mal à se rhabiller. J'ai vu les seins d'Amélie deux fois, elle n'arrive pas à les fourrer dans son soutien-gorge. Et le pénis de Josh est peut-être de retour dans son caleçon, mais il est encore prêt à l'action.

Enfin, bref...

C'est comme si le temps s'était figé. Claudia les fixe sans un mot ; Josh et Amélie fixent le sol, évitant de croiser son regard. Je comprends enfin l'expression « La tension était palpable ». Épaisse et tendue. Sorti de nulle part, l'un des losers buveurs d'alcool fend la foule. Clairement pas conscient de ce qui se passe autour de lui, il s'engouffre dans la salle de bains, et rate les toilettes, laissant Josh et Amélie non seulement en disgrâce mais aussi couverts de vomi.

Je suppose que la débâcle a commencé.

20 h 10

Tension à son comble

Le vomi a rompu la magie, enfin, si l'on peut dire. Claudia a arrêté de les fixer comme si elle essayait de les atomiser par le regard.

– RHAAAAAA ! rugit-elle en dévalant les escaliers en furie.

Le reste des bitches lui emboîte le pas. Pressées, mais un peu déboussolées, toutes conscientes que la place convoitée d'Amélie est maintenant à prendre. Personne n'a jamais osé contrarier Claudia – sauf moi – et nous savons tous ce que cela m'a apporté, et encore c'était juste pour un lapin en peluche.

Je commence à descendre pour rejoindre les autres et leur raconter ce qui s'est passé quand je me rends compte que tous les gens de la soirée sont tassés dans l'escalier, à contempler la scène. J'aperçois Simon et Matt qui secouent la tête.

– Je me répète, dit Matt, mais tu as eu de la chance, Kate. Franchement, il est décevant, à tous les niveaux.

Simon acquiesce.

– Même en bas, précise-t-il. Une catastrophe.

20 h 30

Dans le jardin, au bord de la fontaine bien montée

Avec les filles, on regarde Claudia hurler sur Josh. Elles sont assez fières de moi pour la tournure que prend la soirée. On est trop loin pour entendre ce qu'il marmonne, mais on distingue parfaitement ce qu'elle lui crie. Elle a traité Amélie de salope un nombre incalculable de fois. Elle l'a aussi appelée sale pute, et a suggéré qu'elle avait une IST. Quel travail de sape pour le féminisme et les femmes en général. Les autres bitches s'agitent autour d'elle. Je note que Tiffany est en lice pour prendre la plus haute place dans la hiérarchie du groupe, même si elle a un petit secret avec Josh également. Matt et Simon viennent de sortir de la maison, l'air surexcités.

– Oh là là ! Vous n'allez pas nous croire ! s'exclame Matt.

– Quoi ? Qu'est-ce qu'il y a ?

Je n'ai pas vu Millie aussi survoltée depuis la fin de *Game of Thrones*.

– Eh bien, il y a une vingtaine de filles de première qui ont des dick pics de Josh sur leur téléphone. Qu'il leur a envoyées, précise Simon.

– Sérieux ? je m'écrie. Il fait une campagne de pub ou quoi ?

– C'était un bruit qui courait, mais avec ce qui vient de se passer, ça a éclaté, explique Matt.

– S'il y a déjà vingt filles présentes ici qui l'ont reçue, vous imaginez combien il en a envoyé, dans tout le lycée ? Et pendant ce temps, il sortait avec Claudia, soupire Simon.

J'ai le cœur qui se serre, ce n'est pas de la jalousie, mais un peu quand même. Je suis vraiment une piètre féministe. TROP NULLE. Ou alors je suis simplement humaine ? Sérieux, je suis là à me demander pourquoi il ne m'a pas jugée assez sexy pour m'envoyer une photo de sa bite alors qu'il le fait visiblement à chaque fille qu'il croise ? NON MAIS ÇA VA PAS BIEN DANS MA TÊTE !

– Il ne m'a jamais envoyé de photo, dis-je. Dieu merci.

Voilà qui est mieux.

– Ouais, crois-moi, tu n'en veux pas, affirme Simon. J'ai vu mieux.

La tête de Matt… J'imagine qu'ils vont avoir une petite conversation fort intéressante plus tard.

Juste à ce moment, Claudia passe devant nous et rentre dans la maison.

– Je ne veux pas voir ça, soupire Sam. Je n'aime pas Claudia mais s'il a envoyé ça à toutes les premières, et qu'il est sorti avec au moins deux filles de la bande, il a sans doute fait pire. Il faut la prévenir de l'étendue du désastre. Je le répète, je n'aime pas Claudia, mais je crois que, maintenant, je déteste encore plus Josh. Et en tant que féministe...

Elle lève les mains. Millie et moi, nous acquiesçons et nous partons à la recherche de Claudia.

20 h 45

Dans la bibliothèque

Qui a une vraie bibliothèque chez soi ?! ? Avec une énorme mappemonde, et une carafe à whisky. J'ai l'impression d'être dans un épisode des *Gilmore Girls*. Claudia est assise toute seule, dans un coin. Et, contre toute attente, elle est en larmes. Jamais je n'aurais imaginé ça d'elle. En principe, quand quelqu'un pleure, on essaie de le réconforter, mais là, on reste plantées devant elle sans oser la toucher, de peur d'être changée en pierre ou de prendre feu.

– Claudia ?

Je me rapproche petit à petit. Elle n'est pas en état de me donner des coups de pied ni de s'en prendre à moi, et il faut bien que quelqu'un l'aide. Josh ne peut pas s'en tirer comme ça !

Comme elle ne répond pas, je continue, en espérant qu'elle va relever la tête, sans me frapper si possible.

– Claudia, on sait que tu es bouleversée, mais il faut que tu saches...

D'un signe de tête, Millie et Sam m'encouragent à poursuivre.

– On a vu Josh avec Tiffany aujourd'hui. Et puis, on a entendu dire qu'il avait essayé de sortir avec une première mais qu'elle avait refusé. Et enfin… ce qui s'est passé tout à l'heure dans la salle de bains, ça a fait parler… Et il s'avère… il s'avère qu'il a envoyé à au moins vingt filles des photos de sa hum… bite.

J'hésite à conclure sur ces mots, mais je n'ai plus rien à ajouter, hélas.

Claudia lève lentement vers moi son visage ruisselant de larmes, plissant les yeux. On dirait qu'elle va me sauter à la gorge, parce qu'il faut bien l'avouer, elle m'a toujours, toujours détestée. Elle va sûrement me flanquer une claque et ce sera reparti pour des mois à me répéter quotidiennement que je suis une grosse naze. Elle est écarlate et me fixe sans cligner des paupières plus longtemps que je ne le pensais humainement possible. Elle va finir par avoir mal aux yeux.

Si elle me tue, mes derniers mots auront été « photos de sa bite ». Triste mort pour une féministe.

– Quoi ? finit-elle par articuler.

– Il la sort à tout bout de champ, meuf, dit Millie avec un geste explicite.

– RAAAAAHHHHHH !

Claudia hurle comme une hyène.

– Il va regretter d'avoir vu le jour ! Je vais lui faire payer. Il va PAYER, putain ! Personne ne fait passer Claudia pour une quiche !

Je me mords la lèvre pour ne pas rire parce que j'imagine Claudia avec une tête de quiche, et c'est trop drôle. Je sais que si je commence à pouffer, je suis morte. Mais je vois les épaules de Millie trembler légèrement et Sam plaquer sa main sur sa bouche. Je parie qu'elles voient aussi Claudia la quiche dans leur tête.

– J'ai une idée, dis-je.

21 h 15

Dans le jardin, réunion autour de la fontaine à bite

Claudia est à peine sortie de la bibliothèque que les gens se mettent à la suivre. Maintenant, nous l'encadrons et tout le monde suit derrière. Un peu comme dans le conte du joueur de flûte.

Personne n'a vu Amélie depuis un moment mais j'ai cru apercevoir ses chaussures qui dépassent des buissons et, en tendant l'oreille, je distingue un sanglot de temps à autre. J'irais bien la voir, mais je ne veux pas non plus attirer l'attention sur elle. Elle ne serait sans doute pas ravie, pas plus que Claudia qui se réjouit déjà de sa future vengeance.

– Claudia ! s'exclame Josh. Je peux tout t'expliquer. Ce n'est pas ce que tu crois. Tu dois te poser des questions, mais je peux y répondre, promis !

– Oui, effectivement, j'ai des questions !

– Vas-y. Je répondrai. Laisse-moi juste une chance de m'expliquer ! Amélie s'est jetée sur moi ! Elle ne me plaît même pas. Viens, allons discuter dans un endroit tranquille. Loin des regards.

– Non, je suis bien ici, et d'après ce qu'on dit, tu n'as pas été particulièrement discret de toute façon.

Il fait le gars qui n'a aucune idée de ce dont elle parle, haussant les sourcils et les épaules d'un air innocent. Mais franchement, on sait qu'il joue la comédie, et toutes les filles qui ont une photo de son machin peuvent le prouver.

– Qui ici a reçu une photo du pénis de mon petit ami chéri ? demande Claudia, perchée sur une jardinière.

– Moi ! fait une voix.

– Moi !

– Moi aussi.

– Pareil !

– *Me too*, fait une fille plus spirituelle que les autres.

– Ouais, *me too* ! renchérit une autre.

Les voix montent de partout dans le jardin, certaines s'échappent même de la cuisine. À un moment, on entend aboyer chez le voisin et franchement ça n'étonnerait personne si ce pauvre chien avait reçu une photo lui aussi. C'est notre petit moment #TimesUp.

Ce qui me dépasse, c'est comment Josh a pu croire qu'il allait s'en tirer sans souci. Que personne n'en parlerait ? Qu'aucune fille n'oserait se confier à quelqu'un ? Non, mais je me demande même si c'est légal ! C'est interdit de s'exhiber en pleine rue alors ce doit être pareil de forcer les gens à voir ça sur leur téléphone, non ? J'aurais dû être plus attentive à ce que racontait M. Clarke, l'autre jour, à l'assemblée, au lieu de rigoler.

Il y a un bruissement dans les buissons et Amélie apparaît.

– Non, mais sérieux, Josh ? Tu m'as dit que j'étais spéciale. Que tu allais rompre avec Claudia pour qu'on sorte ensemble. Tu m'as dit que Claudia n'était même pas une bonne amie et qu'elle me bitchait en permanence dans mon dos !

Elle est en larmes. Pas étonnant. Le salaud.

– Et moi ! s'écrie Tiffany. Il m'a dit que tu le trompais, Claudia, et que vous alliez casser. Que tu répétais sans arrêt que j'étais moche et que personne ne voudrait jamais de moi.

– N'importe quoi ! Je n'ai jamais dit ça ! Et je ne l'ai pas trompé !

Claudia est furieuse et, pour une fois, elle paraît presque humaine. Moi qui ai toujours cru qu'elle était incapable de la moindre émotion... voilà qu'elle en a éprouvé deux en moins d'une heure !

– Et qui souhaitait réellement voir cette photo ? Qui l'avait réclamée ? Qui avait envie de la recevoir ? poursuit Claudia.

Toutes les filles secouent la tête. Josh est rouge tomate. On le serait à moins. Qui lui a fait croire qu'il pouvait se comporter ainsi ? Je n'en reviens pas d'avoir crushé sur ce minable.

Simon et Matt secouent la tête, l'air réprobateur, en pouffant. Josh les dégoûte mais, en même temps, ça a l'air de les amuser d'assister à sa chute. En tout cas, ils avaient raison : ce n'est vraiment pas un mec bien. Et dire qu'il se prétendait féministe, il appréciait supposément mon côté « woke ».

– Eh bien, tu vois, Josh. Personne ne veut de toi ni de ton misérable petit pénis. Tu ne pourras plus approcher une seule fille et je vais m'assurer personnellement que ta vie soit un enfer au lycée, promet Claudia.

Elle l'a déjà fait, et pour moins que ça, je peux témoigner.

– Fous le camp et ne me rappelle plus, ni moi, ni aucune d'entre nous, espèce de sale, sale connard.

Nous le regardons s'éloigner, mais soudain, retrouvant un second souffle, il se retourne pour cracher :

– De toute façon, je suis sorti avec toi parce que tu étais populaire, mais c'est uniquement parce qu'ils ont tous peur de toi. Tout le monde pense que tu n'es qu'une sale pute.

Waouh. C'est peut-être ce que j'ai toujours pensé depuis l'incident-du-doudou, mais je trouve ça vraiment violent pour Claudia. Je deviens sûrement de plus en plus féministe.

Alors que Josh tourne les talons, Simon s'avance. Et, comme si la scène se déroulait au ralenti, je vois Simon le pousser et *splash !* Josh tomber dans la fontaine. Le voilà affalé sous le jet qui semble sortir du pénis de la statue, punition parfaite pour ses crimes.

– Au fait, Josh ? reprend Claudia. Tout le monde sait que tu n'es pas mannequin. Non mais sérieux... retoucher une photo pour faire croire que t'as posé pour ASOS ?

La foule étouffe un cri. Josh est carrément cramoisi, ses cheveux trempés collés au front sous le perpétuel jet de fausse urine.

#Tim vient à son secours et lui tend la main pour le sortir de la fontaine. Étant donné que Josh vient de lui voler la couronne des gros nazes, il veut sans doute lui demander des conseils.

– Qui l'aurait cru ? Même les beaux mecs peuvent être des sales queutards menteurs, en fin de compte, commente Matt.

– Amen, acquiesce Simon.

Je suis enfin convaincue que je vaux mieux que ça.

22 h 30

Nous migrons vers la cuisine, maintenant qu'il n'y a plus de drama dans le jardin. Claudia et ses bitches s'enferment dans la bibliothèque pour tenir une réunion de crise.

Je n'ose pas imaginer ce que ça fait d'être trahie par ses amies de cette façon. Tout ce que je sais, c'est que les miennes ne feraient jamais ça. J'ai beaucoup de chance de les avoir.

Minuit

Dans mon lit

Qui aurait pu prévoir tout ça, hein ?

Le plus important, c'est que j'ai RÉUSSI ! Je suis allée à cette fête, c'était cool, et tout s'est bien passé (pour moi, en tout cas) ! J'avais tellement peur de faire tapisserie parce que je n'avais pas de copain et que je ne buvais pas... ou d'avoir une crise d'angoisse et de me taper la honte en plein milieu de la soirée mais en fait, ce soir :

1) Je me suis bien amusée.

2) Je n'ai pas bu et alors ?

3) Même si j'étais la seule célib' du groupe, je n'ai pas eu l'impression d'être sur la touche une seule fois.

Et j'ai enfin pris la mesure de la nullité absolue de Josh. Je n'en reviens pas d'avoir perdu mon temps avec lui. Je n'en reviens pas non plus qu'on ait aidé Claudia, mais je pense qu'on peut en être fières.

J'aimerais m'endormir sans faire le rituel de l'interrupteur. Mais je pense à mes amis, à cette super soirée... et tout à coup, j'ai peur de perdre tout ça. De me réveiller demain matin et que ça se soit envolé.

Je touche mon interrupteur trois fois, en espérant qu'un jour, je n'en aurai plus besoin.

Pensée pas très féministe : 1

Avoir été jalouse une seconde de ne pas avoir reçu de dick pic. Non mais sérieux...

Vendredi 14 décembre

Aujourd'hui, c'est la pièce… ET MON ANNIV'

I_weigh : Le poids de seize années complètes. Et trois boîtes de tampons (explications à venir).

7h00

Chambre d'anniversaire

J'entends farfouiller devant la porte de ma chambre. Non, mais sérieux… La poignée s'agite et mon père demande :

– T'es présentable ? ON PEUT ENTRER ?

Je m'enroule dans ma couette avant de répondre par l'affirmative.

– Joyeux anniversaire ! me crient Millie, Sam, papa, Fred, maman, Issy et Matt en entrant.

Millie et Sam sont déguisées en tigresses, va savoir pourquoi. La pauvre Béa saute sur mon lit, espérant sans doute que je la délivre de son petit chapeau en papier.

Je m'attendais à mes parents, mais pas à toute la bande ! Ils ont dû se lever aux aurores.

– LES CADEAUX ! décrète Millie.

Il y a deux mois, je pensais passer mon anniv' toute seule parce que les filles m'auraient laissée tomber et auraient fait la fête avec Claudia sans moi. Et finalement, je n'ai jamais été aussi bien entourée que pour ce seizième anniversaire. On n'est pas trop grandes pour les surprises, il faut croire.

– Euh… pourquoi vous êtes déguisées en tigres, déjà ? demande Matt.

– Parce que Kate adore les tigresses, affirme Millie. Elle nous l'a dit l'autre fois quand on avait notre maquillage à rayures.

8 h 30

Cour de récréation

C'est la pièce de théâtre du lycée ce soir. ENFIN ! Millie et Nick répètent leurs grandes scènes de baiser en permanence. On va finir par se lasser de les regarder s'embrasser alors que la pièce n'a même pas commencé.

On termine l'année en beauté : on a prévu une dernière action féministe de haut vol pour la fin du trimestre. En fait, en travaillant sur *Roméo et Juliette*, Millie et Nick se sont aperçus que ce n'était pas la pièce la plus féministe qui soit…

– POUSSEZ-VOUS !

Claudia nous rentre dedans, encadrée par sa bande. Elle n'a vraiment pas mis longtemps à redevenir elle-même après les révélations sur Josh et le fiasco de la fontaine. Au début, elle a essayé d'être plus gentille avec nous, mais, en fait, ça nous mettait mal à l'aise. Elle a fait payer Amélie et Tiffany en leur faisant faire des corvées pour elle pendant une semaine avant d'avoir une sorte de prise de conscience pseudo-féministe que, comme elle, elles s'étaient fait avoir par Josh – si bien qu'elles ont été réintégrées dans la bande. À mon avis, c'est surtout que, la bande se réduisant, elle avait peur que son influence diminue aussi. Mais elle a récupéré tout son pouvoir de nuisance maintenant, et plus encore. Comme si de rien n'était.

Aujourd'hui, pour le dernier Feminist Friday du trimestre, j'ai posté un article sur la santé mentale des femmes. Un peu angoissant mais je voulais lancer la discussion. C'est impossible que je sois la seule personne du lycée à avoir ce genre de problèmes. Or je sais que c'est encore plus dur quand on s'imagine être un cas isolé, une bizarrerie de la nature, alors il me semblait important d'être honnête. Les filles et Matt m'aideront à remettre à leur place tous ceux qui feraient des remarques désobligeantes. Et si la parole se libère, on pourra se soutenir les uns les autres. Les gens me trouvent courageuse d'aborder le sujet, mais je l'ai fait autant pour moi que pour les autres. Une manière de reprendre le contrôle de ma vie.

10 h 00

Devoir sur *Macbeth* rendu. Terminé. Finito. Immense soulagement. Je ne veux plus jamais le revoir.

19 h 00

Assemblée

Millie a été sur les nerfs toute la journée. Je la comprends, jouer une pièce, c'est stressant… mais pour ne rien arranger, il y a la mère de Sophie dans le public. Millie nous a déjà fait venir trois fois dans les coulisses depuis qu'elle est arrivée à 18 h 30.

1) Pour revoir le plan avec nous et vérifier qu'on pense toujours que c'est une bonne idée – c'est une excellente idée.

2) Pour nous demander pour la millionième fois si on pense qu'elle risque d'être suspendue à cause de ça. J'ai dit non. Sam a dit non. Seulement, on ne peut pas lui garantir à cent pour cent. Mais être suspendue pour une action féministe, ça va, non ? Bon, peut-être pas, en fait. C'est quand même une suspension. Donc on croise les doigts ! De toute façon, si elle tombe, on tombe tous avec elle. C'est le pacte.

3) Pour qu'on lui apporte un sac en papier pour respirer dedans. Heureusement, j'ai l'habitude d'avoir du mal à reprendre mon souffle donc j'ai pu l'aider. Je pense que Nick est aussi extrêmement nerveux, surtout que maintenant ils sont séparés dans les vestiaires des filles et des garçons. Selon M. Clarke, c'est pour éviter toute « interaction ». Entendre cette expression dans sa bouche a suffi, je pense, à décourager toutes les velléités. Il ne s'est visiblement pas aperçu que les filles qui jouent la nourrice et la mère de Juliette sortent ensemble. C'est trop pour son cerveau de dinosaure.

Dave nous a gardé des places au milieu de la salle, assez près pour bien voir, mais assez loin pour que Millie ne soit pas gênée de nous avoir sous le nez. La mère de Sam est venue féliciter sa fille pour les décors en s'exclamant que c'était GÉNIAAAL, tout ça. En même temps, c'est vrai. Elle a assuré grave et en plus elle a rendu son book à temps. C'est SuperSam.

J'ai vu Claudia et sa bande arriver. Elle est passée devant moi comme si je n'existais pas – vous n'imaginez pas le bonheur pour moi.

Elle s'est assise à l'arrière avec ses bitches, pour bien faire comprendre à tout le monde qu'elle est au-dessus de tout. Elle est juste venue parce que le reste du lycée est là. Quel ennui de ne jamais faire ce qu'on a envie, et de mener une vie factice, régie par la FOMO.

19 h 10

Vingt minutes avant les trois coups

Simon et Matt nous ont rejointes et nous sommes surexcités. Je suis en train de me dire que c'est cool d'être là avec tout le monde, pour encourager ma meilleure amie, quand je vois Josh la Grosse Merde s'approcher de moi dans l'allée.

Il a fait quelques tentatives ces dernières semaines – me tourner autour, essayer d'attirer mon attention avec son nouveau meilleur ami #Tim. Je ne sais pas vraiment ce qu'il veut, mais je ne suis pas intéressée. J'ai enfin acquis la certitude que c'est lui, le loser, et pas moi. Je préfère être seule que mal accompagnée (= avec quelqu'un comme lui). On ne sait même pas s'il sera encore là l'année prochaine, de toute façon. Suite à des plaintes de parents, le lycée a commencé à enquêter à son sujet – c'est-à-dire à rassembler des preuves pour le renvoyer. Ça ne devrait pas être dur vu que presque toutes les élèves ont ses photos sur leur téléphone. Je ne sais pas ce qui prend autant de temps, pour être honnête.

Il s'installe à côté de moi et #Tim à côté de lui. Il y a trois mois, ça m'aurait électrisée, j'aurais eu du mal à respirer et j'aurais laissé échapper un bruit bizarre au lieu de parler. Aujourd'hui, ça me donne la chair de poule d'être près de lui, mais dans un mauvais sens. Il est encore pire que #Tim.

– Au fait, je me disais, Kate, qu'on n'avait jamais vraiment pu sortir ensemble, embraye-t-il sans même me dire bonjour.

Waouh. Non, mais il ne va quand même pas oser... Évidemment, je n'ai AUCUNE envie de sortir avec lui. Je décide de le laisser poursuivre quand même. Pour avoir la satisfaction de l'envoyer bouler.

– Je... je me demandais, si... peut-être ? Tu sais ? Si tu... ? OK, tu ne vas pas m'obliger à le dire, si ?

Oh que si.

Je le fixe droit dans les yeux. Il va falloir qu'il finisse sa phrase. Le goujat absolu, après tout ce qu'il a fait. À moi, à Claudia, à presque toutes les filles du lycée qui ont dû supporter la vision de son pénis tout moche.

D'accord, je ne peux pas lui mettre sur le dos ma mauvaise estime de moi ni mon anxiété. Ça n'a pas commencé avec lui... mais j'avais du mal à croire que je méritais mieux, et maintenant je sais que je mérite TELLEMENT mieux.

– Bon... Alors... tu, euh, tu voudrais sortir avec moi, un jour ? finit-il par cracher.

Le culot.

– Non, merci, dis-je.

Posé, digne, clair. Deux mots. Il ne mérite pas plus.

– Hein ? Mais je pensais que je te plaisais... Et tes amis ont tous des copains... Comme ça, tu serais en couple aussi. Ça ferait un nombre pair. Je... j'étais pas prêt au début de l'année, je prenais encore mes marques dans ce lycée et j'ai pensé que Claudia était la mieux placée pour être ma petite amie.

Quoi ? Comme si c'était une raison pour sortir avec quelqu'un ! Avoir un mec pour qu'on soit un nombre pair ??? Il va voir ce que j'en pense de sa proposition, moi !

– Je me répète : non merci. Je doute fort que mes amis et moi, on accepte de te supporter juste pour ne pas être un « nombre impair ». En fait, je suis presque sûre que je préférerais me faire dévorer vivante par un ours enragé tout en me faisant pisser dessus par un écureuil plutôt que de sortir avec toi.

Sur ma gauche, Simon, Matt et Dave se mettent à applaudir, et Sam lui fait signe qu'il est temps de dégager maintenant.

– Sans oublier que nous avons tous vu comment tu te comportes avec tes petites amies, et franchement, qui voudrait sortir avec un sale traître en qui on ne peut pas avoir confiance deux secondes ?

J'y ai peut-être été un peu fort.

Matt passe son bras autour de mes épaules.

– Autre chose, Josh ? demande-t-il en souriant gentiment.

– Cinglée, marmonne Josh avant de s'éloigner.

– JE TE DEMANDE PARDON ? hurle Sam en se levant d'un bond.

– Tout le monde sait qu'elle est folle, insiste-t-il.

Dave se lève aussi, les poings serrés, bientôt imité par Matt et Simon.

– Quoi ? fait Matt. Je ne trouve pas ça tellement fou de refuser de sortir avec un mec qui est un LOSER qui a envoyé des dick pics à la moitié du lycée et qui s'est fait jeter. Qu'y a-t-il de dingue à avoir assez d'estime de soi pour savoir qu'elle vaut un million de fois mieux que toi ?

– Exact, je confirme. Va-t'en, Josh, tu gâches notre soirée avec ton mauvais karma.

– Losers, marmotte-t-il en s'éloignant, avec ce pitoyable #Tim sur les talons.

Matt me serre fort dans ses bras.

Je me rends compte que si je laisse quelqu'un entrer dans ma vie sentimentale, il va falloir qu'il soit assez génial pour s'intégrer. J'ai mes amis, ma famille, mon combat féministe, j'écris… Une vie déjà bien remplie. La barre est haute et c'est bien normal.

19 h 30

#Tim a emmené Josh s'asseoir au dernier rang. Il a des jumelles et je suis cent pour cent sûre que ce n'est pas parce qu'il a une mauvaise vue. Faut surveiller qu'il garde bien les deux mains sur ses jumelles en permanence, pitié.

Les lumières s'éteignent et Sam, Dave, Matt, Simon et moi, nous nous donnons la main. Surexcités et fiers, nous avons hâte de voir Millie et Nick sur scène.

21 h 00

OMG, que c'est long, Roméo et Juliette

Allongée sur scène, Millie s'efforce de rester complètement immobile et de faire mine de ne pas respirer. Sauf qu'on voit sa poitrine se soulever de temps à autre car elle doit respirer si elle ne veut pas mourir, forcément. Nick est à ses côtés, une fiole de poison dans les mains.

– « Avec ce baiser…

Il l'embrasse (je suis presque sûre de l'avoir vu glisser sa langue d'ici), brandit le poison, le boit, agrippe théâtralement sa gorge, puis…

– JE MEURS. »

Il tombe par terre, en surjouant un peu la mort, pour être honnête. Mais pas autant que le gars qui joue Mercutio et qui, manifestement jaloux de ne pas être Roméo, a fait durer sa mort SIX MINUTES en se traînant sur toute la longueur de la scène.

À Millie de jouer maintenant – de faire ce qu'on a prévu. Elle s'assoit, regarde Nick avec une tendresse sincère (j'espère vraiment que personne n'a dit à la mère de Sophie qu'ils étaient ensemble pour qu'elle trouve leur couple criant de vérité), puis elle fronce les sourcils, l'air furieux, et s'exclame :

– NOOOON ! Pourquoi as-tu fait ça, espèce d'idiot ? Je t'ai envoyé tant de signaux, comment se fait-il que tu n'aies pas compris le plan ? Tant pis ! Je ne me tuerai pas pour suivre un homme dans la mort. Les femmes ont suivi les hommes pendant des siècles, ça suffit ! Plus jamais !

Sur ces mots, Millie tend la main dans son dos pour tirer le cordon secret que Sam a caché dans le décor et qui fait tomber un grand panneau :

#ASSEMBLEEFEMINISTE
6 janvier, 12 h 30, salle 404

À l'occasion de l'anniversaire de #TimesUp aux Golden Globes, nous allons lancer notre propre mouvement féministe au lycée.

– Rejoignez-nous le 6 janvier ! Il est temps de prendre les choses en main. ET DE VAINCRE LE PATRIARCAT ! crie Millie.

– PROTECTIONS GRATUITES POUR TOUTES ! À BAS LA TAXE SUR LES TAMPONS ! crie Nick, revenant à la vie.

Il aide Millie à prendre un carton de protections hygiéniques sous leur lit de mort pour les jeter dans le public.

C'est le signal.

Nous nous levons tous pour faire pleuvoir des tampons.

Je regarde autour de moi : mes amis qui les lancent par poignées ; les enseignants qui prennent des serviettes dans la figure ; M. Clarke avec une cup sur la tête, comme un chapeau, et la mère de Sophie debout, qui applaudit, un tampon à la main.

En fait, je crois que mes seize ans pourraient bien être la meilleure année de ma vie (jusqu'ici) !

Repères pour toutes les apprenties féministes

Kate Evans

1) Le féminisme, ce n'est pas avoir raison ou être parfaite. C'est aider les autres femmes, s'épauler mutuellement au lieu d'être en compétition. Ce n'est pas une histoire de jugement mais de soutien.

2) Les hommes aussi peuvent être féministes. Et quand ils se comportent mal, ça en dit plus sur eux que sur nous. C'est eux qui ont un problème. Ce n'est pas parce que, vous et moi, on a mal agi.

3) Il y a différentes tailles de cup. Il y en a sans doute une qui te conviendra – après quelques contorsions pour la mettre en place. Mais tout le monde est différent et PERSONNE ne peut te dire comment tu dois gérer tes règles.

4) Tu as le droit d'avoir des défauts. Tu as le droit d'avoir des doutes, des questions – sur ton corps, ton avenir, les participants de *L'île de la tentation*... Tu ne peux pas

toujours tout bien faire. Rappelle-toi : si tu te trompes, que tu rates un truc, ça ne veut pas dire que tu as tout raté.

5) Du coup, tu as aussi le droit d'avoir parfois des pensées pas très féministes.

6) Une dick pic, c'est toujours moche. Quel que soit l'angle de prise de vue.

7) L'amour que te portent tes amis est au moins aussi, si ce n'est plus important, et surtout plus durable, qu'une relation sentimentale.

8) Parfois tu crois avoir des pensées bizarres, mais n'en sois pas si sûre. C'est certainement beaucoup plus commun que tu ne le crois.

9) Dire aux autres ce que tu ressens, partager tes émotions, te rend plus forte. N'aie pas peur d'avouer que tu es déprimée, angoissée, triste ou que tu as l'impression de ne pas être à ta place. Tu es humaine, tu es aimée, ne l'oublie jamais.

10) La vulve, c'est la partie externe du sexe féminin ; le vagin, la partie interne.

Ravie d'avoir pu t'aider !

Cet ouvrage a été mis en pages
par DV Arts Graphiques à Saint-Nazaire

Impression réalisée par
Grafica Veneta
en mars 2023
pour le compte des Éditions Bayard

Imprimé en Italie